LES EXILÉS

DU MÊME AUTEUR

Par-delà le Mur. La culture de guerre froide soviétique entre deux détentes, Complexe, 2009.

Russie, réformes et dictatures, 1953-2016, Perrin, coll. « Tempus », 2017.

Brejnev, l'antihéros, Perrin, 2021.

Les Services secrets russes des tsars à Poutine, 3e édition revue et enrichie, Tallandier, 2022, coll. « Texto ».

Russie. Dictionnaire d'histoire et de civilisation, 2e édition actualisée et enrichie, Ellipses, 2023.

La Chute de l'Union soviétique, 1982-1991… 2023, 2e édition revue et enrichie, Perrin, coll. « Tempus », 2023.

Égéries rouges. 12 femmes qui ont fait la Révolution russe, Perrin, 2023.

Traductions :

Richard Pipes, *Histoire de la Russie des tsars*, Perrin, coll. « Tempus », 2017.

Dominic Lieven, *La Fin de l'Empire des tsars*, Syrtes, 2015.

ANDREÏ KOZOVOÏ

LES EXILÉS

Pasternak et les miens

BERNARD GRASSET
PARIS

Photo de couverture : Archives personnelles de l'auteur.

ISBN 978-2-246-83730-5

À nos amis français

« La vie est plus bienveillante que nous le pensons généralement. »

Boris Pasternak

« Entre deux points de douleur, la poésie est la voie la plus courte. »

Vadim Kozovoï

« … le goût du malheur des Russes… »

Henri Michaux

Mort d'un poète

Il devait être aux alentours de quatorze heures.

J'avais gravi les escaliers quatre à quatre, de retour à la maison après la première épreuve du CAPES d'histoire-géographie, concours destiné au recrutement des enseignants des collèges et lycées. Le sujet tombé ce matin-là m'avait inspiré. Cela s'annonçait bien pour la suite. Après de longs mois de préparation et de crises existentielles, j'étais pressé d'annoncer la bonne nouvelle à mes parents. Bientôt je serais professeur !

Étrangement, c'est Vika, une proche de la famille, qui m'ouvrit la porte. Derrière elle se tenait Emma Dmitrievna, vieille amie russe de passage à Paris. Leurs visages étaient pâles et tendus. Me forçant à m'asseoir, Vika me prit la main et m'annonça d'une voix grave :

— Andrioucha, il est arrivé un grand malheur…

Je songeai aussitôt à ma mère. La veille, elle avait appris une terrible nouvelle, le suicide d'un vieil ami émigré en Israël. Bouleversée, elle s'était couchée de bonne heure, après avoir avalé plusieurs somnifères.

— C'est Iricha ?

— Non, c'est Vadik.

Mon père avait ressenti une vive douleur dans la poitrine au cours de la matinée, dans le studio en face de chez nous où il travaillait. Les secours s'étaient égarés dans le labyrinthe de notre cité du XIIIe arrondissement de Paris. Un temps précieux avait été perdu. « Il me reste encore tant de choses à faire », avait-il chuchoté à ma mère avant de rendre son dernier souffle.

Dans la soirée, contemplant son corps silencieux, je me souviens d'avoir été submergé par un torrent d'émotions. De la tristesse, bien sûr, mais aussi du ressentiment (« Comment as-tu pu nous abandonner ? »), de la peur (« Qu'allons-nous devenir ? ») et de l'incrédulité (« Ce survivant de la guerre, du Goulag, de la tuberculose, du KGB, avait des ennuis de santé, mais pas de problème cardiaque ! »). Et puis, j'avais eu l'étrange sensation de me retrouver face à un inconnu.

Pendant quatre ans, de 1981 à 1985, j'avais grandi séparé de lui par le Rideau de fer : ma mère et moi en URSS, et lui, en France, où il était venu pour faire soigner mon frère atteint d'une forme d'autisme. Nos retrouvailles n'avaient pas permis le rapprochement tant attendu. Mon père, en loup solitaire, passait le plus clair de son temps dans son studio, à travailler sur des textes hermétiques. Quand il frappait à ma porte, c'était pour me faire des reproches. Ses idées d'un autre âge en matière d'éducation – me forcer à lire les classiques russes et français – avaient eu pour effet de me dégoûter de la lecture. Mon adolescence avait creusé le fossé. J'avais quatorze ans quand Stevie Ray Vaughan m'avait transmis le virus de la guitare électrique. Avec mes cheveux longs et mon jean déchiré, je ne voulais pas qu'on me prenne pour un fils d'intellectuels russes !

Le rêve d'une carrière de musicien s'était fort heureusement évaporé à la fin du lycée. Mais quand je lui avais annoncé mon souhait de suivre des études d'histoire, mon père ne s'était pas montré enchanté. Il aurait préféré que je m'inscrive en lettres, souhait qui était aussi celui de son grand ami Maurice Blanchot. Comme il se plaisait à le rappeler avec un certain sadisme, mon inculture ne pouvait faire de moi qu'un historien médiocre.

Dans le même temps, je dois bien l'admettre, ce père sarcastique et inaccessible coexistait avec un géniteur aimant et généreux, soucieux de partager son savoir, resté « jeune dans sa tête ». Je me remémore ses cours sur l'art classique et moderne pendant nos « sorties culturelles » au Louvre et au Centre Pompidou, aux concerts de jazz, ses réactions devant le journal de 20 heures à la télévision. Les dîners entre amis, au cours desquels étaient débattus passé et avenir de la Russie, avaient semé les graines de ma vocation (et nourri mon goût pour la vodka). L'admiration était là, et à l'université j'avais commencé à accepter l'idée que « les chiens ne font pas des chats », que je me devais d'assumer et de m'approprier l'héritage paternel.

Mes souvenirs contrastés renvoient à la double nature de la personnalité de Vadim – tyran libéral, égocentrique généreux, borgne visionnaire, guerrier gémissant, voyageur casanier, maniaque désordonné, économe dispendieux, juif nietzschéen, et j'en passe. Cette ambivalence érigée en système était une conséquence autant qu'une cause de son identité de poète. Son ami, le traducteur et sociologue Boris Doubine, l'avait finement observé en écrivant que « la contradiction était son oxygène ». L'ambivalence était une dimension intrinsèque de son étant de poète traducteur, de l'interculturalité qui l'avait confiné dans une dimension inaccessible au commun des mortels, le contraignant à correspondre pour garder le contact avec le monde extérieur...

J'en viens enfin à mon travail sur ce livre qui s'inscrit dans le genre de l'autobiographie familiale, désormais bien ancré dans le paysage éditorial. Genre rimant souvent avec exil, guerre et souffrance, auquel je me suis frotté pendant la rédaction de mon mémoire inédit d'habilitation à diriger les recherches (dernier diplôme de l'enseignement supérieur), soutenu en 2014 sous la direction de l'historienne Sabine Dullin, et qui m'a permis de devenir professeur des universités.

Rendre justice à mes parents, ne pas (trop) les trahir, a constitué une tâche des plus ardues, même si, contrairement aux autres ego-historiens, confrontés à la paucité, quand ce n'est pas au silence des sources, j'ai hérité d'un très considérable corpus d'archives familiales qui m'ont fait gagner un temps précieux[1]. Archives si riches qu'elles m'ont souvent donné le vertige ! Il m'a fallu passer sous silence bien des épisodes, opérer des coupes claires dans le passé. Travail d'autocensure des plus frustrants.

Surtout, cette masse documentaire m'a fait accomplir un voyage dans le temps souvent douloureux. L'invocation du fantôme de mon père et d'autres « chers disparus » a rouvert de vieilles cicatrices. Des plaies que je pensais refermées se sont remises à saigner. Sans doute était-ce le prix à payer pour que je puisse moi-même advenir au monde.

---

1. Une petite partie de cette documentation a été publiée en russe par ma mère : je renvoie ici et plus loin aux Références en fin d'ouvrage.

ORIGINES

Kharkiv ou l'assimilation

« Contrairement à ce que vous pourriez penser, je ne viens pas du Kosovo ! »

Quand j'étais prof d'histoire-géo, j'aimais bien faire cette blague en début d'année. Elle me servait à briser la glace avec les élèves et permettait d'aborder mon programme en douceur. Les enjeux politiques, sociétaux, économiques, géopoliques et mémoriels de la guerre du Kosovo illustrent bien l'histoire dramatique du XXe siècle. Ils permettent aussi de faire le lien vers le XXIe, avec les bombardements de l'OTAN, en mars 1999, qui ont amené à l'indépendance du Kosovo neuf ans plus tard – indépendance non reconnue par la Russie, qui s'en est pourtant inspirée pour l'annexion de la Crimée en 2014.

Je m'en rends compte aujourd'hui, cette entrée en matière humoristique trahissait une obsession, celle de mes origines.

À parcourir une carte d'Europe centrale et orientale, il est aisé de se rendre compte de la fréquence des toponymes « Kosovo » et leurs dérivés. Outre ladite république, quatre villages portent ce nom en Bulgarie, six en Pologne et pas moins de neuf en Russie. Dans les langues slaves, *kos* désigne le merle noir, et les noms de famille Kos ou débutant par Kos sont courants. Quant au suffixe *ovo*, qu'on trouve dans les noms Kosovatsky, Kosovotsky ou Kosovski, il indique l'appartenance dans les langues slaves.

Sauf que mon nom ne s'écrit pas avec un « s », mais bien avec un « z ». Et là, ce n'est pas le merle qu'il faut invoquer, mais la chèvre, *koza*. Il faudrait donc chercher mes ancêtres du côté de l'Ukraine occidentale, plus précisément dans le district (*raïon*) de Kozovski, dans la région de Ternopil, à une centaine de kilomètres de Lviv. District dont la capitale porte le nom de Kozova, et dont le blason est une chèvre. « André Lachèvre » serait un bon équivalent français.

J'en viens à évoquer l'origine de mon grand-père paternel, Mark Ilitch Kozovoï, le premier sur lequel je dispose d'informations un tant soit peu concrètes. Son histoire débute dans un petit bourg situé à mi-chemin entre Lviv et Kyiv, mentionné pour la première fois au XVe siècle. À l'époque, il se nomme Lachowcy, car appartenant à la « communauté polono-lituanienne », la République des Deux Nations (en russe, *liakh* désigne le Polonais). Trois siècles plus tard, la Pologne est divisée entre la Russie, la Prusse et l'Autriche-Hongrie. Lachowcy prend le nom de Liakhovtsy, pour se retrouver dans la province (*goubernia*) la plus occidentale de l'Empire des tsars, la Volhynie. En 1946, Liakhovtsy changera encore de nom, devenant

Belogorié, qui sonne beaucoup plus russe. Après l'indépendance de l'Ukraine en 1991, elle sera ukrainisée en Belohiria.

Au XIXe siècle, quand commence notre histoire, Liakhovtsy est un *mestetchko*, plus connu sous le vocable de *shtetl*, bourgade rurale où vit une communauté juive encadrée par une administration de notables juifs et laïcs cooptés parmi les membres de la bourgeoisie locale. Les partages de la Pologne ont fait de l'Empire russe le pays peuplé par la plus importante communauté juive d'Europe, riche de plus de cinq millions de personnes à la fin du XIXe siècle. Depuis Catherine II, le pouvoir russe, qui juge les Juifs politiquement dangereux et culturellement sous-développés, tente de les fixer. Ils n'ont pas le droit de s'installer dans les grandes villes et les régions centrales de l'Empire, mais doivent résider dans une région administrative spéciale, la « zone de résidence », vaste territoire qui représente, en superficie, 20 % de la Russie européenne, soit près d'un million de kilomètres carrés.

Cette zone n'est pas pour autant une prison à ciel ouvert. À partir du règne d'Alexandre II, les plus actifs (marchands, artisans, médecins, étudiants et anciens combattants) profitent de nombreuses « passerelles législatives » pour s'installer dans les grandes villes – à Kyiv, à Odessa et, pour certains, même à Saint-Pétersbourg et Moscou. Les Juifs de Russie s'intègrent en fait de manière « sélective ». Au XIXe siècle, le régime tsariste les force à se doter d'un nom de famille, basé sur leur métier ou lieu de résidence, et leur demande de produire des documents fiables sur les naissances, les mariages et les décès. Ces pratiques mettent du temps à s'imposer et les erreurs, souvent volontaires, sont nombreuses. Après l'assassinat d'Alexandre II en 1881, l'antisémitisme explose, et pour vivre heureux, les Juifs russes, éternels boucs émissaires, choisissent le plus souvent de se cacher. Et de rester soudés dans des communautés, comme à Liakhovtsy.

En 1913, les Juifs de Liakhovtsy, qui représentent officiellement un quart de sa population, occupent, comme ailleurs, des postes « visibles » – pharmaciens, merciers, épiciers, droguistes. Sans eux, le bourg ne jouerait pas son rôle de pôle économique régional. Les propriétaires de ses deux *manoufaktoury*, des magasins de vêtements et de tissus, portent les noms de Zeltser et… Kozovoï. Ce dernier se prénomme El-Nison mais, dans la vie de tous les jours, il se fait appeler Nisl. Arrêtons-nous un instant pour observer la photo qui m'est parvenue de l'homme : la cinquantaine bien tassée, crâne dégarni, visage en partie dissimulé par une barbe bien fournie, vêtu d'une *kapoteh*, la longue redingote noire des Juifs ashkenazes. Ma tante Lora m'a laissé un témoignage sur sa visite durant l'été 1941, où elle se souvient l'avoir vu prier « le nez plongé dans un livre rempli de caractères incompréhensibles, avec des cubes bizarres accrochés à sa tête [les *tephillin*, petits coffrets contenant des rouleaux de la Torah], les épaules recouvertes par une espèce de nappe [l'*atarah*] ».

Nisl a plusieurs enfants, parmi lesquels mon grand-père, Mordecai, surnommé « Motia ». Son enfance se déroule dans un climat relativement apaisé. À sa naissance, les violences qui ont secoué la Russie au cours de sa première révolution sont sur le déclin. En 1905 est créée la Ligue pour la défense des droits des Juifs dans l'empire de Russie ; l'année suivante, les élections législatives marquent l'arrivée à la Douma de douze députés juifs. Et puis, le malheur frappe à nouveau la Russie : en 1914, la guerre, en 1917, les révolutions, accompagnées d'un nouveau cortège de pogromes. Considérés comme des populations dangereuses, à la loyauté vacillante, les Juifs d'Ukraine sont victimes d'expulsions, de déportations, de pillages… À partir de 1918, ces exactions forment la toile de fond d'une guerre civile opposant armées rouges et blanches et, à partir de février 1919, d'un autre conflit, opposant la Russie de Lénine à la Pologne de Pilsudski.

Perpétrés sous l'œil complaisant des autorités, ces pogromes sont les pires que la population juive d'Ukraine ait connus depuis le soulèvement de l'ataman Bohdan Hmelnytskii au XVIIe siècle. Ils sont principalement le fait des armées blanches (moins des rouges) et de cosaques – certains venus de loin (je pense ici surtout aux cosaques du Terek, originaires du Caucase), faisant partie des troupes nationalistes ukrainiennes de Makhno et Petlioura. Pour eux, les Juifs sont nécessairement des alliés des bolcheviks qui doivent être châtiés. Les historiens parlent de 150 000 Juifs assassinés, de centaines de milliers d'enfants orphelins, de blessés, de jeunes femmes victimes de viols barbares.

J'ignore totalement où se trouve mon grand-père au cours de cette période, et s'il a été touché, de près ou de loin, par cette vague de violences. Mais je ne doute évidemment pas qu'il en a entendu parler, d'autant qu'à la différence des années 1900, quand les exactions visant les Juifs étaient surtout urbaines, celles de 1919-1920 ont pour épicentre le *shtetl*. Le « silence » des sources léguées par ma tante et mes grands-parents (aucune mention dans leurs lettres, des années plus tard) ne m'étonne pas. La période de la guerre civile représente un immense traumatisme pour les Juifs de Russie, qui chercheront à effacer de leur mémoire ces épisodes d'une douleur sans nom, condition sine qua non de leur équilibre psychologique. Leurs descendants n'en sauront rien, ou presque.

La guerre soviéto-polonaise prend fin avec la victoire de Varsovie en 1921. Le traité de paix signé à Riga prévoit de céder une partie de l'Ukraine à Varsovie ; Liachovtsy redevient Lachowcy. Beaucoup de Juifs vivent mal ce retour dans l'orbite polonaise. La jeune génération, marquée par le souvenir de la guerre civile, se met à rêver d'un exil en Union soviétique, une « fédération » qui voit le jour en décembre 1922, et qui paraît alors symboliser un avenir synonyme de modernité et de tolérance. Trotski, Sverdlov, Kamenev et Zinoviev, les bolcheviks les plus connus avec Lénine, ne sont-ils pas nés juifs ? Lénine n'a-t-il pas condamné avec la plus grande fermeté l'antisémitisme, en 1918, après le début de la nouvelle vague de pogromes, le qualifiant d'outil aux mains des forces contre-révolutionnaires pour détourner les ouvriers et les paysans de leur mission révolutionnaire ?

C'est dans ce contexte que mon grand-père et plusieurs de ses frères quittent le nid familial. Pour le fils de Nisl, la rupture semble avoir été effective à la mort de sa mère, quand il part vivre (et travailler) chez un oncle, à Slavouta, grand *shtetl* situé à soixante-dix kilomètres à l'est de Liakhovtsy. C'est à cette période qu'il répudie le judaïsme, choisissant de se faire appeler « Mark », une référence transparente à « Marx », sa nouvelle idole. Prénom auquel il adjoint le patronyme « Ilitch », le même que celui de Lénine.

Plus qu'une forme de dissimulation, ce changement d'identité doit être vu comme une réaction fréquente aux brutalités de la guerre civile, où les bolcheviks sont perçus comme les « sauveurs des Juifs », et qui fait de mon grand-père un représentant presque parfait des jeunes issus des *shtetls*, un archétype des « appelés de la révolution d'Octobre ». « Presque parfait », car tout le monde ne rompait pas aussi abruptement avec ses racines culturelles. Une bonne partie des jeunes Juifs soviétisés continuaient de maintenir un lien, même ténu, avec l'héritage de leurs parents, via la langue et la culture yiddish, culture qui aura toute sa place dans l'univers soviétique (jusqu'en 1945 en tout cas). Le pouvoir avait tout intérêt à soutenir cette culture pour lutter contre l'influence du sionisme, adversaire redoutable du bolchevisme auprès des masses prolétaires juives…

Mark ne fait pas de vieux os à Slavouta. En 1923, il migre plus à l'est, dans le bourg de Polonne, où il est toujours cordonnier. Tout en travaillant dans la cordonnerie, il rejoint le Komsomol, l'organisation des jeunesses communistes. Plus tard, ce sera le Parti. Deux ans après, il déménage à Kyiv, probablement sur l'incitation de ses frères. Il y travaille comme secrétaire dans plusieurs usines et, parce qu'il se découvre une âme d'artiste, chante sous la direction de Grigori Veriovka, chef d'orchestre et compositeur ukrainien, qui se rendra célèbre dans toute l'Union soviétique en fondant un chœur, en 1943, à Kharkiv. C'est d'ailleurs dans cette ville que mon grand-père finit par s'installer en 1927 ou 1928.

Arrêtons-nous sur cette ville où mes grands-parents passeront leur vie. Kharkiv (Kharkov à l'époque soviétique) est alors la capitale de la République soviétique d'Ukraine. C'est une ville attractive, fondée au milieu du XVIIe siècle en tant que place forte, qui a vu sa transformation, sous Alexandre III, en centre industriel lié au bassin charbonnier du Donetsk. À la fin du XIXe siècle, elle est un carrefour ferroviaire, une agglomération industrielle spécialisée dans le génie et l'ingénierie mécaniques. Kharkiv est aussi une métropole scientifique, dotée d'une université, la deuxième après Lviv par son rayonnement. À la révolution, sa population avoisine les 400 000 habitants.

Début 1920, alors que l'Armée rouge est en passe de l'emporter en Ukraine, les bolcheviks font de Kharkiv la capitale de la nouvelle République soviétique d'Ukraine. Cette « ville nouvelle » à trente kilomètres seulement des frontières de la Russie soviétique est plus facile à contrôler que Kyiv, bastion du général Denikine. Après la victoire des Rouges, le commandant des armées blanches s'exile en Angleterre, mais Kharkiv garde son statut de capitale jusqu'en 1934.

L'installation de Mark à Kharkiv coïncide avec les débuts de la « nouvelle politique économique », la NEP, un régime d'administration hybride lancé en 1921, lorsque le Parti communiste autorisa l'introduction du capitalisme à doses homéopathiques pour accélérer la reconstruction du pays. L'Ukraine manque, comme ailleurs, de cadres techniques, et cet appel d'air profite à Mark, qui intègre sans difficulté la faculté du bâtiment de l'Institut d'économie, l'un des premiers établissements d'enseignement supérieur d'Ukraine. En 1932, il en sort avec un diplôme d'« ingénieur-économiste ». Titre étrange qui prête à sourire quand on connaît ses capacités en mathématiques. À en croire ma tante, sa réussite s'explique par le système d'évaluation « collectif » d'alors, où une personne désignée passait les examens au nom du groupe tout entier !

C'est à ce moment-là que Mark se lance dans l'apprentissage de l'allemand, langue qui concurrence depuis longtemps le français en Russie, et qui a la faveur des jeunes marxistes. Il est probable qu'il ait quelques notions de français, car ce qui le passionne, c'est l'histoire politique de la Révolution. Il faut dire que les bolcheviks se réfèrent beaucoup, à cette époque, à leurs « illustres prédécesseurs », les Jacobins. Je conserve pieusement un pavé de près de mille pages, annoté de sa main, *Histoire politique de la Révolution française* d'Alphonse Aulard, le détenteur de la première chaire de l'histoire de la Révolution française à la Sorbonne. Livre daté de 1938, l'année de la « Grande Terreur »...

Les talents d'orateur de mon grand-père, son assurance à toute épreuve, en font un propagandiste populaire. À partir de la fin des années 1920, je sais qu'il commence à se produire en public, d'abord devant les jeunes du Komsomol, puis devant des adultes. Le détail de ses prestations, je l'ignore. Il a une âme d'historien, mais l'actualité le pousse à commenter les relations internationales (RI), domaine alors porteur. Dans le contexte brûlant des années 1920-1930, où les alliances en Europe se font et se défont fréquemment, la propagande soviétique rencontre beaucoup de difficultés à expliquer à la population, qui dans sa majorité ne lit pas la presse, l'évolution sinueuse de la ligne officielle à l'égard des « États bourgeois ».

Mon grand-père, avec son sens de la théâtralité, est un candidat idéal au statut d'exégète des RI, de *lektor-mejdounarodnik*. Un métier qui n'est pas toujours sans risques. Après la signature du pacte de non-agression germano-soviétique, en août 1939, Mark prédira lors d'une de ses conférences une guerre entre l'URSS et l'Allemagne. « Dérapage » qui, aux dires de ma tante, aurait pu lui coûter sa carrière...

Mais revenons au début des années 1930. Mark Ilitch Kozovoï est alors un homme en pleine ascension, sûr de lui. Un jour, passant devant un cinéma, il aperçoit une belle jeune femme aux longs cheveux noirs qui fait la queue avec une amie. Il l'aborde aussitôt.

— Quel film allez-vous voir ?

— *Le Sentier des loups.* Mais il n'y a plus de billets !

Une jeune femme qui a besoin d'aide pour aller voir un long-métrage de propagande consacré à la collectivisation dans les campagnes ukrainiennes ? Mon grand-père ne pouvait pas laisser passer ça ! Il brandit sa carte de conférencier du Parti devant la caissière. Et comme par magie, on trouve des places. Les voilà assis côte à côte dans la salle obscure... Inutile de dire que du film, ma grand-mère n'en verra pas grand-chose !

La jeune fille à la longue tresse noire s'appelle Keïla Amtchislavskaïa. C'est elle aussi une provinciale venue tenter sa chance à Kharkiv. Ses parents sont également juifs, mais ici, aucune rupture brutale n'a précédé le déménagement. Ma grand-mère n'a pas le tempérament fougueux de Mark ; elle est la gentillesse, la douceur incarnées. Jusqu'à sa mort, elle sera sa « Kilia ».

Krasnograd, sa ville natale, se trouve à cent kilomètres au sud de la capitale ukrainienne. Fondée en 1731, c'est une des forteresses de la « ligne ukrainienne », série de fortifications inspirées par Vauban, érigée pour se protéger contre les raids des Tatars de Crimée et préparer l'offensive vers le sud. Ces forteresses sont bâties sur les terres des Cosaques, contraints d'y travailler dans des conditions aussi difficiles que celles des paysans ayant œuvré à la construction de Saint-Pétersbourg. En 1781, la forteresse reçoit le statut de ville et prend le nom de Konstantinograd, en l'honneur du deuxième petit-fils de Catherine II, Constantin. Après une période de stagnation, le développement s'accélère à la fin du XIXe siècle, quand Konstantinograd est intégrée au réseau de chemin de fer de Poltava, la capitale régionale. C'est sans doute à cette époque que les Amtchislavski, Juifs originaires de Poltava, s'y installent.

Konstantinograd connaît un essor rapide grâce à un afflux de population, essentiellement jeune, ce qui se traduit par l'ouverture de nombreuses écoles et instituts. Entre 1897, date du premier recensement tsariste, et la naissance de ma grand-mère en 1913, la population de la ville doublera, passant de 6 000 à plus de 13 000 habitants. La communauté juive joue un rôle important dans le développement de l'agglomération. À la naissance de ma grand-mère, la ville compte trois synagogues, une école privée pour les hommes, un cimetière juif. Et ce sont des propriétaires juifs qui administrent l'unique pharmacie, les deux boulangeries, cinq hôtels, deux salons de coiffure, deux salons photo, la bibliothèque municipale et soixante boutiques et magasins…

La guerre civile apporte son lot de misère. Occupée en janvier 1918 par l'Armée rouge, puis par les Blancs en juillet 1919, reconquise par les Rouges en décembre, Konstantinograd sombre dans le chaos. Ma grand-mère, à cinq ans, a-t-elle été marquée par ces violences ? Je l'ignore, mais à cet âge-là, on se souvient déjà de beaucoup de choses. En 1922, quand elle a neuf ans, la ville est rebaptisée Krasnograd – la « cité rouge ». Pas tant pour honorer le nouveau drapeau soviétique qu'en hommage à la brique rouge devenue un élément incontournable du paysage urbain de la ville depuis la construction de la première usine, à la fin du XVIIIe siècle.

Peu d'informations me sont parvenues sur les parents de ma grand-mère, Zelman Amtchislavski et Rachel Gomelski, mais bien plus que pour la famille de mon grand-père. Leurs patronymes ne sont pas rares chez les Juifs ukrainiens, me laissant deviner une origine biélorusse. Le nom de mon arrière-grand-père dérive d'Amtchislav, la graphie yiddish de Mstislavl, *shtetl* de la région de Moguilev, et celui de son épouse rappelle la région de Homiel (ou Gomel). Sur une photo datant probablement des années 1910, ils apparaissent en Juifs assimilés.

Zelman est un employé municipal qui doit son assimilation au service militaire – à partir de 1827, les Juifs ont été autorisés à servir sous les drapeaux suivant un système de quotas, aboli par la réforme de 1874 qui instaure un service universel de six ans. Dans l'état civil de la synagogue de la ville, à la naissance de sa fille, il est décrit comme un *mechtchanine*, membre d'un ordre social que l'on traduit souvent par « bourgeois ». C'est une catégorie fourre-tout instituée, pour les Juifs de Russie, à des fins fiscales et de conscription à côté de celle des marchands (*kouptsy*). Que le terme de « bourgeois » ne nous trompe pas : les Amtchislavski sont des représentants d'une classe moyenne encore fragile, loin de l'aisance d'un Nisl.

La jeune Kilia s'installe à Kharkiv chez une tante. Elle travaille en usine, en attendant des jours meilleurs. Parce que sa tante habite dans le centre de la ville, au *Boursatski spousk*, lieu très fréquenté par les étudiants, il est possible qu'elle ait entendu parler de mon grand-père à ce moment-là. Car Mark, de sept ans son aîné, est déjà une « autorité » ! Personnalité visible de l'Institut d'économie, c'est un homme sûr de lui, apprécié par ses étudiants (qui le surnomment « La Révolution française ») et par la gent féminine. Avec ma grand-mère, il ne traîne pas – c'est la femme de sa vie ! En septembre 1931, les voilà déjà mariés.

La situation en Ukraine en ce début des années 1930 est contrastée. L'industrialisation est en marche, mais on perçoit aussi les premiers signes de ce qui sera la deuxième famine soviétique, plus terrible encore que celle de 1921. Le premier responsable de cette famine est Staline. Le *Vojd*, un fanatique qui ignore les réalités du terrain, impose des objectifs irréalisables pour son premier plan quinquennal, pour sa « grande rupture » (*veliki perelom*). Quand les nouvelles désastreuses des campagnes lui parviennent, il continue comme si de rien n'était à exporter les céréales russes pour financer l'économie, et bride l'aide étrangère aux victimes. Bien informé du drame, Staline cherche en fait à « punir » les paysans ukrainiens, qui ont été les plus réfractaires à la collectivisation. Fin 1933, entre trois et quatre millions de personnes auront été victimes de ce qu'on appellera plus tard l'Holodomor, le « génocide par la faim ».

Je n'imagine pas que mes grands-parents aient pu ignorer le terrible drame des campagnes. Ils ont certainement assisté à l'horrible spectacle des ruraux décharnés, venus chercher leur salut à Kharkiv, où on les retrouve inanimés dans les rues. S'en émeuvent-ils ou se montrent-ils indifférents, comme semblent l'être les passants d'une célèbre photo prise par un chimiste autrichien, Alexander Wienerberger, qui séjourne alors en Ukraine ? Difficile de répondre à cette question. Staline a donné ordre aux organes de propagande de dépeindre la paysannerie ukrainienne en force hostile du régime. On l'a vu plus haut avec l'exemple du film *Le Sentier des loups*, où il est question d'« éléments de classe étrangers », d'« inférieurs » qui n'ont que ce qu'ils méritent pour s'être opposés à Staline et avoir comploté avec les Polonais.

Et puis, le spectacle des affamés n'est pas permanent. Des raids sont organisés pour capturer les hordes d'enfants errants venus des campagnes, tandis que des brigades spéciales sont chargées de nettoyer les rues des cadavres, d'euthanasier les mourants. Quand les autorités instaurent un système de passeports intérieurs, les habitants des campagnes en sont exclus, ce qui les isole encore davantage. À noter que ces passeports comportent une entrée « nationalité » qui permet de tracer les minorités nationales « peu fiables » pour Staline, dont les Juifs. S'y ajoute un système absurde d'enregistrement obligatoire sur le lieu de résidence, connu sous le vocable de *propiska.* Inspiré par la politique tsariste, son objectif est de contrôler les flux migratoires dans les grandes villes, Moscou, Leningrad, mais aussi les capitales des différentes républiques, prises d'assaut par les migrants des périphéries dans un contexte de pénuries et de violences endémiques dans les campagnes.

Jeunes urbains sans liens familiaux à la campagne, mes grands-parents ne perçoivent sans doute les drames qui s'y déroulent que de manière étouffée, travestie par la propagande. Ils ont beau être juifs, cette origine n'est pas un obstacle à leur intégration, bien au contraire ! C'est un couple parfaitement assimilé, « socialement utile » pour un système qui cherche alors à rallier de jeunes Juifs qu'il perçoit comme des alliés sûrs en raison de leur ressentiment vis-à-vis de l'antisémitisme tsariste et de leur traumatisme après les violences dont eux, leurs parents ou leurs proches ont été victimes durant la guerre civile. Nous sommes alors à des années-lumière de l'« antisémitisme d'État » de Staline, qui reviendra en force à la fin des années 1940.

S'ils sont loin de vivre dans l'opulence – pendant longtemps, mes grands-parents doivent se contenter d'une chambre minuscule en sous-sol, sans eau courante ni WC, visitant une fois par semaine la *bania*, le sauna russe –, leur avenir est synonyme de réussite. Mon grand-père aide sa chère Kilia à intégrer l'Institut d'économie auquel il est rattaché. Elle poursuivra des études de dessinatrice projeteuse, spécialisation très demandée depuis l'époque de la NEP, quand avait débuté en URSS le boom de la construction, les idées de Le Corbusier apparaissant comme l'application la plus parfaite du réalisme socialiste à l'architecture. Kharkiv était devenu un des laboratoires de ce mouvement, avec l'une des créations les plus spectaculaires du constructivisme soviétique, le bâtiment du Gosprom, « la Maison de l'Industrie d'État », l'un des tout premiers gratte-ciel soviétiques, érigé en un temps record en 1928. Jusqu'en 1934, c'est là que devait siéger le gouvernement de la République soviétique d'Ukraine.

Une photo prise en août 1934 les montre en jeunes parents heureux, passant leurs vacances en amoureux en Crimée, la Côte d'Azur soviétique. Le rétablissement de l'Ukraine, sur le plan économique et social, est en route. Bonheur éphémère ! En décembre, une nouvelle tempête va s'abattre sur le pays après le meurtre de Sergueï Kirov, le dirigeant du Parti communiste de Leningrad, un proche de Staline. Beaucoup pensent alors que Staline a fait assassiner Kirov pour se débarrasser d'un rival plus populaire que lui.

Mais en cet été 1934, pour mes grands-parents, l'horizon est brillant. En novembre 1935, quand Staline prononcera son fameux discours incitant les Soviétiques à l'optimisme (« La vie est devenue meilleure, la vie est devenue plus joyeuse »), Mark sera rattaché au comité régional du Parti communiste de Kharkiv (*obkom*). S'il est encore loin du statut de membre de la *nomenklatura*, les privilégiés du Parti, sa situation l'aidera certainement à se voir octroyer de meilleures conditions de logement, et le couple emménagera dans un deux pièces d'un nouvel immeuble au centre de Kharkiv, rue du VIIIe Congrès des Soviets (après 1991, la rue sera rebaptisée en l'honneur du poète ukrainien Boris Tchitchibabine, dissident et ancien prisonnier du Goulag). Au cours des premières années, la deuxième chambre sera occupée par une autre famille – c'est donc initialement un appartement « communautaire » mais, pour mes grands-parents, c'est déjà un grand luxe.

Trois ans plus tard, alors que l'Ukraine subit toujours les répressions de la Grande Terreur et que les arrestations pleuvent de tous côtés, Kilia obtient son précieux diplôme. Elle travaillera toute sa vie comme dessinatrice dans une entreprise au nom imprononçable, *Tiéploélectroproekt*, abrégé le plus souvent en « Tep ». Destinée à la conception et construction de centrales thermiques et électriques, elle voit le jour en 1932. Son QG est à Moscou, mais des filiales sont ouvertes dans les principales villes du pays, dont Kharkiv. À ce moment-là, le Tep est un « trust », un des bureaux d'études du *Narkomtiajprom*, le ministère de l'Industrie lourde, l'un des maillons d'une industrialisation inspirée par les idées d'Albert Kahn, « l'architecte de Ford ».

Au final, si mon grand-père est un « homme nouveau », ma grand-mère est sans aucun doute une « femme nouvelle » de l'ère soviétique. Tous deux participent à la construction du grand projet qui a pour nom « URSS », et bénéficient d'un effet de promotion sociale inespérée. Le régime communiste, ils en pensent le plus grand bien – tout le contraire de ma famille du côté maternel.

Moscou ou la malédiction

Ses proches l'appelaient Maroussia. Un diminutif affectueux du prénom Maria, sonnant sans doute un peu trop simple pour une dame qui ne manquait jamais une occasion de rappeler ses origines de *stolbovaïa dvorianka*, noble « d'extraction », noblesse ancienne remontant à l'époque d'avant Pierre le Grand.

Mon arrière-grand-mère naît en juillet 1889 à Novozybkov, bourg de quinze mille habitants situé à proximité de la frontière actuelle de l'Ukraine. Son nom de famille, Demtchenko, dénote une origine ukrainienne. Comme beaucoup d'anciens nobles, son père, Nikolaï Fiodorovitch, n'a rien d'un nanti. Sa petite propriété (*pomiestié*) ne rapporte pas grand-chose, pas suffisamment en tout cas pour le faire vivre, lui et les siens. Il cherche à compenser la modicité de ses revenus en entrant dans l'administration d'État comme employé des services fiscaux, avec le modeste grade (*tchine*) de « secrétaire de collège », en neuvième position de la Table des rangs, système de classement des fonctionnaires et des militaires apparu au XVIIIe siècle, et qui en compte douze. Rien de bien glorieux pour un « vieux noble ». En 1898, la famille déménage à Novhorod-Severskyi, ville attestée dans les sources du XIIe siècle, devenue russe au début du XVIIe, mais qui est restée profondément marquée par la culture et la langue ukrainiennes. À la fin du XIXe siècle, c'est une cité industrieuse, spécialisée dans la production d'allumettes. Maria y passera dix ans.

Ses relations avec son père sont orageuses. « C'était un homme violent, surtout quand il buvait, un tyran qui a terriblement fait souffrir ma mère », racontera-t-elle plus tard. Sa mère, c'est Olga Stefanska, une femme d'origine polonaise qui meurt, à seulement trente-trois ans, de tuberculose, quand Maria est au *gymnasium*, l'équivalent de notre lycée, qu'elle achève en 1905, après sept ans d'études. La Russie, vaincue par le Japon, est en proie à une révolution, sa première, qui amende l'autocratie en monarchie parlementaire de façade.

La révolution ne pousse pas Maria sur les barricades. Je l'imagine plutôt conservatrice, évitant les meetings. Elle poursuit ses études pendant une année de spécialisation qui lui permettra de briguer un emploi de professeure à domicile, travail censé lui assurer un revenu confortable. Bien décidée à s'émanciper pleinement, ayant compris que sa formation ne répond que très imparfaitement aux demandes de son temps, où les femmes jouent un rôle accru dans la société civile, elle décide de s'installer à Moscou. Nous sommes en 1907.

Maria tient de sa mère une silhouette gracieuse, une chevelure et des yeux noirs qui auraient pu, sous d'autres cieux, en faire une diva du cinéma muet. Pas étonnant que, très tôt, les soupirants aient été nombreux. On la compare à Lina Cavalieri, soprano italienne ayant connu une brève carrière au cinéma, et qui s'est rendue célèbre par sa liaison avec le duc Alexandre Bariatinski, un proche du tsar Nicolas II (qui lui interdira de l'épouser !). De son père, Maria a hérité un beau visage régulier, mais aussi un caractère bien trempé, assez tyrannique en fait. Pendant toute sa vie, elle se montrera une femme autoritaire et d'une franchise brutale, pas diplomate pour un sou. Mais pour ma mère, « Ba » sera aussi une grand-mère des plus dévouées.

En 1907, il faut déjà imaginer Moscou comme une grande métropole européenne, très loin de la province poussiéreuse et conservatrice où Maria a grandi. C'est là que se trouvent les bureaux de la Ligue pour l'égalité des femmes de Russie, qui tente de faire pression sur la Douma pour obtenir le droit de vote et celui de suivre des études supérieures menant à des diplômes qualifiants. Le combat a débuté dans la seconde partie du XIXe siècle, quand des conservateurs influents auprès du tsar ont cherché à rendre difficile l'accès des femmes aux universités, redoutant qu'il ne provoque la décomposition de la société russe. Le débat faisait rage quand, en 1872, un historien de l'université de Moscou, Vladimir Guerrier, créa des « cours supérieurs pour les femmes », qui allaient servir de modèle à d'autres institutions, comme les cours Bestoujev à Saint-Pétersbourg. Fermés en 1888 dans le contexte de la réaction d'Alexandre III, qui craignait, à juste titre, qu'ils ne servent d'incubateurs révolutionnaires, ils rouvriront douze ans plus tard, avec des conditions d'accès durcies.

Même si leur but n'est pas vraiment d'offrir une formation « professionnalisante », comme on dirait aujourd'hui, les « cours Guerrier » bénéficient d'une qualité d'enseignement inégalée et de professeurs prestigieux. Histoire, littérature, philosophie, langues anciennes et étrangères, sciences naturelles, mathématiques, chimie et astronomie... Le panel des disciplines enseignées est large ! Qu'en retire Maria ? Je l'ignore, mais il ne fait pas de doute qu'elle est une femme autonome, qui finance ses études grâce à un emploi de secrétaire dans un grand magasin de la chaîne écossaise *Muir and Mirrielies*, implantée en Russie depuis 1857. Le gérant, un certain William, russisé en « Vassili Lvovitch », l'initie à la sténographie et à l'anglais.

Un parfait gentleman, ce William ; tout le contraire de Vsevolod Ivinski, un étudiant de l'université de Moscou, d'extraction noble polonaise, originaire de la ville de Tambov. Un coureur de jupons invétéré. Maria en tombe follement amoureuse, rêve de se marier. Il faut dire qu'à vingt-trois ans, elle subit fortement la pression de son entourage. Les femmes de sa génération sont déjà mariées, ont des enfants. Pour un peu, encore quelques années de célibat et elle serait considérée comme une vieille fille ! L'union est célébrée le 17 septembre 1910, dans une église qui sera plus tard rasée par les bolcheviks : illustration tragique, a posteriori, du naufrage de ce couple au final mal assorti.

Tout commence pourtant sous de bons augures. Ivinski, qui jouit d'une belle situation, invite son épouse à résider dans sa propriété familiale. Maria y fait la connaissance des trois frères de son mari, Sergueï, Vladimir et Diodor, et de sa mère, Amalia Ivanovna, une Allemande de Revel (Tallinn) qui a gardé son accent. Les Ivinski sont considérés comme des notables à Tambov. Ancienne gouvernante, Amalia a épousé un propriétaire terrien, Fiodor, dont elle a hérité, à sa mort, un assez vaste *pomestié* fort rentable. Elle jouit donc d'un train de vie confortable et plutôt oisif. Vivant entourée de nombreux animaux de compagnie (une passion qu'elle léguera à sa petite-fille, ma grand-mère), elle aime passer ses soirées à jouer aux cartes, ses fils à ses côtés. En 1912, Maria donne naissance à une adorable petite fille, Olga, surnommée affectueusement « Lioussia ».

Le bonheur ne dure pas. Maria découvre très vite les infidélités de son mari. Et puis, en août 1914, arrive la guerre. Les trois frères de Vsevolod sont mobilisés. Sergueï, le frère aîné, est tué en 1915 en combattant les Autrichiens dans les Carpates. Le cadet, Diodor, est fait prisonnier. Vladimir, qui survit, s'engagera aux côtés des Blancs pendant la guerre civile. Refusant de quitter la Russie, il se cachera après la victoire des Rouges en adoptant le nom de son épouse, travaillera à Arkhangelsk, où il sera finalement retrouvé par les agents du NKVD, la police politique qui l'exécutera comme « saboteur », en 1938.

Le père de ma grand-mère, Vsevolod Ivinski, n'est pas mobilisé. Parce que trop âgé ? En raison de sa paternité ? Je l'ignore. Quoi qu'il en soit, les relations avec Maria finissent par se distendre. La révolution et la guerre civile précipitent la séparation. Il rejoint aussi les Blancs, et on perd sa trace. « Une ordure comme on n'en fait pas ! » écrira-t-elle, avec son style bien à elle, au dos de sa photo qu'elle conservera aux côtés de clichés de ses nombreuses maîtresses, qui en prendront aussi pour leur grade...

Épouse délaissée et en grande difficulté financière, Maria trouve le salut auprès d'un nouveau bienfaiteur, Ivan Vassilievitch Selivatchev, homme issu d'une lignée noble de Novgorod, et dont l'épouse est partie sur le front comme infirmière, le laissant seul avec leur fille, Tania. Selivatchev offre à Maria et Olga gîte et couvert dans sa datcha de Serebriany Bor, une réserve naturelle près de Moscou. Elle fait bientôt la connaissance de Dmitri Kostko, secrétaire au bureau d'intendance où travaille Selivatchev. Pendant quelque temps, elle forme avec Ivan et Dmitri une sorte de ménage à trois, qu'elle aime comparer à la fameuse relation entre l'écrivain Ivan Tourgueniev, Pauline Viardot et son mari, Louis Viardot. Le contexte politique aura raison du trio et Maria s'installera définitivement avec Dmitri, auprès de qui elle vivra en union libre pendant dix-sept ans avant de se résigner au mariage. Des années plus tard, elle notera sur sa photo qu'il était « le plus pur des hommes, le meilleur de tous, mais pas pour moi ! ».

Je ne peux que lui donner tort. Kostko jouera un rôle de tout premier plan durant l'enfance de la fille de Maria, puis de ma mère, leur servant tout à la fois de mentor, de père et de grand-père de substitution. Né en 1881 en Biélorussie, près de la ville d'Orcha, c'est un fils de prêtre qui devient, après 1917, un *lichenets*, un « ci-devant » privé de droits par la nouvelle Constitution soviétique. Pour pouvoir travailler, ce diplômé de littérature russe, brillant pédagogue, doit dissimuler ses origines. Il élève Olga comme sa propre fille, lui inculque le goût de la littérature et de la poésie, lui faisant notamment découvrir et aimer Nikolaï Nekrassov – à qui l'on doit, entre autres, *Femmes de Russie*, poème à la gloire des épouses des « décembristes », jeunes officiers ayant tenté de renverser l'autocratie en 1825.

Les années passent. Olga devient une adolescente férue de lettres. Ses goûts évoluent. Nekrassov lui paraît désormais dépassé ; elle se passionne pour les nouveaux magiciens de la langue russe à l'ère de l'Âge d'argent – les symbolistes, les futuristes et les acméistes, Goumiliov, Blok, Akhmatova et surtout Pasternak, qu'elle découvre à la fin des années 1920, quand Maria et Dmitri emménagent dans un appartement flambant neuf de la rue Potapov. L'artère, qui tire son nom de Piotr Potapov, serf architecte (!) de la fin du XVIIe siècle, débouche sur le boulevard Tchistoproudny, appelé ainsi en raison de la présence le long de celui-ci d'un vaste étang (à l'origine, il y en avait plusieurs, d'où le nom *tchistye proudy*, les Étangs clairs) devenu pour les Moscovites un lieu favori de promenade (et de patinage en hiver, quand il est gelé).

Le nouvel appartement est situé au cinquième étage d'un immeuble de style constructiviste à la mode, le symbole d'une capitale qui se veut l'incarnation de la modernité. Moscou est une « quatrième Rome », où tout semble réalisable, où la vie sociale et culturelle bouillonne. Sa construction a été rendue possible par une « coopérative du bâtiment », une structure propre à l'URSS de la NEP. Quelques années après l'installation de ma famille, la coopérative disparaîtra, et c'est l'Armée rouge qui mettra la main sur l'immeuble pour y loger des familles d'officiers et la rédaction de son périodique, *Étoile rouge*. Les anciens occupants seront priés de quitter les lieux. Kostko, profondément anticommuniste, se fera violence en écrivant une lettre à Staline, où il demandera qu'il soit tenu compte de ses états de service, de ses années au sein de la comptabilité de l'armée, de sa situation de retraité malade du cœur. La lettre fera son effet, puisque ma famille sera autorisée à conserver l'appartement qui, au fil des années et des visiteurs de renom, deviendra légendaire.

1929, année où l'ensemble de la rue Potapov sort de terre, est l'année du « grand tournant » de Staline. La NEP, c'est du passé, l'économie du pays vit désormais au rythme de son premier plan quinquennal. Dans les campagnes a débuté la terrible collectivisation forcée, une nouvelle guerre du pouvoir contre les paysans. Dans les villes, les *lichentsy* vivent des heures difficiles. Ivan Selivatchev, le bon samaritain qui avait hébergé Maria après sa séparation d'avec Ivinski, est rattrapé par son passé d'officier tsariste. Exilé au Kazakhstan, il y refera sa vie. Maria et Olga lui rendront visite. Plus tard, pendant la Terreur, Selivatchev et tous les « exilés » comme lui seront fusillés.

Dans le même temps, la jeunesse soviétique s'efforce de vivre une vie normale, en fermant les yeux sur les maux qui rongent le pays. À dix-sept ans, Olga rêve comme sa mère d'études supérieures. Pour une femme d'origine noble, et dont le beau-père est fils de prêtre, c'est pourtant loin d'être une mince affaire. Olga finit par s'inscrire à des cours de littérature, assez peu regardants sur le pedigree des étudiants. Diplôme en poche, elle travaille dans des revues pour la jeunesse, écrit des articles sur les usines et les écoles à succès, se rend aux quatre coins du pays pour des reportages sur les « chantiers d'avenir ».

Sa passion pour la poésie est partagée par beaucoup de jeunes de son temps, quelle que soit leur origine sociale. La jeune Maria Nikolaïevna avait fait la connaissance de Vsevolod Ivinski au cours de soirées organisées dans sa chambre d'étudiant ; désormais, c'est dans l'appartement de la rue Potapov que les amis d'Olga passent leurs nuits à se réciter leurs vers préférés. Dont ceux de Boris Pasternak. Ma grand-mère dévore *Spektorski*, une œuvre poético-philosophique qui marque l'apogée du « jeune Pasternak », et dont les protagonistes sont un jeune poète, Sergueï Spektorski (inspiré par Pasternak), et une dénommée Marina Ilina (inspirée par la poétesse Marina Tsvetaïeva). Elle tapisse les marges de son livre de répliques trahissant la ferveur de son admiration : « Qui d'autre peut le dire aussi bien que toi ? »

Le jeune Pasternak n'a pas grand-chose à voir avec le « poète bourgeois » de l'après-guerre. Dans les années 1920, il perçoit 1917 comme une « catastrophe nécessaire », et publie des textes à la gloire du génie de Lénine. Ses recueils *Ma sœur la vie*, *Par-dessus les barrières* et *Thèmes et variations* font de lui l'un des géants de sa génération. Un géant très courtisé par les élites culturelles du pays, qui veulent voir en lui la synthèse entre l'héritage symboliste d'un Alexandre Blok et le futurisme d'un Vladimir Maïakovski, ancien héraut de la révolution qui n'est plus en odeur de sainteté. Staline, amateur de poésie, cherche à en faire un poète de cour. Une stratégie qui n'est pas sans rappeler Nicolas Ier se conciliant Alexandre Pouchkine un siècle plus tôt.

Mais Pasternak, telle une anguille, ne se laisse pas apprivoiser si facilement. Quand arrivent les tristement célèbres procès de Moscou, le poète réalise que l'élan révolutionnaire a cédé la place à un régime plus intolérant encore que le tsariste : « Tout s'est brisé en moi à ce moment-là, et mon union avec l'époque a cédé la place à la résistance à celle-ci, que je ne dissimulai pas », écrira-t-il en 1956. Refusant d'apposer sa signature sur des pétitions exigeant la peine de mort pour les condamnés des procès, aidant les familles des victimes des répressions, plutôt que d'écrire sur son époque, qui ne l'inspire plus comme avant, il se lance, comme beaucoup d'autres d'écrivains confinés par le pouvoir, dans la traduction d'auteurs étrangers. Ses vers de Goethe et de Shakespeare, très libres, deviennent des chefs-d'œuvre en soi.

L'amour d'Olga pour les vers de Pasternak et la poésie en général s'inscrit dans une tradition ancienne. En Russie, les poètes ont toujours été « plus que des poètes ». Depuis le XVIIIe siècle, ils donnent à la langue russe ses lettres de noblesse, inspirent et soulagent aussi les âmes pendant les grands drames dont l'histoire russe abonde. Après 1917, la poésie devient un art des masses, une nouvelle religion. Lors de leurs prestations, Essenine, Maïakovski et Pasternak suscitent de véritables scènes d'hystérie. Loin de se limiter à une frange de l'intelligentsia, la passion des vers transcende les catégories sociales, d'autant que le contexte est celui d'une « révolution culturelle ». La nouvelle génération, qui n'a pas de souvenirs de 1917, prend ses distances avec la vision d'un art soviétique qui devrait être exclusivement « prolétaire ». Ce sont des années où des membres éminents du Parti, comme Nikolaï Boukharine, peuvent encore défendre l'idée d'une poésie libre dans sa forme, qui n'a pas besoin de remplir une mission de propagande.

C'est en effectuant un stage dans une « université ouvrière », un *rabfak*, que la jeune Olga fait la connaissance d'Ivan Emélianov, le futur père de ma mère. Arrêtons-nous une fois de plus sur le nom de famille, qui sonne pour une fois typiquement russe. Très russe. Les Ivan Emélianov sont les Pierre Martin de Russie.

Ils comptent dans leurs rangs un révolutionnaire de l'organisation terroriste Volonté du Peuple, un économiste émigré aux États-Unis, un pilote de chasse en 1941-1945 et un responsable du développement de réacteurs nucléaires démis de son poste après la catastrophe de Tchernobyl...

Le « grand-père que je n'ai jamais eu » est originaire d'un petit village de la lointaine région de Krasnoïarsk. Ambitieux, il parvient à venir à Moscou, où il fait des études d'histoire (tiens, tiens) ; une fois diplômé, il prend la direction d'un *rabfak*. Bien fait de sa personne, il a l'insigne honneur de participer aux premières « parades des athlètes soviétiques » au milieu des années 1930, à l'heure où le régime totalitaire cherche à montrer au monde le visage d'un pays moderne. Comme le grand-père Mark, c'est l'un des « premiers appelés » du régime, un homme intimement persuadé de l'humanisme de Lénine.

Comment une jeune femme élevée par une mère et un beau-père antistaliniens a-t-elle pu épouser ce communiste jusqu'au bout des ongles ? J'y vois d'abord le fait que pour elle, les opinions politiques comptent peu. Certes, Olga a entendu, de la bouche de son beau-père Kostko, maints noms d'oiseau dirigés contre Staline, le Mal incarné. Mais on peut tout aussi bien imaginer que cette jeune femme aspire à faire siennes les nouvelles valeurs de la société, à s'intégrer, à survivre. Il est difficile, épuisant, de vivre avec la peur, avec la haine, de devoir résister à chaque instant à la pression de la dictature, de la propagande omniprésente, sans savoir si celle-ci connaîtra un jour une fin.

Et puis, Emélianov se montre charmeur et persuasif, y compris avec sa future-belle mère, Maroussia. Pour cette dernière, avant d'être un communiste pur et dur, Ivan est d'abord un homme avec une « situation », un homme fort qui saura protéger sa fille. Elle parvient à persuader Olga de l'épouser, mais hélas, la malédiction se répète. Le mariage se révèle un cuisant échec. Ivan Emélianov a beau adhérer aux nouvelles valeurs, il n'a pas évolué d'un iota sur sa vision du rôle de la femme, qui doit s'occuper des enfants et rester aux fourneaux. Et non pas sortir faire la fête avec ses collègues, comme ma grand-mère !

Lorsque ma mère voit le jour, fin mai 1938, le couple s'entend mal. Leurs tempéraments paraissent irréconciliables. Le contexte, il est vrai, n'est vraiment plus propice au bonheur familial. Lancée en juillet 1937, ce qu'on appellera plus tard la Grande Terreur, une purge sans précédent du corps social, sur ordre de Staline, éviscère les élites politiques, mais aussi des catégories sociales dites « dangereuses ». Purge qui fera près d'un million de morts. Staline choisit pour sa réalisation d'abord Genrikh Iagoda, puis Nikolaï Iéjov, boucs émissaires exécutés avant l'avènement, en août 1938, d'un autre « grand administrateur », beaucoup plus talentueux que les précédents, et qui survivra à la mort du Guide (qu'il a peut-être empoisonné), Lavrenti Beria. Deux mois avant la naissance de ma mère a pris fin le procès de Moscou des « droitiers et trotskistes antisoviétiques » : l'ensemble des vingt et un accusés, parmi lesquels celui que Lénine qualifiait de « chouchou du Parti », Boukharine, ont été condamnés à mort. En ce printemps 1938, les troïkas du NKVD travaillent jour et nuit à purger le corps social soviétique de ses « éléments nuisibles ».

Malheureuse en ménage, Olga est une femme qui veut être désirée, choyée, portée aux nues. Peu après la naissance de ma mère, elle rencontre Alexandre Vinogradov, homme originaire de la région de Vladimir, à quelque trois cents kilomètres à l'est de Moscou. Rédacteur en chef d'une revue paramilitaire bien en vue, *Samoliot* (*L'Avion*), c'est un homme doté d'un grand charisme, un bon vivant qui la fait sortir de la grisaille moscovite, en l'emmenant à bord de sa voiture personnelle dans sa datcha, où ils boivent du champagne en écoutant le gramophone… et en évitant, j'en suis sûr, de parler politique : les délateurs rôdent !

Ivinskaïa finit par annoncer à Emélianov qu'elle le quitte, qu'elle élevera seule sa fille. Emélianov, dont on imagine la colère, cherche à obtenir la garde de son enfant, en montant un dossier où il dépeint son épouse en « femme dissolue ». Selon une légende noire répétée des années plus tard par les détracteurs de ma grand-mère, il aurait découvert son journal intime, où figurent les mentions de ses amants.

Après que le juge lui a refusé la garde de sa fille chérie, doutant désormais de sa paternité, au comble du désespoir, Emélianov se passe la corde au cou. Ses amis n'admettent pas qu'un homme de sa trempe ait pu se suicider pour une « vulgaire bonne femme ». Pour comprendre son geste, il faut plutôt tenir compte de l'état d'extrême tension dans lequel vivent les idéalistes de la première heure comme Emélianov, confrontés à la dure réalité du régime. Beaucoup choisissent de se supprimer plutôt que de se compromettre avec l'ignoble. Son destin tragique inspirera plus tard Boris Pasternak qui l'immortalisera sous les traits d'un communiste fanatique déçu, Pavel Antipov, mari de Larissa Guichard dans *Le Docteur Jivago*.

La disparition de mon grand-père marque le début d'une longue série de drames qui mettent la santé mentale d'Olga à rude épreuve. Elle qui a été élevée par une mère célibataire ne parvient pas à rompre la malédiction de la *bezotsovchtchina*, l'enfance sans père. Sa fille grandira sans père, elle aussi.

TRAUMATISMES

Guerre et conséquences

En cette soirée du mardi 28 janvier 1941, les rues de Moscou sont pratiquement désertes. La capitale soviétique est submergée par une vague de froid polaire. Certaines catégories de fonctionnaires, pourtant, ne chôment pas. On frappe à la porte de notre appartement – c'est le NKVD. La police politique en a après Maroussia. « Prenez bien soin de la petite Irina et de mon chien… » a juste le temps de dire mon arrière-grand-mère avant d'être jetée dans un *voronok*, la voiture noire dont la silhouette sinistre est devenue l'incarnation de la terreur stalinienne.

L'instruction du dossier dure cinq mois, pendant lesquels ma famille est tenue dans l'ignorance. Enfin, en juillet, la terrible nouvelle finit par tomber : Maria a été condamnée à six années de camp à régime sévère sur la base du tristement célèbre article 58 du Code pénal soviétique, qui concerne toute « action contre-révolutionnaire visant à saper les bases du régime et sa sécurité extérieure ».

À ce moment, ma mère vient d'avoir trois ans – autant dire qu'elle ne garde aucun souvenir de l'arrestation de sa grand-mère, à laquelle elle a assisté. Au début des années 1990, quand sonnera dans la Russie postsoviétique l'heure de la « révolution des archives » et que les portes de la Loubianka (le quartier général du KGB, au cœur de Moscou) s'ouvriront aux proches des victimes de la Terreur, Irina viendra se pencher sur les dossiers de notre famille. Épuisée après de nombreuses heures passées à scruter les documents concernant sa mère, elle remettra à plus tard ceux de sa grand-mère Maria. Pouvait-elle deviner que ladite révolution se terminerait presque aussi vite qu'elle avait commencé ?

En l'état actuel de nos connaissances, donc, les principales sources sur cette sombre affaire demeurent les lettres envoyées par ma grand-mère au parquet soviétique, où elle implore les autorités de libérer sa « pauvre maman ». Ces lettres permettent de cerner les raisons de la condamnation de Maria. On lui reproche d'avoir critiqué le film *Lénine en Octobre*, sorti en 1937, où le rôle de Staline dans la prise du pouvoir par les bolcheviks avait été monté en épingle (« On voit plus Staline que Lénine à l'écran, ce n'est pas normal ») ; raconté une histoire drôle antisoviétique (« Que pensez-vous du régime soviétique ? Réponse : C'est comme avec ma femme – je l'aime, je le crains, et j'en voudrais un autre ») ; et dévoilé ses sentiments religieux (Maria a refusé de signer une pétition pour la destruction d'une église qui gênait soi-disant la circulation dans une Moscou en cours de rénovation).

Dans ces accusations, Olga voit le résultat d'une lettre de délation, derrière laquelle pourrait se cacher un voisin, ou même… un membre de la famille ! Les soupçons viennent à se porter sur Vinogradov, son nouveau compagnon, avec lequel elle s'est mariée après le suicide d'Emélianov, et dont elle attend un fils, Dmitri – mon futur oncle Mitia. Maria ne s'est pas privée de dire tout le mal qu'elle pensait du mari de sa fille ; elle s'est opposée à son installation dans leur appartement rue Potapov. C'est l'avocat de Maria qui lui dit avoir vu, dans le dossier d'instruction, une déposition signée de son gendre. Par un coup de théâtre, l'avocat est écarté à la dernière minute par un Vinogradov qui décide de prendre la défense de sa belle-mère. Pris de remords, il fait tout pour lui éviter l'exécution, comme c'est le cas pour près de 40 % des condamnés de la vague de terreur de 1941.

Verdict clément ou pas, pour Maroussia, la condamnation est pratiquement synonyme de mort. Le Goulag, dont les bases ont été jetées par Lénine, est une gigantesque machine à broyer l'individu, où les prisonniers, appelés *zek*[1], répartis en prisons, camps et « colonies de peuplement », réduits à l'état d'esclaves, exploitent de précieuses ressources et participent aux « chantiers du communisme », à la construction de villes nouvelles et

1. Terme normalement invariable, car il s'agit d'une abréviation du vocable *zaklioutchionnyé*, écrit d'abord *Z/K* et prononcé *zéka* (accent sur le « a »).

de barrages hydroélectriques. Le taux de mortalité du Goulag donne le tournis : 2,5 millions de personnes entre 1930 et 1953 ! Pas étonnant que ce monstre tentaculaire réclame du sang frais en permanence. En septembre 1939, après la signature du pacte Molotov-Ribbentrop, les camps et les colonies voient affluer des milliers de prisonniers, raflés sur les territoires annexés par l'URSS. L'année suivante, alors que la situation se tend en Europe et que Staline procède à un nouveau serrage de vis, le Goulag voit arriver des dizaines de milliers de personnes inculpées de sabotage, spéculation et divers crimes politiques. Et parmi elles, Maroussia.

Mon arrière-grand-mère est envoyée dans un complexe pénitentiaire à l'acronyme improbable – « Ounjlag », nom formé à partir d'un affluent de la Volga, l'Ounja, dans la région de Gorki (aujourd'hui Nijni Novgorod). L'adresse postale est une gare au nom terrible, *Soukhobezvodnoïé*, littéralement « lieu asséché sans eau ». Les conditions y sont plus « vivables » que dans les camps de la Kolyma, en Sibérie orientale, l'enfer du Goulag. Les *zek* y exploitent le bois, puis, pendant la guerre, se voient chargés des munitions et des uniformes. La situation se dégrade après l'invasion allemande, marquant le début de ce qui sera appelé, dans la mythologie soviétique, la « Grande Guerre patriotique ». Alors que le pays tente de faire face aux hordes hitlériennes, qu'on organise le déplacement vers l'Est d'usines et de personnel, et que la population civile manque de tout, la vie d'un *zek* perd le peu de valeur qu'elle avait avant le conflit. Entre 1941 et 1945, c'est un million d'entre eux qui rendront l'âme, soit 56 % des décès de toute l'existence du Goulag.

La correspondance d'Olga avec sa mère s'interrompt après la percée des Allemands dans la région de la Volga en 1942, quand Hitler se lance à l'assaut du pétrole du Caucase et de Stalingrad, ville sur laquelle il se cassera les dents. Ma grand-mère comprend que l'arrêt de la correspondance signifie que la situation sur place est devenue catastrophique. Si elle ne fait rien pour sortir sa mère du Goulag, elle ne la reverra certainement plus jamais vivante. Maria racontera plus tard que la situation s'est en effet tellement dégradée qu'on a pu assister à des cas de cannibalisme chez les prisonniers.

Olga décide de partir à l'aventure au moment où le pays est plongé dans la hantise de la défaite face à une avancée allemande fulgurante. C'est une femme qui pense n'avoir plus rien à perdre, ou presque. À l'été 1942, elle s'est à nouveau retrouvée veuve après la mort d'Alexandre Vinogradov, décédé dans ses bras d'une pneumonie mal soignée. Elle a été à deux doigts de perdre son deuxième enfant, mon oncle Dimitri, frappé par une méningite. Le visage de ma grand-mère, conservé sur la seule photo qui me soit parvenue de cette période, aux côtés de sa fille et de son beau-père Dmitri Kostko, en dit long sur son état d'épuisement à cette époque. C'est l'été et, plutôt que de partir vers l'Est comme beaucoup de Moscovites, la famille, ou ce qu'il en reste, trouve refuge dans une datcha près de la capitale. Pour survivre, Olga donne son sang, ce qui lui permet d'obtenir des rations supplémentaires, tandis que Kostko travaille comme instructeur cordonnier auprès d'invalides de guerre, gagnant un salaire de misère. Son peu de temps libre, il le consacre à ses chers Irotchka et Mitia, ses petits-enfants par substitution, à qui il transmet le goût de la littérature et de la poésie.

Le voyage d'Olga dans le camp du Goulag où moisit sa mère a certainement dû être un périple digne de figurer à l'écran. Imaginez une jeune femme deux fois veuve, mère de deux enfants, qui prend son courage à deux mains pour s'embarquer à bord d'un train où elle devait être la seule femme, aux côtés de soldats partant au combat, sans doute passablement éméchés. Et puis, son retour à Moscou, pratiquement sous les bombes, avec une mère malade du scorbut…

Quand elle arrive au camp, ma grand-mère apprend que Maroussia a été préventivement libérée. Aucune trace d'humanisme là-dedans. Maria est une *dokhodiaga*, comme on dit dans le jargon *zek* : une prisonnière qui a un pied dans la tombe, dont le décès ne ferait qu'augmenter les statistiques de mortalité. Sa libération s'inscrit dans une tendance globale à la baisse de la population carcérale du Goulag, qui passe de 2,3 millions au début de la Grande Guerre patriotique à un million de *zek* en juillet 1944. On libère les *dokhodiagui*, mais aussi tous ceux qui ont eu un « comportement exemplaire ». Après tout, on en a grand besoin sur le front !

Voilà Maria sur le seuil de son appartement. Elle tient à peine debout. Ma mère, qui a six ans, se souvient avoir été terrifiée à la vue de cette femme édentée et couverte de haillons : une sorcière tout droit sortie d'un livre de contes ! Mais la « sorcière » se remet vite, retrouve ses kilos et son énergie, prend ses petits-enfants en charge. Son esprit pragmatique est un atout précieux pour Olga, qui a toujours été une rêveuse. Une vie à peu près normale reprend son cours, d'autant que Moscou est désormais hors de danger. Bientôt, l'Armée rouge va libérer Leningrad, la deuxième ville du pays, dont le siège aura duré neuf cents jours. Le pays est ravagé, les morts, civils et militaires, dépassent largement les vingt-cinq millions, mais les Soviétiques se prennent déjà à rêver d'une après-guerre synonyme de libéralisation. Après tout, cette victoire désormais à portée de main, cette *pobeda*, n'en sont-ils pas les principaux artisans ?

*

La grande victoire de 1945, mon grand-père paternel, Mark Kozovoï, y aura contribué à sa manière. Devant la rapidité de l'avancée allemande – Kharkiv, un carrefour ferroviaire de toute première importance, est occupée le 24 octobre 1941 –, l'évacuation doit s'organiser au plus vite pour mettre à l'abri les précieux cadres. L'ensemble des employés du TEP et leurs familles sont envoyés à l'Est. Ma grand-mère s'embarque, en compagnie de sa sœur, de leurs enfants et de ses parents, pour un périple de plus de 1 700 kilomètres vers une république dont ils ignorent tout, le Kazakhstan, vers une ville dont ils n'ont sans doute jamais entendu parler et qui a pour nom Aktioubinsk (aujourd'hui Aktioubé).

Les républiques soviétiques d'Asie centrale sont la première destination des évacuations. À Tachkent, capitale de l'Ouzbékistan, plus de 100 000 personnes trouveront un refuge provisoire et, parmi elles, des écrivains prestigieux comme Anna Akhmatova, Korneï Tchoukovski et Alexeï Tolstoï. Au Kazakhstan, ce sont 800 000 personnes, dont 360 000 « colons spéciaux », qui devront refaire leur vie, à partir de pratiquement rien.

Contrairement à ce que prétend la propagande, l'évacuation, ordonnée par le décret du 24 juin 1941, se déroule le plus souvent dans un contexte d'improvisation et de chaos. Comment pourrait-il en être autrement ? En tout, ce sont plus de seize millions de Soviétiques issus de huit républiques de la partie occidentale du pays qui se mettent en branle. À ces « déportés volontaires » s'ajouteront, ne l'oublions pas, les « transferts forcés de populations », triste euphémisme désignant les déportations, sur ordre de Staline, de « populations suspectes », comme ces Allemands de la Volga, envoyés au Kazakhstan et en Sibérie avec le statut de « colons spéciaux ».

La famille de mon père vit la guerre de manière très différente de celle de ma mère. Un voyage en train à travers tout le pays, la nécessité de s'adapter à un territoire nouveau, la souffrance des privations rendent la vie impossible, mais je n'y lis aucune trace de répression. Pour mon grand-père, un léniniste de la première heure, la guerre est une expérience autrement plus formatrice que 1917 – comme pour Brejnev, né la même année que lui, et qui instituera, après son arrivée au pouvoir, un véritable culte à la victoire du 9 mai 1945.

Les Kozovoï paieront un lourd tribut au conflit : l'un des frères de Mark mourra au combat, ainsi que le mari de sa sœur. Le futur époux de ma tante Lora, Michel, sera envoyé au front à l'âge de seize ans. Et Mark lui-même sera grièvement blessé. Dans l'après-guerre, il fera partie de la nouvelle élite, celle des anciens combattants, catégorie valorisée par les autorités et qui le couvrira (en partie) après l'arrestation de son fils. La guerre fera de lui un *guéroï*, vocable qui ravive la mémoire glorieuse de la Russie tsariste, de la « guerre patriotique » contre Napoléon, la première véritable « guerre du peuple tout entier » à laquelle la Grande Guerre patriotique rend hommage.

Ce destin n'était pas écrit d'avance. En juin 1941, au moment de l'invasion allemande, Mark vient d'avoir trente-cinq ans. Trop âgé pour être mobilisable, père de deux enfants en bas âge – Vadim a quatre ans et Lora, neuf ans –, c'est un homme reconnu pour ses talents de « communicateur ». En 1939, enseignant chargé de cours de marxisme-léninisme et conférencier en relations internationales, il avait été engagé par l'agence radiotélégraphique d'Ukraine, la RATAOU (aujourd'hui Ukrinform). Au Kazakhstan il propose ses services au comité du Parti d'Aktioubinsk puis, en mai 1942, après un an de stage, il reçoit enfin sa carte de membre du Parti, un atout qui lui manquait pour préparer l'avenir, pour « monter ».

Sa décision de partir sur le front comme volontaire est moins motivée par des considérations de carrière que par son patriotisme, son idéalisme de « vieux bolchevik ». Comme lui, des centaines de milliers d'autres personnes rejoignent le Parti communiste au cours de la guerre. Cet effet d'« union sacrée », déjà observé en Russie au début de la Première Guerre mondiale, et qui avait brièvement profité à Nicolas II, contribue à faire oublier les crimes staliniens.

Cette décision s'explique aussi par ses origines juives. J'ignore s'il est au courant des massacres de plusieurs milliers de Juifs ramenés des villages alentour dans son bourg natal de Liakhovtsy. Qui aurait pu le lui raconter ? Les relations de Mark avec son père n'ont jamais été simples et, après une dernière visite de Nisl à Kharkiv avant la guerre, elles semblent s'être définitivement distendues. Mais je ne doute pas un instant que mon grand-père s'est engagé pour donner tort aux antisémites qui propagent la légende noire de Juifs lâches et traîtres, ayant fui en masse devant l'envahisseur, vers l'Asie centrale. Ma tante raconte avoir entendu, lors de son voyage au Khazakhstan, au passage de son train, les cris « Voilà les youpins », sa première rencontre avec l'antisémitisme « réel ». C'est certainement la raison pour laquelle ma grand-mère le pousse à s'engager : « Comment pourrais-tu regarder les gens dans les yeux, si tu passes la guerre à te planquer à Aktioubinsk ? »

Les aventures militaires de Mark ne commencent pas sous les meilleurs auspices. Lors de sa formation, destinée aux « cadres politiques » de l'Armée rouge, à Sterlitamak, à 500 kilomètres au nord d'Aktioubé, il égare une grenade factice, se dispute avec ses supérieurs, fait une conférence assez médiocre. Tout cela lui vaut un avertissement inscrit dans son dossier du Parti. Ces incidents, ainsi que la nécessité de recevoir une formation militaire poussée pour un homme qui en était dépourvu, pourraient avoir retardé son arrivée sur le front, en octobre. Son titre est « instructeur en propagande » ; il est un des officiers de la composante politique de l'Armée rouge, que l'on connaît jusqu'à la réforme de l'automne 1942 sous le nom de « commissaires », plus tard de *politrouki*. Les cadres politiques comme mon grand-père doivent être présents à tous les niveaux. Depuis la débâcle de l'été 1941, qui a vu des milliers de soldats soviétiques faits prisonniers, tout doit être tenté pour mobiliser les troupes et les pousser au sacrifice. C'est l'époque où le NKVD forme des « sections spéciales » chargées de châtier impitoyablement déserteurs et défaitistes.

Dès la fin 1942, au cours d'une escarmouche, il est blessé par des éclats d'obus (il souffrira toute sa vie d'un ulcère à la jambe), mais n'est pas fait prisonnier, ce qui aurait pu entraîner son exécution – les *politrouki* juifs étaient la cible numéro un des Allemands. Réussissant à obtenir son transfert dans un hôpital d'Aktioubinsk pour se rapprocher des siens, il repart au combat dès la fin décembre, juste à temps pour prendre part à la bataille de Stalingrad.

Le 15 janvier 1943, au cours de l'opération Koltso (« anneau »), la dernière phase de la fameuse bataille, dont l'objectif est de scinder en deux, puis de liquider l'armée allemande encerclée dans la ville, Mark organise, sous le feu nourri de l'ennemi, l'évacuation des blessés soviétiques sur le Don. Le 10 février, une semaine après la capitulation de Von Paulus, il se rapproche des positions ennemies, incitant les soldats de la Wehrmacht récalcitrants à se rendre, mettant à profit ses connaissances en allemand ! Ces deux actes de bravoure lui vaudront de recevoir l'Ordre de l'Étoile rouge et la médaille du Combattant de Stalingrad, deux distinctions prestigieuses.

Après la fin des combats, Mark obtient une permission pour retrouver les siens au Kazakhstan, mais doit vite retourner au front pour participer à la libération d'Odessa. Pendant des mois, il attend avec impatience son retour à la vie civile. Son avenir s'annonce brillant. Les *Izvestia*, le deuxième périodique du pays, l'invitent à les rejoindre. Il envisage de s'installer à Moscou seul, puis de faire venir sa famille, dès que possible. Le plus important, pour lui, c'est l'avenir de ses enfants, et d'abord celui de son fils chéri.

Le petit Vadik est un enfant précoce, qui fait la fierté de la famille Kozovoï. Mon père a appris à lire tôt, pratiquement seul – toute sa vie il sera un *samo'outchka*, un autodidacte. Ma tante m'a raconté que la maîtresse de l'école primaire d'Aktioubinsk ne tarissait pas d'éloges, lui demandant de faire la lecture aux autres enfants en son absence. À cinq ans, il écrit déjà à son père sur le front. Et il n'y a pas que la précocité dans l'apprentissage du langage. Un professeur de musique, frappé par son oreille, insistera pour qu'il fasse du piano, comme sa sœur. Ce que mon père refusera.

Ma grand-mère, qui travaille nuit et jour pour faire vivre la famille, désespère. L'exil en Asie centrale s'éternise. Reverra-t-elle un jour son appartement de Kharkiv, ou devra-t-elle continuer à s'adapter au climat et aux conditions de vie autrement plus rudes du Kazakhstan ? Enfin, on lui annonce qu'elle peut repartir. Euphoriques, les Kozovoï, ma grand-mère et sa sœur, ses parents, ma tante et mon père, accompagnés de la fine fleur des ingénieurs de Kharkiv, s'embarquent pour un long voyage de retour. Nous sommes au début du printemps 1944.

Le voyage depuis Aktioubinsk paraît interminable, et il l'est ! Après plus de quinze heures, le train marque enfin l'arrêt à Alekseïevka, bourg meurtri par le conflit, à deux cents kilomètres de Kharkiv. Les enfants ont envie de se dégourdir les jambes. Lora descend sur un remblai qui sert de quai, son petit frère à ses côtés. Celui-ci n'a qu'une envie, jouer. Vadik gratte le sol, tombe sur un objet brillant. Des années plus tard, il décrira la scène dans une lettre à Maurice Blanchot :

« Ce fut un lourd obus d'artillerie, trop lourd pour moi, qui gisait à même le sol couvert d'immondices (je le remarquai au dernier instant), et que je levai péniblement, puis jetai (ou plutôt laissai choir). Et qui s'enfonça dans mon œil gauche, quasi déchiqueta ma jambe gauche, couvrit ma tête, ma poitrine et mes bras d'impacts indélébiles de souffrance. Je m'assis, la tête penchée... »

Des collègues de ma grand-mère sont grièvement blessées. Ma tante, qui s'en tire miraculeusement sans une égratignure, se précipite sur son petit frère : un mince filet de sang s'écoule de son œil. Victime d'une commotion cérébrale, il retrouvera ses esprits plusieurs jours plus tard. D'autres enfants qui, comme lui, auront pris une mine pour un jouet, et ils sont nombreux à cette époque, n'auront pas cette chance.

À Alekseïevka, où ma grand-mère va passer de longs mois à soigner son fils, les spécialistes manquent. Les chances de sauver l'œil de Vadim s'amenuisent de jour en jour. Mon grand-père apprend la nouvelle avant sa démobilisation, en avril 1944. Il pense encore à son projet de déménagement à Moscou mais, après une courte période sur place, il comprend qu'il doit renoncer à son rêve. Rentrée à Kharkiv, son épouse Kilia est à bout de nerfs. Son seul espoir est la clinique Girchman, pôle renommé de l'ophtalmologie soviétique, fondée avant la guerre par un éminent spécialiste juif, Leonid Girchman. Pourtant, même les meilleurs spécialistes ne peuvent faire de miracle : mon père restera borgne.

Une paria de onze ans

Nous sommes en octobre 1946, à Moscou, dans les locaux de la revue *Novy Mir*, « *Nouveau Monde* ». Organe officiel de l'Union des écrivains, le « syndicat » des auteurs soviétiques, c'est une « revue épaisse » (entre deux cents et trois cents pages !) destinée à l'intelligentsia. *Novy Mir* n'a pas encore la stature qu'elle aura après la mort de Staline, quand elle deviendra la revue phare de l'ère du dégel en publiant, sur demande de Khrouchtchev lui-même, la nouvelle de Soljenitsyne *Une journée d'Ivan Denissovitch*, premier récit de la vie des camps.

Olga Ivinskaïa a rejoint *Novy Mir* au printemps, comme éditrice au département « jeunes auteurs ». Elle a trente-quatre ans. Ma grand-mère s'apprête à partir déjeuner avec une amie quand elle croise une collègue. « Attends, je veux te présenter quelqu'un. » Et la collègue de se tourner vers un homme d'âge mûr qui la suit : « Boris Léonidovitch, je vous présente l'une de vos admiratrices les plus ferventes ! » L'homme feint l'étonnement : « J'ignorais qu'à mon âge avancé, j'avais encore des admiratrices… »

En 1946, Pasternak a cinquante-six ans et une longue vie derrière lui. Il n'est pas célibataire. Sa première femme, Eugénie Lourié, lui a donné un fils, Evguéni ; avec sa deuxième femme, Zinaïda Neuhaus, il a eu un second fils, Leonid. En 1946, Pasternak est un auteur à la renommée pâlissante, passé du statut de « poète de cour » à celui de poète « dissident », de *bespartiïny* (non-membre du PCUS) suspecté d'écrits subversifs, de poèmes aux messages chrétiens cachés.

Jusqu'ici, la suspicion n'a jamais débouché sur une arrestation : Pasternak a su se rendre invisible ou montrer patte blanche. En décembre 1935, il a envoyé à Staline une lettre enflammée, accompagnée de ses traductions de poètes géorgiens ; l'année suivante, les *Izvestia* ont publié deux de ses poèmes où il qualifiait le Guide de « génie de l'action ». Pendant la guerre, exempté de service, il a écrit des poèmes magnifiant la souffrance du peuple soviétique, redonnant courage et espoir à la population.

Mais après le conflit, les nuages s'assombrissent à nouveau au-dessus de sa tête. Nous sommes au début de la guerre froide. Staline prépare une nouvelle purge prenant pour cible les intellectuels. Bientôt, Alexeï Sourkov, secrétaire de l'Union des écrivains, qui voue depuis longtemps une haine viscérale à Pasternak, l'accusera d'être un poète « bourgeois », « coupé des réalités… et calomniant la nouvelle vie ». Une vieille accusation, réitérée cette fois de manière officielle dans la *Pravda*, et qui sonnera le début d'une période dramatique pour l'écrivain, mais surtout pour ma grand-mère.

Mais revenons à leur rencontre.

Très intimidée, Olga blêmit, baisse les yeux. Boris Pasternak la dévisage avec curiosité. Son regard inquisiteur, « très masculin », comme elle l'écrira dans ses Mémoires, en dit déjà long sur ses sentiments.

— Quels livres de moi avez-vous ?

— Je n'en ai qu'un, un recueil de poèmes…

— C'est étonnant, pour une admiratrice ! Mais ne vous en faites pas, je vais vous en trouver.

Dès le lendemain, Olga découvre sur son bureau cinq petits livres signés de la main du grand homme. Et dans la semaine qui suit leur rencontre, le poète lui déclare sa flamme.

Ma grand-mère est pour lui un don du ciel, son nouvel idéal. Elle a tout pour lui plaire : femme victime, à la « vie en miettes » ; femme héroïne, qui a sauvé sa mère d'une mort certaine au Goulag ; mère-courage qui élève seule ses deux enfants issus de deux mariages. Pasternak en fera sa dernière muse, sa « Lélioucha », qui atténuera sa solitude, son isolement de grand poète tombé de son piédestal, son « éveilleuse » qui lui aura fait prendre pleinement conscience de la malfaisance de Staline et du régime communiste. Il en fera la Lara de son roman *Le Docteur Jivago*, livre en gestation depuis 1917, et dont il a commencé la rédaction après la guerre. C'est la première partie du roman qu'il est venu apporter à *Novy Mir*, en espérant voir sa publication d'abord sous forme morcelée, comme le veut la tradition.

Pourquoi Pasternak n'a-t-il pas quitté Zinaïda pour refaire sa vie avec Olga, son dernier grand amour, comme elle le lui réclamait au début ? Pour le poète, il n'est pas question de revivre la douloureuse séparation qu'avait constituée la rupture d'avec sa première épouse, Eugénie, et les difficultés de son installation avec Zinaïda. Son premier fils, Evguéni, a très mal vécu ce divorce ; Pasternak ne veut pas faire subir ces souffrances à son cadet, Leonid.

D'autre part, Olga, à la vie chaotique, qui aime s'entourer d'une horde d'animaux, n'aurait jamais pu offrir à Pasternak le confort matériel d'une Zinaïda, son exacte opposée en matière d'apparence et d'organisation, mais aussi, certainement, d'énergie sexuelle (Zina admet dans ses Mémoires s'être « retirée de la sexualité » depuis 1946). Le poète avait certainement besoin de l'alliance de l'Ordre et du Chaos, pour que s'accomplisse la magie de la création.

Ma mère a sept ans au moment de la fameuse rencontre de *Novy Mir*. Depuis la fin de la guerre et le retour de camp de Maria Nikolaïevna, la vie n'est pas simple pour une petite fille qui grandit sans père. La situation matérielle est pour le moins compliquée. Un cartable, accessoire incontournable pour sa première rentrée des classes, demeure un luxe inaccessible. Pour sauver les apparences, son grand-père de substitution adoré, Dmitri Kostko, doit lui en fabriquer un dans son atelier de cordonnerie. La petite Irotchka réalise que sa famille n'est pas une famille soviétique comme les autres. Elle commence aussi à goûter aux joies de la poésie. Sa mère lui fait découvrir les vers terriblement romantiques du poème *Le Démon* de Lermontov, l'exilé rebelle du Caucase :

Un jour l'Esprit déchu plana, dans sa détresse,
Au-dessus des sommets du Caucase orgueilleux,
À ses pieds le Kazbek, diamant lumineux...
Semblable au noir sillon, repaire du serpent
S'ouvre le Darial ténébreux et béant ;
Plus fier que le lion à la crinière ardente,
Le Térek fait bondir sa course rugissante...

Que comprend ma mère de la relation d'Olga avec Pasternak ? Elle voit sa mère transfigurée, passant ses soirées dans l'attente fébrile de l'appel de son « dieu » (*bogh*, c'est ainsi qu'Olga le nomme), quittant la maison pendant des heures, pour de longues promenades nocturnes avec le poète. Ce dernier devient pour elle une présence virtuelle. En décembre 1946, elle trouve sous le sapin un livre de poèmes de Lermontov avec la dédicace « Les enfants, aimez la poésie, c'est ce qu'il y a de meilleur ! ». Et puis, il y a les fréquentes ruptures de sa mère avec le poète au début de leur relation, les sautes d'humeur d'Olga, ses crises de larmes et ses disputes avec Maria (« Un homme marié, de vingt-deux ans ton aîné, pratiquement mon âge, du jamais-vu ! Pense aux enfants ! »). La petite Irotchka se moque d'abord de sa mère pour son inconstance, pour son émotivité excessive ; à la fin des années 1940, ayant grandi, elle se montrera plus mûre : « Maman, je te comprends. »

Ma mère rencontre Pasternak fin avril 1947. La veille, ma grand-mère l'a « préparée » en lui demandant d'apprendre un de ses poèmes. Mais la petite fille a du mal. En lisant, elle bute pratiquement sur chaque mot. On est loin du lyrisme de Lermontov !

On voit trembler les murs blancs des garages
Et comme un os va surgir la coupole
Au-dessus du parc choient des topazes
Les éclairs sans yeux bouent dans un grand bol.

Le lendemain, habillée pour la circonstance (une robe rose avec un ruban), elle rougit en entendant sa mère vanter ses talents (« Boria, elle écrit déjà des poèmes ! »). Elle bafouille quand Pasternak lui parle. Le poète, lui, est sous le charme. C'est à ce moment que naît dans son esprit la petite Katia, la fille de Lara et de Pavel Antipov dans *Le Docteur Jivago* :

« Une fillette d'une huitaine d'années, aux petites nattes fines, était entrée. La fente étroite de ses yeux écartés lui donnait un air espiègle et rusé. Lorsqu'elle riait, elle les levait un peu. Avant d'entrer, elle avait deviné que sa mère avait une visite, mais, une fois sur le seuil, jugea bon de jouer la surprise, fit la révérence, et, sans ciller, elle fixa le docteur de son regard intrépide d'enfant qui a grandi dans la solitude et appris à réfléchir de bonne heure. »

Un an plus tard, ma mère retrouve Pasternak pour l'achat d'un cadeau d'anniversaire. « Que souhaites-tu pour tes dix ans ? Des livres sans doute ? » Ma mère énumère une longue liste d'auteurs : « Gontcharov, Ostrovski, Tourgueniev. Et Tchékhov. » On s'arrête dans une grande librairie, les livres sont achetés, dédicacés. Ma mère est triste, Pasternak ne viendra pas à son anniversaire : il faut préserver les apparences. Pas pour longtemps. Bientôt Zinaïda découvre la liaison et exige d'Olga qu'elle mette fin à la relation… en vain. Le poète est déchiré, il ne peut se séparer d'une épouse à laquelle il est profondément attaché, se refusant à un nouveau divorce ; mais il ne parvient pas non plus à rompre avec celle dont il est très amoureux et qui continue de l'inspirer (et qui, contrairement à Zinaïda, comprend et aime sa poésie !). Dans ses Mémoires, cette dernière expliquera qu'elle a fini par accepter l'idée d'une maîtresse ; après tout, écrivait-elle, Olga rendait Boris heureux… Et un Boris heureux est un Boris créatif !

Pour Olga et Boris, les étés deviennent rapidement des périodes privilégiées. À l'été 1948, ils se retrouvent seuls dans l'appartement de la rue Potapov, au cœur d'une capitale vidée de ses habitants. Ma mère passe ses vacances dans une datcha à quatre heures de route de Moscou, dans le bourg de Soukhinitchi. Elle entend sa grand-mère se disputer avec son compagnon. Elle comprend qu'Olga est enceinte. « Un troisième enfant, avec deux orphelins sur les bras… Pasternak ne lâchera jamais sa famille… Les enfants ont besoin d'un vrai père… »

Dimitri Kostko, toujours positif, tente de la rassurer : « Ne t'inquiète pas, Mourotchka, on y arrivera. » Mais Maria ne décolère pas.

Pour échapper à ce quotidien tendu, Irina passe des journées entières isolée, dans le jardin, le nez dans ses livres. Elle lit surtout des auteurs étrangers – Thackeray, Hugo et Balzac. Dickens la fait pleurer avec *Dombey et fils*, roman où une fille, Florence, se dévoue pour tenter de sauver son petit frère mourant, Paul. D'abord révoltée par l'absence de sa mère, restée en ville avec un homme qu'elle admire mais ne voit presque jamais, Irina finit par accepter l'idée d'avoir un nouveau petit frère, un *bratik*, qu'elle protégerait contre les attaques de sa grand-mère.

Enfin arrive le jeudi 6 octobre 1949, le « jeudi noir ». Ma mère a onze ans : « C'est l'âge où l'on se souvient des choses, sans les comprendre », écrira-t-elle dans ses Mémoires. Elle rentre de l'école, frappe à la porte. Un « superbe officier » du MGB (le ministère de la Sûreté d'État, prédécesseur du KGB) lui ouvre, sourire aux lèvres. Toutes les lumières sont allumées, comme pour les grandes occasions ; le porte-manteaux croule sous les uniformes ; des volutes de fumée de papirosses enveloppent le séjour. Des revues et des livres sont éparpillés par terre. Elle se souvient des yeux terrorisés de sa grand-mère, de l'odeur de valériane – Kostko, qui a des problèmes cardiaques récurrents, vient de faire une syncope. Sa mère n'est pas là ; cela fait déjà une heure qu'elle a été emmenée en larmes à la Loubianka.

Irina comprend que quelque chose de grave est en train de se jouer. Elle se réfugie dans sa chambre, prend un livre, comme pour tenter d'échapper à un monde qui est en train de s'écrouler autour d'elle. Enfin, vers deux heures du matin, elle entend les agents du MGB s'installer avec les grands-parents à la cuisine : « Vous n'avez pas les moyens de vous occuper des enfants. » Ma mère et son frère tendent l'oreille : vont-ils se retrouver dans un *detdom*, un orphelinat ? La discussion se poursuit. Ma mère, épuisée, finit par s'endormir. Il est six heures du matin quand Maria vient la réveiller pour la rassurer – elle et son frère resteront avec eux.

Irina ne reverra pas sa mère durant presque quatre ans. Maria Nikolaïevna a des échanges téléphoniques assez réguliers avec l'officier chargé du dossier, un homme très courtois, mais qui la tient dans la plus grande ignorance de la torture psychologique que subit sa fille dans les geôles de la Loubianka. Une femme qui a croisé Olga en cellule lui apprend qu'elle a fait une fausse couche, certainement provoquée – pour le MGB, il n'est pas question que Pasternak ait un enfant adultérin.

La sentence, énoncée à la va-vite, sans procès contradictoire, par une *troïka*, un « jury » de trois personnes, tombe le 29 juillet 1950 : cinq ans de camp sur la base de l'article 58 alinéa 10 du Code pénal, le même qui avait servi à inculper Maroussia. La raison ? Sa « proximité avec des personnes soupçonnées d'espionnage ». En découvrant le dossier, des années plus tard, ma mère n'aura aucun doute : il s'agit de Pasternak. Le fait qu'Olga ait pu être interrogée, la nuit, par de hauts gradés de la Loubianka est un détail révélateur. « Dites-moi, pensez-vous que Pasternak soit animé par l'esprit de trahison ? Vous êtes au courant de la nature antisoviétique de son roman ? » la questionne Viktor Abakoumov, chef sadique du MGB, un protégé de Beria qui sera exécuté après la mort de Staline. « Qu'est-ce qu'une jeune et belle femme russe comme vous a pu trouver à ce vieux Juif ? » lui demande plus tard Anatoli Semionov, un autre officier, plus jeune, en charge du dossier.

Cette dernière question mérite explication. Pasternak est passé au travers de plusieurs vagues de purges ; il doit certainement son salut à Staline lui-même. Mais en raison de ses origines juives, il est fort possible qu'il devait figurer parmi les principales cibles d'une campagne aux relents antisémites, visant les « cosmopolites sans patrie » à la fin des années 1940. C'est à ce moment que les hommes de la Loubianka reçoivent pour consigne de faire de ma grand-mère un témoin à charge contre lui. Ou à tout le moins, parce qu'il est mondialement connu, de lui faire endurer mille tourments en s'en prenant à ses proches. Une stratégie déjà utilisée contre la poétesse Anna Akhmatova, dont le mari et le fils sont eux aussi arrêtés en 1949, alors qu'elle-même n'est pas inquiétée.

En dépit de cette torture psychologique, ma grand-mère tient bon, refusant de concéder que Pasternak est « mû par des sentiments antisoviétiques ». Pour l'enfoncer, le dossier se voit enrichi d'éléments à charge collectés par le biais de délations et de chantages visant son entourage : « Il a été établi qu'elle [*Olga Ivinskaïa*] a des opinions antisoviétiques et terroristes (*sic*), écoute la radio Voix de l'Amérique. En outre, son père a rejoint les Blancs en 1918, sa mère a été réprimée pour raisons politiques en 1941. »

*

Olga est envoyée purger sa peine au complexe pénitentiaire répondant au doux nom de Doubrava (« la chênaie »), connu sous l'acronyme *Doubravlag*, dans la république de Mordovie, à cinq cents kilomètres au sud-est de Moscou. Située à quarante kilomètres de Potma, un village désolé au nom sinistre, sa « capitale », Iavas, a vu défiler des centaines de milliers de prisonniers depuis l'ouverture, en 1931, du premier « ITL », abréviation de « camp de rééducation par le travail », qui portait alors le nom de Temnikovski, ou Temlag. Le Doubravlag est un *osoblager*, un « camp spécial », une nouvelle catégorie introduite dans la galaxie du Goulag. Il est destiné aux prisonniers condamnés sur la base de l'article 58 et dont les peines vont de cinq ans, comme pour ma grand-mère, à vingt-cinq, pour ceux jugés particulièrement dangereux, comme les « frères de la forêt », des résistants à l'occupation soviétique dans les pays baltes.

Olga bénéficie du droit de correspondance. Elle écrit régulièrement à sa mère pour donner de ses nouvelles et demander qu'on lui fasse parvenir de quoi améliorer l'ordinaire. Maria pousse sa petite-fille de treize ans à garder contact. Ces lettres sont un pensum pour Irina, dont le principal point d'ancrage demeure Kostko, son *opekoun* (tuteur). Pasternak joue le rôle de père de substitution, de père nourricier qui permet à Ira d'avoir une adolescence à peu près normale. C'est un homme qu'elle ne voit qu'épisodiquement, quand il passe en coup de vent visiter la famille, pour laisser de l'argent. Il ne reste jamais longtemps, souffrant terriblement de voir les regards déchirants des enfants ; il ne supporte pas non plus d'entendre les récits terrifiants de mon arrière-grand-mère sur le calvaire d'Olga en camp.

En 1952, après la mort de Dmitri Kostko d'un malaise cardiaque[1], Pasternak devient le seul référent masculin d'Irina et de son demi-frère, Dmitri. Mais à la fin de cette année-là, c'est le poète qui est lui-même victime d'un infarctus. Quand elle le retrouve, plusieurs semaines plus tard, ma mère a l'impression de revoir un membre de sa famille. Le sentiment sera partagé. Pour Pasternak, elle est devenue sa fille : « Irotchka, cela fait si longtemps que je ne t'ai pas vue, tu es devenue si jolie, tes yeux en amande se sont redressés. »

L'absence de parents et l'éloignement de Pasternak poussent Irina à chercher des modèles ailleurs. Comme beaucoup de jeunes de l'époque, elle les trouve au cinéma. De nombreux longs-métrages américains et britanniques

1. Quatre ans plus tard, Maria se remariera avec Sergueï Bastrykine, un peintre, amoureux d'elle depuis longtemps déjà...

des années 1930, ramenés d'Allemagne et d'Autriche par les soldats de l'Armée rouge, sont diffusés en Union soviétique après la guerre sans verser le moindre kopeck aux ayants droit.

Si le pouvoir soviétique autorise leur diffusion en dépit d'un contexte de guerre froide et de campagnes antiaméricaines dans les médias, c'est d'abord pour des raisons purement mercantiles. Le pays a besoin d'être reconstruit, vite, et l'industrie du film soviétique n'est capable de produire que quelques rares longs-métrages, qui n'attirent pas toujours les foules. Les « films trophées » occidentaux permettent au Parti d'engranger à moindre coût des millions, qui seront ensuite investis dans le complexe militaro-industriel. Il n'en reste pas moins que, dans un contexte de pénuries et de tensions renouvelées sur le front du travail, ils offrent une possibilité d'oublier les difficultés de la vie quotidienne, de s'évader, de voyager là où personne ne pense un jour pouvoir se rendre. Et d'entrevoir un système politique et social aux antipodes de celui de l'URSS.

Les films qui font le plus d'entrées sont ceux de la mythique série des *Tarzan*, avec Johnny Weissmuller dans le rôle-titre. Ils offrent aux Soviétiques une charge d'adrénaline et d'érotisme jamais vue chez eux, mais aussi une fenêtre inespérée sur l'Amérique. Une véritable « tarzanomania » submerge l'Union soviétique ; rétrospectivement, on peut dire qu'elle prépare le terrain de la déstalinisation et de l'américanophilie de l'ère Khrouchtchev. Dans les cours de récréation, les garçons imitent le fameux cri de l'homme-singe, tandis que les filles rêvent de devenir exploratrices. Et puis, il y a la mode. Après *Tarzan à New York*, montré en URSS en 1951, les jeunes copient sa coupe de cheveux – le toupet (*kok*) et sa tenue vestimentaire, ses cravates criardes. Les autorités finissent par réagir pour dénoncer avec virulence ces *fashion victims*, qu'on appelle les *stiliagui* (pluriel de *stiliaga*, du mot « style »), un peu l'équivalent des zazous français.

Âgée de quatorze ans, ma mère est une tarzanophile convaincue. Elle n'hésite pas à sécher les cours pour aller revoir une énième fois les aventures de son héros préféré. Bravant les interdits, elle achète au marché noir une photo de Weissmuller, au physique avantageux, pour la coller dans son cahier de textes. Les autres « hommes forts » qui la marquent sont Jimmy Cagney, qu'elle découvre dans *Les Fantastiques Années 20* (1939), le destin tragique d'un vétéran de la Première Guerre mondiale qui cherche à s'insérer dans une société marquée par la violence, mais aussi par la liberté d'entreprendre, l'opulence et la joie de vivre ; et Spencer Tracy, dans *Fury* (1936), un homme pourchassé par la foule, qui parvient à être innocenté devant un tribunal – une vision de la justice à des années-lumière de l'arbitraire stalinien dont elle subit alors les conséquences.

Hollywood offre à ma mère un moyen de s'évader hors d'un univers dans lequel elle est une paria, une adolescente obligée de dissimuler ses origines à l'école – son père suicidé, sa grand-mère puis sa mère déportées au

Goulag, un grand-père fils de prêtre, la proximité d'un « poète maudit ». Dans les salles obscures, tout le monde se retrouve à égalité ; il est possible de rêver d'un ailleurs interdit sans craindre d'être dénoncé.

L'école cesse d'être un lieu où elle va la boule au ventre au début des années 1950, quand elle fait la connaissance d'une nouvelle professeure d'anglais, Inessa Malinkovitch. Née en 1928, prénommée ainsi par sa mère, bolchevique fervente, en l'honneur d'Inessa Armand, révolutionnaire qui fut (très) proche de Lénine, elle est une pédagogue d'exception qui a le don d'envoûter les jeunes filles par son amour de la littérature, ce qui lui vaut le surnom de « Maître » (*Outchitel*). Inessa forme un *kroujok*, un atelier où elle entraîne les jeunes filles les plus motivées à la traduction de Byron, Keats, Shelley et Shakespeare. Un jour, ma mère y ramène *Hamlet*, traduit et offert par Pasternak. En découvrant la dédicace, sa professeure s'exclame : « Vous en avez, des amis ! » Et ma mère de répliquer, provocatrice : « D'excellents amis, n'est-ce pas ? » « Oh que oui ! » opine son mentor, l'air entendu.

Devenue amie et confidente, Inessa invite régulièrement Irina dans son petit appartement près des Étangs clairs, où elles parlent de (presque) tout. C'est elle qui, après lui avoir fait découvrir la poésie anglaise, initie ma mère à la « grande poésie russe », aux vers d'un précurseur de Pouchkine, Constantin Batiouchkov, et à ceux de deux poètes de l'Âge d'or littéraire russe que sont Ievgueni Baratynski et Fiodor Tioutchev. Pour l'adolescente en quête de figures d'autorité, la relation devient fusionnelle. « Inessa a été le joueur de flûte qui m'a fait quitter le Hamelin soviétique », écrira ma mère dans ses Mémoires.

La disparition de Staline sonne pour ma grand-mère l'heure de la libération anticipée. Sous les auspices de Beria, tout-puissant ministre de l'Intérieur (MVD), la direction soviétique décide de procéder à une amnistie de masse. Le démantèlement du système carcéral stalinien s'impose pour des raisons d'abord économiques : ce n'est pas tant le travail forcé en lui-même qui est jugé inefficace que la voie choisie par le Guide, considérée désormais comme une impasse. En proie à la corruption, au gaspillage et aux soulèvements qui se multiplient à la mort du tyran, le Goulag présente un grave danger pour l'ordre public. Sans compter le fait que la séparation de millions de familles entraîne des ravages dans la société.

Au cours des trois mois qui suivent la disparition de Staline, 1,2 million de *zek* retrouvent la liberté, soit presque la moitié de toute la population carcérale (la précédente amnistie avait eu lieu après la guerre, elle avait concerné plus de 600 000 personnes et, à l'époque, Beria s'y était opposé). 40 % des unités pénitentiaires ferment avant la fin de l'année. Si les « politiques », condamnés au titre de l'article 58, en sont théoriquement exclus, ma grand-mère recouvre la liberté car, condamnée à une peine « légère », elle « ne présente pas de danger pour la société »...

Il est onze heures passées en ce soir d'avril 1953 quand on sonne à la porte. Ma mère et mon oncle ne dorment pas. Transportés de joie, le cœur battant, ils sautent de leurs lits et se précipitent derrière leur grand-mère qui va ouvrir. Ils découvrent une femme vêtue d'une *telogreïka*, la veste rembourrée des *zek*, silhouette amaigrie, mais au visage encore jeune et rayonnant. Pour ma mère, la vie peut enfin retrouver son cours, elle ne sera plus jamais une paria !

ARRESTATIONS

Un canon dans sa poche

« C'est moi qui l'ai inscrit à l'école après un premier refus – Vadik était né en août, et le proviseur m'avait dit qu'en tant que handicapé, il pouvait encore attendre un an. Quand j'ai rapporté ces propos à Vadik, il s'est jeté par terre, se mettant à hurler. Pour lui, il était hors de question de rentrer à la maison tant qu'il ne serait pas accepté. »

Dans ce récit rédigé par ma tante Lora plusieurs années après la mort de Vadim, je le reconnais tel qu'en lui-même – déterminé, émotif, refusant de bénéficier d'un régime de faveur en raison de son handicap, de perdre une année qui aurait fait de lui, certainement, la cible de nouvelles moqueries qui, depuis sa blessure, ne manquaient pas. « *Kossoï ! Beznogui !* (bigleux, boiteux) », lui criaient les enfants de sa cour d'immeuble, après sa sortie de l'hôpital.

Le directeur de l'école numéro 105 de Kharkiv se montre compréhensif. Il sait que le petit Vadim sera une excellente recrue. Et il ne sera pas déçu. En juin 1954, mon père quittera le lycée en élève brillant et prometteur, médaillé. Une médaille d'or qui représente certainement une revanche sur son infirmité.

Le directeur accepte d'inscrire mon père car Vadim est le fils d'un homme connu. De retour en Ukraine, Mark Kozovoï est redevenu un conférencier en vue, doublé d'un ancien combattant décoré. Jusqu'en été 1951, le Parti le rattache à un institut de formation de futurs enseignants à qui il dispense des cours de marxisme-léninisme ; puis à une école d'architectes, avec la même fonction.

Mark conserve sa passion pour l'histoire, et plus particulièrement la Révolution française, passion qu'il partage désormais avec son fils, avec lequel les relations, il faut bien l'admettre, ne sont pas toujours faciles. Le tempérament de mon père, un enfant surprotégé, peut-être même gâté, irritable et dominateur, est à l'origine de nombreuses crises qui peuvent se produire à la suite d'une simple partie d'échecs ou de cartes. Le profil de mon père est déjà celui d'un *azartny igrok*, d'un joueur compulsif, avec tout ce que cela implique de prise de risque inconsidérée et de conséquences potentiellement dévastatrices pour sa vie...

Je me souviens avoir entendu mon père dire, non sans fierté, qu'après le lycée il avait envisagé de faire des études de mathématiques. Ses résultats étaient excellents dans toutes les matières et il aurait donc très bien pu s'engager dans cette voie, d'autant que sa sœur avait entrepris une formation d'ingénieur en bâtiment. Mais il y avait un autre pôle de sa personnalité qui penchait vers les humanités. La figure tutélaire de son père et l'influence des lectures permises par l'accumulation des livres de sa bibliothèque, où les œuvres de Lénine et de Marx voisinaient avec celles de Mommsen et d'Aulard, ont certainement dû orienter son choix.

Durant ses études secondaires, mon père n'a jamais fait douter de son adhésion au régime communiste. Une photo le montre à la tête d'un défilé du 1er mai, sous une banderole (rédigée en ukrainien !) à la gloire de Lénine et de Staline. Il est un pionnier modèle et fait la fierté de son père, de son école. Un vieux cahier datant de cette époque m'apporte de précieux renseignements sur son programme de lecture, des plus ambitieux. Le cahier s'ouvre avec un tableau de quatre colonnes : dans la première, Vadim fait figurer quarante-neuf auteurs de belles-lettres, russes et occidentaux – Shakespeare, Tolstoï et Goethe s'adjugeant les premières places ; Marx, Engels, Lénine et Staline n'arrivent qu'en deuxième catégorie. L'émancipation, encore timide, est en route !

Les certitudes de mon père se retrouvent ébranlées, comme chez beaucoup de jeunes de sa génération, après mars 1953. À la mort de Staline, il a quinze ans ; aux dires de ses proches, il est suffisamment mûr pour voir que tout le monde ne pleure pas le « coryphée des arts ». Le changement d'atmosphère a dû être ressenti à la maison. Son père n'a jamais été un stalinien. J'imagine qu'il a entendu parler, par bribes, des purges en Ukraine qui ont entraîné la mort de 120 000 personnes et fait des dizaines de milliers de réprimés à la fin des années 1930. Il m'est difficile de penser que Mark ait pu se montrer indifférent aux campagnes antisémites de Staline, même s'il avait depuis longtemps renié sa judéité. Quant à savoir ce qu'il a pu penser de l'assassinat de Trotski, son idole secrète, au Mexique en 1940, si tant est qu'il ait été au courant, il m'est facile de le deviner.

Mark Ilitch a des amis, des *lektory* comme lui, avec lesquels il a l'habitude de s'enfermer pour « parler politique ». J'ignore jusqu'où ces conversations pouvaient aller, mais les questions des purges, de la guerre froide, d'une possible nouvelle guerre, nucléaire, ont probablement dû être évoquées au cours des mois qui ont suivi la disparition du Père des peuples. Si mon père n'était sans doute pas présent lors de ces conversations, mon grand-père a vraisemblablement prononcé quelques phrases bien senties en présence de la famille. Et puis, Mark a un poste de radio à ondes courtes, grâce auquel il a pour habitude d'écouter – pour nourrir ses conférences, il va sans dire ! – les « voix ennemies » : Voix de l'Amérique, Radio Liberté, la BBC… Dans la famille Kozovoï, on se montre prudent, mais l'information circule.

C'est l'influence du père, mais aussi le « vent du changement », qui incite Vadim à s'orienter vers les études d'histoire. Mais où s'inscrire ? À seize ans, il rêve d'indépendance et d'éloignement. L'université de Kharkiv, c'est la province, ce n'est pas pour lui ! Les lumières de la capitale l'appellent, il veut intégrer l'université la plus prestigieuse du pays, l'Université de Moscou, la « MGU ». Une université qui fait parler d'elle depuis septembre 1953, quand a été inauguré le complexe grandiose et éclectique conçu par l'architecte Lev Roudnev, dominé par une tour de trente-six étages et destiné à abriter les locaux des départements scientifiques, symbole de la renaissance du pays après les terribles destructions de la guerre.

La mise au pas de l'histoire par le Parti communiste soviétique a commencé au début des années 1930, avec l'emprise de Staline sur le monde scientifique. 1934 a vu s'ouvrir la faculté d'histoire de la MGU, installée dans des locaux prestigieux de la rue Herzen (aujourd'hui Bolchaïa Nikitskaïa), au cœur du vieux Moscou, près du quartier de l'Arbat. Succédant à une faculté des sciences sociales fondée en 1919, héritière elle-même d'une faculté historico-linguistique datant de la fin du XIXe siècle, elle incarne la reprise en main d'une discipline hautement sensible, qualifiée de « la plus politique de toutes les sciences » par l'historien officiel du régime, Mikhaïl Pokrovski (1868-1932). Parmi les futurs diplômés de cette faculté figure un certain Ivan Emélianov – « le grand-père que je n'ai pas connu ».

À cette époque, l'interprétation plus ou moins libre des faits historiques, qui prévalait encore dans les années 1920, a cédé la place à l'imposition, dans le domaine de l'histoire, de schémas et de grilles d'analyse marxistes-léninistes, du principe léniniste de *partiïnost*, le fait que toute production intellectuelle doit servir les intérêts du Parti. Faire partie du personnel de la faculté d'histoire ne protège en rien de la Terreur stalinienne, au cours de laquelle deux doyens de l'établissement,

Grigori Friedland et Pavel Gorine, et un spécialiste d'histoire religieuse, Piotr Preobrajenski, sont fusillés, tandis que Nikolaï Loukine, un éminent spécialiste d'histoire contemporaine, meurt au Goulag.

L'accès à la MGU est loin d'être aisé. Contrairement au système français, nul n'y est admis sans examens d'entrée, écrits et oraux, assez rudes. 25 % des places sont réservées aux médaillés d'or du secondaire, dispensés des épreuves écrites. Je peux imaginer la satisfaction et la fierté de mon grand-père à l'annonce du succès de son fils, lui qui a certainement été frustré, après la guerre, de n'avoir pu lui-même déménager à Moscou. D'autant que Vadim a choisi une discipline que Mark affectionne tout particulièrement, l'histoire !

En septembre 1954, quand mon père emménage dans sa petite chambre universitaire de la rue Stromynka, près du parc Sokolniki, loin du centre de la capitale, il vient de fêter ses dix-sept ans. Il est certainement familier des attendus idéologiques, en ayant été passablement abreuvé à l'école et à la maison. Mais à la faveur d'un contexte rimant avec déstalinisation, il commence à s'en émanciper. À l'instar de beaucoup de jeunes venus de province, il rend visite à Lénine et à celui qui gît alors à ses côtés au Mausolée, Staline. Dans un texte de 1989, traduit par son ami Jean-Claude Marcadé, il racontera cette rencontre :

« [La momie] de Lénine m'a presque déçu et même quelque peu apitoyé, paraissant, avec ses bottines puériles soigneusement astiquées, trop mignonne et proprette, vaguement godiche, plutôt lointainement anodine et mélancoliquement délaissée comme en ont parfois l'air ces poupées d'un autre âge qu'on découvre sans les voir, attiré qu'on est par leur magnétisme de solitude ou leur stérile miroitement d'emprunt, sur une chaise sénile, sur la table bancroche d'un grenier devenu apathique et myope… »

À l'en croire, le Vadim de 1955 est déjà en rupture avec l'idole de son père. Mais jusqu'où ? Pour tenter de le savoir, je me replonge dans deux mémoires universitaires qu'il a rédigés en deuxième et en troisième année.

Le premier porte sur les réformes des frères Gracques, Tiberius et Caius, deux hommes d'État romains qui, au IIe siècle avant notre ère, ont cherché à rendre plus supportable le sort de la classe moyenne en voie, selon eux, de « prolétarisation ». Ces deux tribuns de la plèbe doivent leur légende au fait qu'ils sont morts dans des circonstances tragiques, le premier assassiné, le deuxième s'étant probablement suicidé. La gauche, de Gracchus Babeuf à Marx, les a érigés en martyrs de la cause socialiste avant la lettre : un contresens qui fera des ravages chez plusieurs générations d'historiens.

Le mémoire de mon père est rédigé selon les canons de l'époque. Les historiens étrangers (allemands) sont qualifiés de « bourgeois » ; la première rubrique de sa bibliographie s'intitule « Les classiques du marxisme-léninisme ». Dans le même temps, Vadim se montre plutôt critique envers les historiens soviétiques. La question de savoir si les Gracques ont été ou pas des « révolutionnaires socialistes avant l'heure », comme le veut l'interprétation marxiste traditionnelle, est selon lui secondaire ; le plus important, écrit-il, est de les étudier dans leur « contexte socio-économique ». La fin tragique des Gracques serait le symptôme de la crise de la République et préfigurerait l'Empire. Derrière le jeune étudiant se profile clairement l'historien « révisionniste ». « À peine arrivé parmi nous, le jeune Kozovoï veut déjà révolutionner l'historiographie ! » se serait exclamé, moins admiratif qu'ironique, son directeur d'études, Nikolaï Pikous, spécialiste soviétique du monde antique.

En troisième année, mon père va encore plus loin dans son émancipation. Il choisit de travailler sur la politique de la religion civile de la Révolution française, les cultes de la Raison et de l'Être suprême introduits dans le contexte de la Terreur par Hébert, un athée, et Robespierre, un déiste, pour servir de substitut au christianisme et unifier les Français. L'influence de Mark Ilitch dans le choix du sujet est évidente ; l'éloignement de Kharkiv n'a pas été synonyme de rupture sur le plan des goûts en matière de période historique. La bibliothèque de Mark et l'ouvrage d'Aulard, cité plus haut, sont mis à contribution.

Si le début du mémoire paraît s'inscrire dans la ligne historiographique marxiste (« Réduisant à néant un régime féodal en putréfaction, la Révolution française a dans le même temps rompu de manière décisive avec la religion qui en formait le soubassement »), l'on est frappé en même temps par une certaine irrévérence, avec l'absence pure et simple, dans les notes et la bibliographie, des « Grands Anciens », Lénine et Marx. Irrévérence inouïe qui ne manque pas de susciter l'agacement de son directeur, Anatoli Ado, futur grand ami d'Albert Soboul, chef de file de l'école marxiste de la Révolution française.

Au moment où il rend son mémoire, j'en suis persuadé, mon père est déjà convaincu de la nature viciée du communisme et de l'action néfaste de Lénine. Si les sentiments qui l'animent sont assez extrêmes, il n'en appartient pas moins à une génération, celle des « enfants du XXe Congrès », des étudiants de bonne famille, aux parents bien insérés dans la société, des idéalistes qui se mettent à questionner les autorités dans le contexte du « dégel », se radicalisent en découvrant le mouvement réformiste en Europe communiste, d'abord en Pologne, puis en Hongrie. Dans ce dernier pays satellite, le mouvement de protestation sera écrasé par les forces du Pacte de Varsovie, début novembre 1956 – une tragédie qui choque (c'est peu dire) mon père et nombre d'autres étudiants dont le rêve de libéralisation s'effondre brutalement.

Il faut se souvenir de ce qu'a pu représenter la mort de Staline pour les étudiants des meilleures universités soviétiques. Enivrées par un sentiment de liberté sans précédent, les futures élites du pays multiplient les discussions révisionnistes et clandestines. Au sein de la MGU, les premières à être touchées par ce mouvement sont les facultés de biologie et de journalisme. À l'université de Leningrad, la LGU, se forment plusieurs groupes, le premier sous l'égide de Viktor Trofimov, un étudiant de l'Institut de pédagogie, et de Boris Poustyntsev, étudiant en langues étrangères ; le deuxième est animé par Mikhaïl Molostvov, un marxiste qui souhaite revenir à la « pureté du léninisme », au sein de la faculté de philosophie.

Le groupe étudiant contestataire le plus important de cette période, en raison du statut social élevé de ses membres, est celui auquel adhère mon père et qu'on associe au nom de son meneur, Lev Krasnopevtsev (1930-2021). En 1947, quand il arrive à la faculté d'histoire de la MGU, Krasnopevtsev est un « jeune patriote » ambitieux. Membre actif du Komsomol, bientôt du Parti, c'est certainement un homme de pouvoir qui aurait pu, s'il ne s'était pas lancé dans le révisionnisme, faire une belle carrière.

Tout commence en 1952, quand Krasnopevtsev travaille sur sa thèse, consacrée aux relations entre Lénine et les paysans en 1917. Au fil de ses recherches et lectures, il découvre un tableau très différent de l'histoire officielle. Bientôt naît la prise de conscience d'une histoire « truquée », qu'il faut « purger de ses mensonges ». Mais, comme il le confie à son ami Leonid Rendel (né en 1925), un autre doctorant : « Tant que Staline est vivant, rien ne peut s'améliorer ici. »

Staline mort, Krasnopevtsev se met à rêver d'un « retour aux sources ». Il étudie avec Rendel les publications du Guide, qu'il s'efforce de déconstruire. Autour de lui gravitent plusieurs autres jeunes historiens, des diplômés de fraîche date. Tout ce beau monde se retrouve dans des appartements pour parler politique. Sur la centaine de personnes qui prend part à ces discussions, un petit nombre sera finalement arrêté et condamné à des peines de camp en février 1958 : outre Krasnopevtsev et Rendel, y figurent deux jeunes enseignants d'histoire, Nikolaï Obouchenkov (né en 1929) et Nikolaï Pokrovski (né en 1930), trois doctorants, Marat Tchechkov (né en 1932), Mark Goldman (né en 1932) et Vladimir Menchikov (né en 1933), et le seul non-historien, un ingénieur travaillant en usine, mathématicien de formation, Mikhaïl Semenenko (né en 1931). Et, bien sûr, mon père.

Vadim rencontre Lev Krasnopevtsev au printemps 1956, par l'intermédiaire d'un ami commun. Mon père est un étudiant de deuxième année très prometteur, traînant une réputation de tête brûlée, qui n'hésite pas à critiquer Staline, et même Lénine. « Je connaissais par cœur les noms des bolcheviks fusillés, le lieu et la date de leur mort. Pareil pour les sociaux-démocrates », racontera-t-il dans une interview donnée en 1992. Krasnopevtsev trouve en mon père un interlocuteur fascinant, avec lequel le débat intellectuel prend de la hauteur. Vadim lui permet de rester informé de l'actualité brûlante en Europe de l'Est, et d'abord en Pologne. Il suit de près les « événements » dans ce pays depuis le retour au pouvoir de Gomulka, une victime des répressions du Staline local, Bierut, en 1954. En juin 1956 se produisent les émeutes de Poznan, suivies d'un mouvement de grève violemment réprimé, culminant le 24 octobre sous forme d'un défilé d'un demi-million de personnes à Varsovie. L'atmosphère y devient révolutionnaire.

Vadim, qui a commencé l'apprentissage du français dans le cadre de son mémoire sur la Révolution, se lance, dictionnaire à la main, dans *Po prostu*, hebdomadaire polonais modéré devenu le porte-voix des réformateurs, puis dans *Kultura*, revue autrement plus radicale, éditée à Paris. Ces lectures lui révèlent un monde où la population ne subit pas l'histoire, mais la façonne : « J'aimais le fait qu'ils arrivaient à s'organiser et qu'ils rejetaient le communisme. J'aimais le fait que les ouvriers sortaient manifester, en été. J'aimais le fait qu'une foule immense pouvait se rassembler, à l'automne », écrira-t-il plus tard. Ces publications lui ouvrent aussi d'autres horizons, philosophiques et littéraires, semant les graines de sa future vocation de poète, de traducteur et de penseur.

Les doutes qui se sont emparés après la mort de Staline des jeunes esprits soviétiques, attirés par le mouvement de réformes en Pologne et en Hongrie, ne constituent en rien une nouveauté, mais s'inscrivent dans une tendance ancienne. Depuis près de deux siècles, l'Europe centrale, et notamment la Pologne, tout à la fois proche (par sa langue, slave) et lointaine (par sa religion, catholique), joue le rôle de « locomotive du changement en Russie », selon l'heureuse expression de mon père. Comme pour des milliers d'autres Soviétiques, ce pays forme pour lui une passerelle vers l'Occident.

Fin octobre 1956, le mouvement réformateur polonais s'essouffle. Gomulka fait allégeance au Kremlin, éloignant le spectre d'une invasion soviétique. Mais par un effet domino prévisible, c'est au tour de la Hongrie de s'enflammer. Échouant à « ramener à la raison » le dirigeant hongrois, Imre Nagy, le Kremlin, après de longues délibérations, vote pour l'intervention militaire. Pendant les dramatiques journées de novembre, lors desquelles Budapest se retrouve mis à feu et à sang, Vadim est à Kharkiv, où il se rétablit d'une opération de l'œil gauche – il portera désormais une prothèse oculaire, un œil de verre. Il passe des journées entières l'oreille collée au poste de radio. Du haut de ses dix-neuf ans, il n'a qu'une idée en tête, « partir à Budapest, une mitraillette à la main ».

Ces sentiments d'affinité et de sympathie s'inscrivent dans une tradition ancienne, remontant à l'écrasement de l'insurrection de Kosciuszko par les forces de Souvorov, en 1794. Au XIXe siècle, les décembristes, des militaires animés par un projet de modernisation politique pour la Russie, sont en contact avec la Société des patriotes polonais. Les soulèvements polonais de 1830 et 1863, ainsi que le « Printemps des peuples » de 1848, nourrissent les revendications des étudiants russes. Nadejda Kroupskaïa, la future épouse de Lénine, doit sa radicalisation en grande partie au fait que la carrière de son père, un officier tsariste, avait pâti de ses sympathies pour le mouvement indépendantiste polonais.

De retour à Moscou pour la rentrée universitaire, Vadim est de tous les meetings. La faculté d'histoire est en ébullition, les débats se multiplient. Les étudiants soviétiques échangent activement avec ceux des

« démocraties populaires », mais aussi des Français, venus étudier en URSS dans le cadre d'un programme d'échange illustrant la fameuse « coexistence pacifique ». C'est par eux que mon père et les autres membres du groupe obtiennent revues et ouvrages interdits, dont les Mémoires de Trotski, l'un des personnages les plus occultés de l'histoire soviétique à l'époque.

Dépassées par les événements, les autorités prennent conscience du risque de contagion à la fin de l'année, après que le « processus de normalisation » en Pologne et en Hongrie est bien enclenché. Le 19 décembre 1956, une lettre secrète du secrétariat du Comité central est diffusée auprès des cellules locales du Parti. Intitulée « Sur le renforcement du travail politique des organisations locales du Parti auprès des masses et la prévention des manifestations d'éléments antisoviétiques hostiles », elle appelle à la répression de tout ce qui sortirait de près ou de loin du cadre des discussions organisées par les cellules du Komsomol.

Face à ces événements, le groupe de mon père se décide à passer à l'action. Dans un premier temps, à la fin 1956, Krasnopevtsev et Rendel s'attellent à des articles « programmatiques », sur les origines du mouvement révolutionnaire russe au XIXe siècle, la révolution de Février 1917 et la Seconde Guerre mondiale, où ils s'efforcent de lever le voile sur le dévoiement d'idées marxistes par les bolcheviks, le détournement des promesses de Février, les crimes de Staline. Puis, le 19 mai 1957, le groupe tient son « congrès fondateur » au parc

Izmaïlovski, l'un des plus grands de la capitale, encore récemment « parc Staline ». Cette rencontre marque la naissance du groupe en tant qu'organisation se fixant comme objectif d'amplifier la déstalinisation.

Lors de cette rencontre, chacun se voit chargé d'une mission. Vadim doit établir le contact avec les étudiants des « démocraties populaires », mais aussi œuvrer en vue de la création de cercles en dehors de la MGU, dans d'autres facultés d'histoire. Et, comme si sa tâche n'était pas déjà suffisamment lourde, il est invité à réfléchir aux aspects économiques de la réforme. Obouchenkov, qui participe à cette rencontre, laisse un précieux témoignage sur mon père :

« Bien qu'étant le plus jeune d'entre nous, tout dans son attitude reflétait la maturité. Très bien informé de la situation politique dans notre pays, du mouvement réformateur en Pologne, il s'exprimait de manière claire et assurée. C'était le seul qui ne nourrissait aucune illusion sur le communisme. »

Les jeunes historiens ont besoin d'un coup d'éclat pour se faire connaître. L'occasion leur en est offerte après la découverte du coup d'État des « vieux staliniens » contre Khrouchtchev, en juin 1957. Le 22 juin, utilisant les services de l'armée, ce dernier convoque un plénum extraordinaire du Comité central et, après une semaine d'âpres débats, parvient à faire condamner ses adversaires, estampillés « groupe antiparti ». Naturellement, aucun détail de l'affaire ne filtre dans la presse, et c'est mon père, mis au courant par mon grand-père, qui en informe le reste du groupe. Mark tient les informations de ses amis de Moscou. Son principal contact est Alexeï Roumiantsev (1905-1993), diplômé d'économie de Kharkiv, un « intellectuel marxiste » à l'esprit ouvert qui a lu Durkheim, Pareto et Weber, nommé par Khrouchtchev à la tête de *Kommounist*, revue qui donne le « la » en matière idéologique.

Choqués par cet événement, Krasnopevtsev et Obouchenkov rédigent une lettre qu'ils vont diffuser sous forme de tract, au titre rageur : « Les tyrans chassent les tyrans ». Ils y appellent au retour des principes « léninistes » – la transparence des débats (la fameuse « glasnost »), la convocation d'un congrès extraordinaire et d'un tribunal pour ceux qui se sont rendus coupables de crimes à l'époque de la Terreur, la suppression de l'article 58 du Code pénal qui sanctionne les crimes « contre-révolutionnaires », l'instauration du droit de grève, le renforcement du rôle des Soviets. Si le texte n'appelle en aucune manière à renverser le gouvernement ni à instaurer la démocratie, il alerte sur le risque d'un retour de la dictature : « Nikita Khrouchtchev, entouré d'un petit groupe d'affidés, a réalisé un coup d'État (*perevorot*). »

Début juillet, le tract est imprimé à 300 exemplaires, puis collé sur plusieurs façades de deux arrondissements de la ville. Détail qui a son importance, Vadim n'est pas à Moscou à ce moment-là et ne participe pas à la diffusion du texte. Krasnopevtsev lui a confié la mission de transmettre le message à une personnalité influente à l'étranger. Mon père songe à Jean-Paul Sartre. Un choix qui peut paraître étrange aujourd'hui, mais il faut se souvenir qu'après l'invasion de la Hongrie, l'auteur de la pièce soviétophile *Nekrassov*, qui est quand même venu à trois reprises en URSS en 1954-1955, a pris ses distances avec le PCF (avec lequel il se réconciliera avant de rompre à nouveau après 1968).

Alerté par des « citoyens patriotes », le KGB ne tarde pas à se lancer sur les traces des jeunes séditieux. Fondé en mars 1954, le Comité pour la sûreté de l'État est alors dirigé par un proche de Khrouchtchev, le général Ivan Serov, un *silovik* qui a su opérer sa mue après la mort de Staline, en faisant arrêter celui à qui il doit sa carrière, Beria. Après 1953, Serov lance un vaste plan de réhabilitation visant les condamnés pour des crimes contre-révolutionnaires. Le KGB se veut une institution irréprochable sur le plan de la « légalité socialiste ». Finies, les arrestations arbitraires de nuit, finis, les aveux soutirés sous la torture ! Il ne s'agit pas pour autant de faire preuve de libéralisme : tout doit être fait pour empêcher la diffusion de la *kramola*, terme hérité de la culture policière tsariste, et qui désigne toute action ou publication pouvant mener à des troubles, à des manifestations ou des émeutes. Dont le fameux tract de Krasnopevtsev…

Pour le KGB, la situation est d'autant plus dangereuse qu'en cet été 1957, Moscou se prépare à l'arrivée de milliers d'étrangers venus des quatre coins de la planète pour un événement censé démontrer au monde entier le caractère démocratique de l'URSS poststalinienne : le VIe Festival international de la jeunesse et des étudiants. Organisée du 28 juillet au 11 août, cette opération de propagande internationale sans précédent par son ampleur attire, selon les estimations officielles, quelque 34 000 personnes venues de 130 pays. Concerts, débats, représentations théâtrales, projections de films, manifestations sportives, portes ouvertes dans diverses institutions – la responsable de la capitale, Ekaterina Fourtseva, une favorite de Khrouchtchev, a su répondre à l'appel du Parti, appuyée par le chef du Komsomol, Chelepine. En récompense des services rendus, Fourtseva se verra promue au Présidium (nom que porte le Politburo, organe décisionnel suprême, entre 1952 et 1966), tandis que Chelepine succédera à Serov à la tête du KGB.

Le déroulé des événements qui aboutissent à l'arrestation de mon père, le 12 août 1957, a tous les ingrédients du thriller d'espionnage. Après avoir passé ses examens de fin de troisième année avec succès, Vadim se repose quelques jours à Kharkiv, où il effraie ses parents et ma tante par ses allusions transparentes à son implication politique (« On va leur montrer de quel bois on se chauffe ! »), puis repart à Moscou.

Le premier jour, il se mêle à la foule en liesse. Au cours d'un concert, il fait connaissance avec une chanteuse française dans le vent âgée de quinze ans, Jocelyne Jocya, qui lui dédicace une photo en souvenir. Il échange longuement avec un étudiant en russe originaire de Strasbourg, dont le nom ne m'est pas parvenu.

Dans l'atmosphère de l'époque, propice à la discussion libre, Vadim, pas conspirateur pour un sou, lui dit tout le mal qu'il pense du régime, s'amuse sans penser au lendemain. Le soir du 31 juillet, il assiste à un concert de jazz – genre dont la réhabilitation, après des années d'ostracisme, doit donner l'impression aux visiteurs que les choses ont bien changé en URSS. Pour la suite, je lui laisse la parole :

« Pendant l'entracte, je suis sorti au buffet, et là, il y avait un type qui parlait à voix haute, sans s'adresser à quelqu'un en particulier. Il disait qu'en Angleterre, le Premier Ministre aime la musique classique, mais il applaudit aussi pendant les concerts de jazz. Le type parlait tout seul et personne n'y faisait attention. Et moi, je me suis retourné, et lui ai dit : “C'est parce que là-bas, il n'y a pas de censure.” Et l'on a discuté dans le même esprit, jusqu'à la reprise du concert. »

Deux jours plus tard, coïncidence étrange, mon père se trouve dans un trolleybus bondé quand il voit le même type l'aborder de la pire des façons : « Ah, c'est vous qui trouvez que les choses vont si mal ici ! » Une fois dehors, l'inconnu se présente : Julian Watts, membre de la délégation britannique. Son russe est excellent. Mon père, convaincu qu'il a bel et bien affaire à un Occidental, ne se fait pas prier pour lui raconter tout ce qu'il sait sur le plénum de juin, sur l'organisation, les tracts. Le Britannique prend des notes dans son carnet. Il est clairement intéressé et demande à revoir mon père. Ils se retrouvent plusieurs fois à l'hôtel et dans un parc.

La fin du festival approche. Mon père se prépare à repartir à Kharkiv. Mais le soir du 10 août, son oncle, chez qui il loge, lui ouvre la porte, le visage déformé par la peur :

« Quelqu'un est venu te voir, un homme en civil, il a décrit ton apparence et demandé si nous logions quelqu'un qui correspondait à la description. Quand on lui a demandé quel était le problème, il a dit qu'il y avait beaucoup d'étrangers à Moscou en ce moment, "toutes sortes de gens". »

Comprenant que les choses se corsent, Vadim rassemble ses affaires, quitte les lieux et tente de semer d'éventuels poursuivants. Il passe par plusieurs cours d'immeubles, s'engouffre dans un taxi, puis dans une bouche de métro, et enfin dans un bus. Sa première idée est de prévenir Krasnopevtsev mais, une fois chez son ami, il trouve porte close. Vadim se réfugie chez Rendel, chez qui il passe la nuit. Averti du risque, Rendel ne semble pas prendre l'affaire très au sérieux : « N'y pense pas, tout cela n'est que de la *cendre* [*pepel*, au sens ici de « néant »] », rassure-t-il mon père le lendemain en le quittant.

Vadim passe la journée du dimanche 11 août au parc Gorki, seul, à se cacher du KGB à ses trousses. Retranché dans la bibliothèque du parc, il tombe sur un livre qui le marquera pour le reste de ses jours, *La Vie de l'archiprêtre Avvakoum par lui-même.* Un livre dont je dois dire ici quelques mots.

Figure de proue du Raskol, schisme au sein de l'Église orthodoxe russe qui eut des retombées politiques et sociales dans la Moscovie du XVIIe siècle, Avvakoum Petrov fut un prêtre charismatique qui s'opposa aux réformes religieuses du patriarche Nikon, ce qui lui valut excommunication, prison, torture et, pour finir, bûcher. Enfermé pendant quatorze ans dans un trou creusé à même le sol, dans le village de Poustoziorsk, en Arctique russe, il rédigea sa *Vie* – à la fois monument littéraire et hagiographie écrite à la première personne, exhortant le lecteur au martyre face à « l'Antéchrist » – Nikon et ses affidés. Longtemps interdite, l'œuvre inspira plusieurs générations de dissidents. Tolstoï, à couteaux tirés avec l'Église orthodoxe au soir de sa vie, disait qu'il ne pouvait lire la *Vie* sans pleurer.

Mon père voit dans Avvakoum une source d'inspiration. Son passage favori, qu'il citera souvent au cours de sa vie, est tiré de la description du périple de l'archiprêtre, au printemps 1662, quand il franchit des rivières sibériennes glacées en direction du lac Baïkal avec son épouse, Anastassia Markovna. À cette dernière qui lui demande quand ses souffrances vont s'arrêter, Avvakoum répond : « Elles se poursuivront jusqu'à notre mort, Markovna. » Et cette dernière de soupirer, résignée : « Très bien, Petrovitch, alors poursuivons notre route. »

Reprenons le récit des événements tragiques de l'été 1957. Le 12 août, après une deuxième nuit chez Rendel, sa valise à la main, Vadim part retrouver Watts, pour ce qui sera leur dernier rendez-vous. Sur la route, il réalise que s'il venait à être arrêté, ses amis pourraient l'être aussi. Il entre dans un magasin, vide ses poches de tout ce qui pourrait s'avérer compromettant. Dans la précipitation, il oublie plusieurs pages de son carnet, dont un message de Krasnopevtsev : « Vadim, aujourd'hui on rencontre les leaders de l'union étudiante polonaise. » Autant d'éléments qui seront utilisés contre lui par le KGB. Après son entrevue avec Watts, il repart vers la gare. C'est en quittant le bureau de poste où il a envoyé un télégramme à ses parents que mon père se retrouve agrippé par deux solides gaillards :

« L'un des guébistes était grand et sec, il faisait au moins deux mètres, et l'autre était de taille moyenne, les cheveux grisonnants. Comme ils avaient peur que je fasse un esclandre, ils m'ont pris en tenaille et m'ont fait avancer, en répétant "Suivez-nous". Il était inutile de résister. »

Mon père tente d'abord de se faire passer pour un étudiant naïf, une tactique qu'il emploiera plus tard en prison :

« Je leur ai dit que tout cela n'était qu'un malentendu. Ils m'ont répondu "Nous allons là où tous les malentendus sont dissipés". Je leur ai montré mon télégramme : "Regardez, je viens d'envoyer un télégramme à ma maman !" Et eux : "C'est bien, les mamans, il faut leur envoyer des télégrammes !" Il était clair qu'ils devaient tout faire pour éviter le scandale. »

Enfin, il est amené dans une cour d'immeuble, devant une voiture de couleur sombre. Les deux agents le poussent à l'intérieur. Là, le vouvoiement disparaît, le ton se fait menaçant : « Tu es armé ? » Et Vadim, du haut de ses dix-neuf ans :

— J'ai un canon dans ma poche ! (*Pouchka v karmanié !*)

La petite criminelle

Le 15 novembre 1957, alors que mon père moisit depuis trois mois dans sa cellule de la Loubianka, sort en Italie *Le Docteur Jivago,* roman dont la deuxième partie est centrée sur l'histoire d'amour entre Iouri Jivago, médecin et poète déçu par la révolution, et une jeune infirmière au destin tragique, Larissa Guichard – « Lara ».

Rarement un livre aura fait couler autant d'encre, moins par son contenu que par les conséquences de sa publication pour son auteur et sa muse. Drame au retentissement international, l'Affaire Jivago a projeté une lumière crue sur l'inhumanité du régime soviétique et les faux-semblants du « dégel ». Par souci de clarté, j'en résumerai d'abord les tenants et aboutissants avant de raconter le rôle joué par ma mère.

En avril 1953, ma grand-mère rentre de camp. Pasternak se refuse d'abord à l'idée que leur histoire d'amour reprenne comme avant. Mais le poète réalise vite qu'il sera incapable de mettre fin à la relation avec celle qu'il n'a jamais cessé d'aimer.

Depuis le milieu des années 1930, Pasternak passe le plus clair de son temps près de Moscou, dans le petit village de Peredelki (Peredelkino désigne le nom de la gare), où il est installé avec épouse et enfants dans une modeste datcha attribuée par l'Union des écrivains, sa « cachette ». Après leurs retrouvailles, Pasternak insiste pour qu'Olga s'installe à proximité : sa muse lui est plus que jamais nécessaire. Olga loue donc une chambre chez l'habitant à Izmalkovo, le village voisin. La frontière entre Peredelki et Izmalkovo passe par un étang que surplombe un pont, au milieu des bois – un lieu romantique propice aux promenades. C'est ici que ma grand-mère lui inspire des poèmes qui seront attribués à Jivago dans son futur roman, ainsi que le personnage de Marguerite dans sa traduction de *Faust*.

Par la force des choses, Olga en vient à jouer le rôle de bras droit de l'écrivain, sa « femme de confiance ». Début 1956, c'est elle qui apporte aux revues *Novy Mir* et *Znamia* deux exemplaires reliés du roman, dont Pasternak espère une publication rapide. Mais les mois passent et les éditeurs ne donnent pas signe de vie. Personne ne semble vouloir endosser la responsabilité de la publication d'un texte qui, sans être ouvertement anticommuniste, est aux antipodes de la glorification d'Octobre et de Lénine, et dont le héros assume pleinement son apolitisme.

Un éditeur italien basé à Milan, Giangiacomo Feltrinelli, apprend l'existence du texte dont il imagine la publication imminente en URSS. Héritier d'une grande famille d'industriels, Feltrinelli est un membre éminent du Parti communiste italien (PCI), dont il est un généreux donateur. Souhaitant publier le livre pour marquer l'anniversaire de la révolution d'Octobre, il confie à un ami qui travaille pour Radio Moscou, Sergio d'Angelo, la mission de contacter Pasternak pour lui faire une proposition. Le 20 mai 1956, d'Angelo rencontre Pasternak à sa datcha.

L'écrivain se doute bien qu'une publication à l'étranger ne peut que lui attirer des ennuis. Mais il commence à réaliser que son livre a peu de chances de paraître en URSS. Ce livre, il le voit comme un cri d'amour pour un pays au destin tragique qu'il voudrait entendu par le monde entier. Qui d'autre qu'un éditeur communiste pour le publier ? Pasternak confie donc à d'Angelo le manuscrit, l'accompagnant de la fameuse phrase qui restera dans les annales : « Je vous convie à mon exécution. »

Alertées par le KGB, les autorités s'efforcent de faire pression sur Pasternak pour obtenir de Feltrinelli la restitution du manuscrit. Dans ce but, ils se servent de l'entremise de ma grand-mère, qui fait de son mieux pour protéger l'homme qu'elle aime des tracas qui nuisent à son état de santé déjà fragile. Son interlocuteur devient Dmitri Polikarpov, chef du département Culture au Comité central du Parti. Ces pressions s'avèrent vaines. L'ouvrage est publié et devient rapidement un best-seller.

Et ce n'est que le début. En 1958, Pasternak est pressenti pour le prix Nobel de littérature ; impensable pour les Soviétiques, qui font la promotion de Mikhaïl Cholokhov, auteur du *Don paisible*, publié en Occident en même temps que *Le Docteur Jivago*. Le Kremlin menace Stockholm de représailles diplomatiques. Là aussi, le chantage échoue, c'est Pasternak qui l'emporte. Après l'annonce du prix Nobel, le 23 octobre, le Présidium du Parti se réunit en séance extraordinaire, prenant la décision de clouer l'écrivain au pilori.

Faisons ici une nouvelle digression historique pour tenter de comprendre comment la publication d'un « simple livre » a pu avoir de telles retombées politiques et internationales. Les livres et la littérature occupent une place de tout premier plan dans la « civilisation soviétique ». La société, privée de moyens d'expression normaux dans un État de droit, est habituée à chercher dans la littérature un refuge, quand ce n'est pas un message caché, plus ou moins subversif. De leur côté, les dirigeants considèrent les écrivains, soviétiques et étrangers, comme autant de précieux alliés dans leur projet de création d'un « homme nouveau ». Par leurs écrits et interventions, les « compagnons de route » du PCF, Henri Barbusse, Romain Rolland, Paul Éluard et Louis Aragon, confèrent légitimité et prestige au régime dans les années 1930, forgeant, comme on va le voir plus loin, un terrain propice à la traduction d'œuvres françaises après la guerre.

Le Docteur Jivago n'est pas le premier livre soviétique dont la publication à l'étranger a suscité la colère du Kremlin. Un écrivain connu, Evguéni Zamiatine, avait été contraint à l'émigration après la sortie à New York, en 1924, de son roman dystopique *Nous*, qui exercera une profonde influence sur George Orwell. À la fin des années 1920 avait vu le jour à Berlin le roman *L'Acajou*, où la ville d'Ouglitch servait de métaphore à une Russie postrévolutionnaire misérable. Son auteur, Boris Pilniak, un ami de Pasternak, avait dû faire son autocritique ; en 1937, il sera fusillé comme « espion japonais », avec des milliers d'autres écrivains et poètes, assassinés pendant la Grande Terreur sur ordre de Staline.

L'époque dite du « dégel » voit se desserrer le carcan sur la littérature soviétique. Pilniak est réhabilité « à titre posthume » en 1956. Mais la « haute responsabilité » des écrivains devant le régime n'est pas abolie pour autant. La « coexistence pacifique », proclamée au XXe Congrès, maintient l'idée que les biens culturels sont des armes – armes d'une « saine rivalité » entre l'URSS et l'Occident.

L'Affaire Jivago débute en septembre 1958, quand on découvre que la CIA a fait secrètement publier le roman en russe pour le distribuer à des touristes soviétiques lors de l'Exposition universelle de Bruxelles. Le Kremlin tient son prétexte pour dépeindre Pasternak en traître ayant cherché à nuire à son pays. Une campagne de presse est lancée. Des pétitions de « citoyens soviétiques indignés » appellent à son expulsion de l'Union des écrivains. Le mercredi 29 octobre, Vladimir Semitchastny, dirigeant du Komsomol (et bientôt chef du KGB), prononce devant douze mille personnes et l'ensemble de la direction soviétique un discours virulent où il compare l'auteur du *Docteur Jivago* à un porc.

Le message est clair : Pasternak doit émigrer. Les éditeurs reçoivent l'ordre de ne plus publier ses livres. Ma grand-mère, considérée comme sa complice, est également privée de moyens de subsistance. Noir est l'horizon pour le poète et sa muse. L'acharnement est tel que l'écrivain en vient à l'idée d'un suicide, avec sa bien-aimée. Olga parvient à l'en dissuader. Elle prévient les journalistes étrangers qui diffusent l'image d'un poète martyr, suscitant une vague d'indignation. Politiques et intellectuels de tous bords se mobilisent, les lettres de protestation affluent, les ventes du *Docteur Jivago* s'envolent.

Khrouchtchev comprend qu'il est allé trop loin. L'Union soviétique a vu son image passablement ternie. La politique d'ouverture est compromise. Pasternak est invité à rédiger une « lettre de repentance » qui mettrait fin à la traque. L'écrivain fait mine de s'exécuter, mais sa lettre ne donne pas satisfaction. Une fois de plus, les autorités font pression sur ma grand-mère pour qu'elle incite Pasternak à revoir sa copie. Une version édulcorée est publiée dans la *Pravda* du 6 novembre 1958 : Pasternak y annonce refuser le prix Nobel, exprime le regret que son roman ait pu être perçu comme antisoviétique et affirme son souhait de « retrouver la confiance de ses camarades ».

En cédant à la pression des autorités, en refusant le prix Nobel, Pasternak veut mettre fin à la traque pour protéger ses deux familles, et d'abord Olga et ma mère, les plus vulnérables. Mais son ostracisme se poursuit. En janvier 1959, Pasternak transmet à un journaliste britannique un poème, *Le Prix Nobel*, où il dénonce le martyre dont il fait l'objet, ce qui lui vaut d'être convoqué par Roudenko en personne, procureur soviétique qui avait, pendant le procès de Nuremberg, tenté de faire porter aux nazis le chapeau du massacre de Katyn. Roudenko le menace d'une inculpation pour haute trahison. L'écrivain doit promettre par écrit de ne plus rencontrer d'Occidentaux « animés de sentiments inamicaux envers l'URSS » ; ma grand-mère devra signer cette même promesse peu de temps après.

La situation financière de Pasternak, déjà dégradée, devient intenable après son expulsion de l'Union des écrivains. Or les ventes de son chef-d'œuvre lui ont rapporté des sommes considérables. Toucher des droits en toute légalité sur un livre comme *Le Docteur Jivago*, à la réputation aussi sulfureuse, n'est pas envisageable, en tout cas officiellement. Pasternak sollicite donc Feltrinelli pour que celui-ci lui transmette, par l'intermédiaire de journalistes étrangers, des sommes d'argent correspondant aux droits du roman.

Les mois passent. L'hystérie collective organisée par le Parti laisse peu à peu place à un silence de plomb dans les médias. Comme Tolstoï, excommunié à la fin de sa vie pour avoir dénoncé l'Église orthodoxe, sans pour autant avoir été inquiété par le pouvoir temporel, Pasternak échappe, lui aussi, aux poursuites. Il est épargné, mais surveillé par le KGB, qui enregistre ses discussions à Peredelkino grâce à de nombreux micros. Olga et Boris en sont conscients, mais ne prennent pas la mesure du danger, et tentent de se projeter dans un avenir synonyme de bonheur partagé. Pasternak travaille sur son nouveau projet, une pièce de théâtre sur l'émancipation des serfs sous Alexandre II, *La Beauté aveugle*. Le 10 février 1960, il fête ses soixante-dix ans en compagnie de sa bien-aimée. Des lettres et des cadeaux lui sont envoyés du monde entier.

Ce sera son dernier anniversaire. La tension endurée pendant sa traque et les menaces de Roudenko ont certainement aggravé l'état de santé de Pasternak. Au printemps, il ressent une douleur à l'omoplate gauche ; en avril, les douleurs s'aggravent. Début mai, il fait un nouvel infarctus ; on lui découvre un cancer de l'estomac, puis un autre, du poumon. Il s'éteint peu après, dans la nuit du 30 au 31 mai. Ses funérailles, le 2 juin, attirent plusieurs centaines de personnes, preuve de sa popularité intacte. La famille de l'écrivain a autorisé ma grand-mère à venir lui faire ses adieux. Les photographes de *Paris Match* immortalisent l'instant. Au cours de la nuit qui suit l'enterrement, Olga ne peut s'empêcher de donner libre cours à un mauvais pressentiment : « Irka, qu'est-ce qu'on va devenir ? »

Pressentiment justifié. Le 16 août, le KGB débarque à Peredelkino pour arrêter ma grand-mère ; le 5 septembre, c'est au tour de ma mère d'être emmenée à la Loubianka. Trois mois plus tard, après un procès à huis clos, mère et fille sont condamnées à huit et trois ans de camp pour « trafic de devises ». Un exemple de maquillage d'un crime politique en crime de droit commun, de « *maskirovka* juridique », art dans lequel les Soviétiques sont passés depuis longtemps maîtres.

*

Le rôle de ma grand-mère dans la parution du *Docteur Jivago* a fait l'objet de nombreuses publications, mais en ce qui concerne ma mère, les choses sont moins connues. C'est pourtant sa « petite main » qui a facilité la communication de Pasternak avec le monde extérieur, notamment l'Occident. Elle a contribué au bonheur de l'écrivain vieillissant, en grandissant à l'ombre du grand homme qui la chérit comme sa propre fille (« Avec une affection presque paternelle », lui dédicace-t-il son *Faust*). Ma mère le surnomme *klassioucha*, forme affectueuse de *klassik*, « le Classique ». L'annonce de sa maladie, en mai 1960, la fait beaucoup souffrir.

À dix-sept ans, Irina obtient son *attestat zrelosti,* son « certificat de maturité », le baccalauréat soviétique. Cette pure littéraire a des facilités en anglais, mais des résultats plutôt moyens en sciences. La filière universitaire, la plus prestigieuse, s'avère hors de portée, d'autant qu'avec son pedigree d'« enfant d'ancien réprimé », elle risque de ne pas franchir la phase de présélection. Les habitudes mettent du temps à évoluer, même après la mort de Staline. Poussée par sa passion du 7e art, elle décide

MORT D'UN POÈTE.

* « Tel père, tel fils », fin 1998.

ORIGINES.

*Nisl, mon arrière-grand-père paternel.

N.B. Les images dont les légendes sont précédées d'un * sont mentionnées dans le texte.

* Les parents de ma grand-mère paternelle, Rachel et Zelman.

Mark et Kilia, jeunes mariés, 1931.

* Kilia et Mark en Crimée, été 1934.

TRAUMATISMES.

*Maria Nikolaïevna Demtchenko, Maroussia, mon arrière-grand-mère maternelle.

Le père de Maroussia, Nikolaï Fiodorovitch Demtchenko.

Vsevolod Ivinski, le mari de Maroussia, père de ma grand-mère Olga Ivinskaïa.

Maroussia et la petite Olga chez Selivatchev, son bienfaiteur.

La jeune Olga Ivinskaïa et ses amis, fin des années 1920.

Dmitri Kostko, le mari de Maroussia et le grand-père de substitution de ma mère.

Ivan Emélianov, le père de ma mère.

Olga et sa fille Irina,
ma mère, 1938.

Alexandre Vinogradov, le deuxième mari d'Olga (deuxième assis à partir de la gauche).

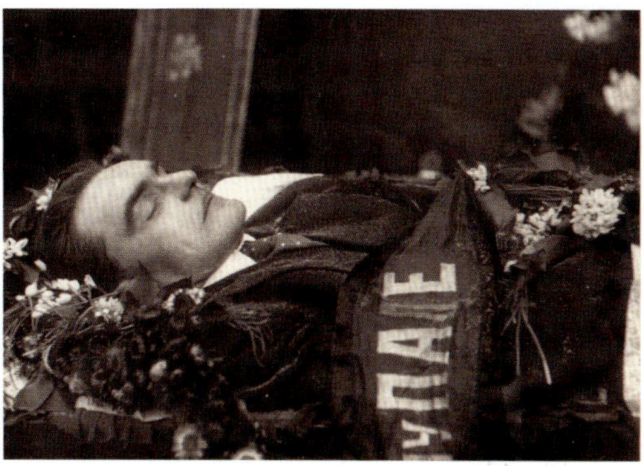

Funérailles d'Ivan Emélianov, « le grand-père que je n'ai pas connu ».

Ma grand-mère Kilia et ses collègues de travail, sans doute à Aktioubinsk (aujourd'hui Aktioubé), Kazakhstan, 1944.

* Mon grand-père Mark, un héros de guerre, avec le petit Vadik, mon père.

* Dmitri Kostko, Olga et la petite Irina, ma mère, été 1942.

Irina et mon oncle Mitia
pendant la guerre,
avec Kostko,
leur « tuteur ».

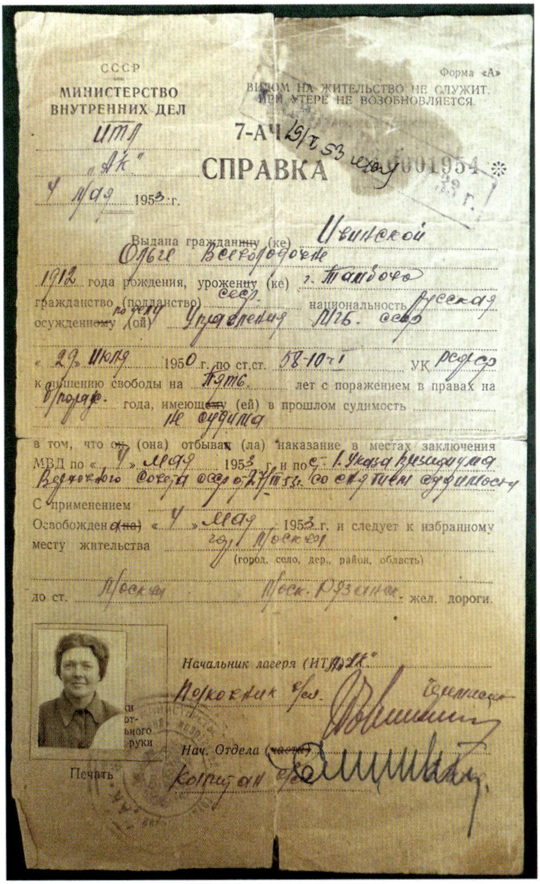

СССР
МИНИСТЕРСТВО
ВНУТРЕННИХ ДЕЛ

Форма «А»
ВИДОМ НА ЖИТЕЛЬСТВО НЕ СЛУЖИТ.
ПРИ УТЕРЕ НЕ ВОЗОБНОВЛЯЕТСЯ.

ИТЛ
„Ак"
4 мая 1953 г.

7-АЧ [illegible]
СПРАВКА №001954

Выдана гражданке Ивинской
Ольге Всеволодовне
1912 года рождения, уроженке г. Тамбова
гражданство (подданство) ссср национальность русская
осужденной по делу Управления МГБ ссср
«29» июля 1950 г. по ст.ст. 58-10 ч.1 УК РСФСР
к лишению свободы на пять лет с поражением в правах на 3 года, имеющей в прошлом судимость не судима
в том, что она отбывала наказание в местах заключения МВД по «4» мая 1953 г. и по ст. 1 Указа Президиума Верховного Совета ссср от 27/III 53 г. со снятием судимости
С применением
Освобождена «4» мая 1953 г. и следует к избранному месту жительства гор. Москва
(город, село, дер., район, область)
до ст. Москва Моск.-Рязанской жел. дороги.

Начальник лагеря (ИТЛ „Ак")
Полковник
Нач. Отдела (части)
Капитан
Печать

Certificat de libération de ma grand-mère, 1953.

ARRESTATIONS.

Vadik à Kharkiv dans les années 1950, un enfant presque comme les autres.

Vadik à la fin du lycée.

* Vadik, jeune pionnier modèle, au défilé du 1er mai.

Ma mère à la sortie du lycée, pensant intégrer l'Institut de la cinématographie de Moscou, le VGIK.

Ma mère avec ses amis de l'Institut de littérature.

Olga, Boris et Irina.

Irina et Boris Pasternak - presque un père.

Inessa, ancienne professeure d'anglais de ma mère devenue son amie, et Georges Nivat, « le fiancé français ».

Olga Ivinskaïa et Georges Nivat.

Olga en compagnie d'un de ses favoris.

Funérailles de Pasternak,
Peredelkino, 30 mai 1960.

« Une toute petite criminelle », septembre 1960.

RENCONTRES.

* Vadim sur la route de la Mordovie.

Nikita Krivochéïne,
un ami pour la vie
rencontré en camp.

* Les deux Irina, amies de camp.

Achot Kazarian,
le « lanceur ».

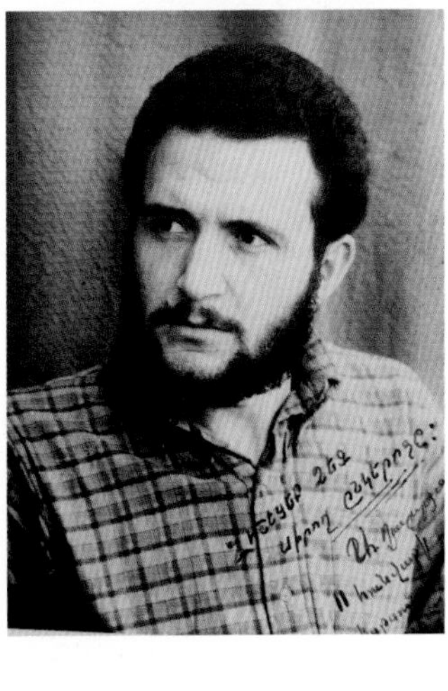

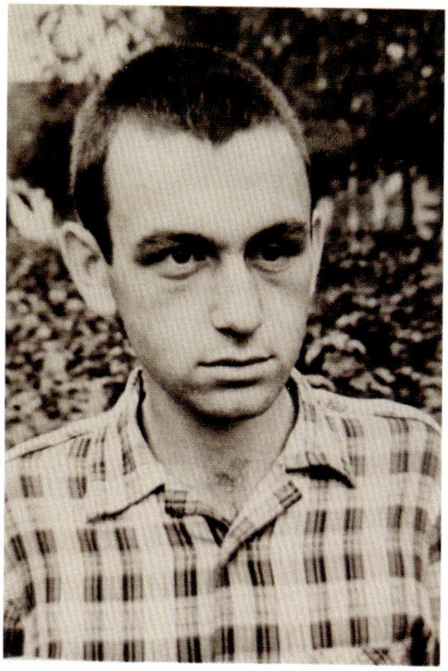

« Mon petit garçon » :
mon père en camp, été 1961.

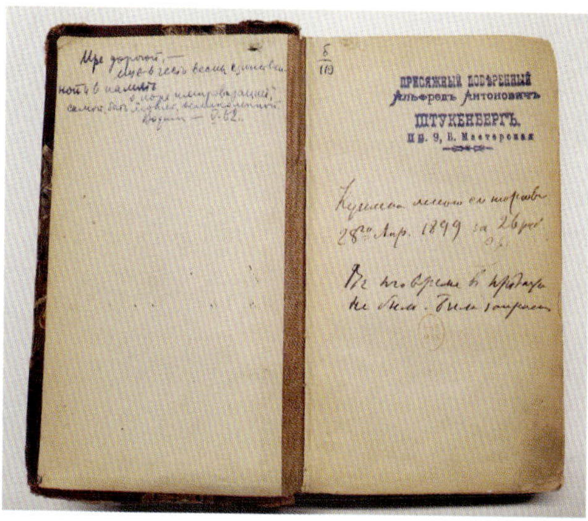

* Dédicace de mon père sur le livre offert
à ma mère, sa déclaration d'amour.

« Ma petite fille » :
ma mère en camp, août 1961.

Sur le balcon de l'appartement de la rue Potapov, 1962.

Ma mère et « mamie Pauline ».

Irina et mon oncle Mitia.

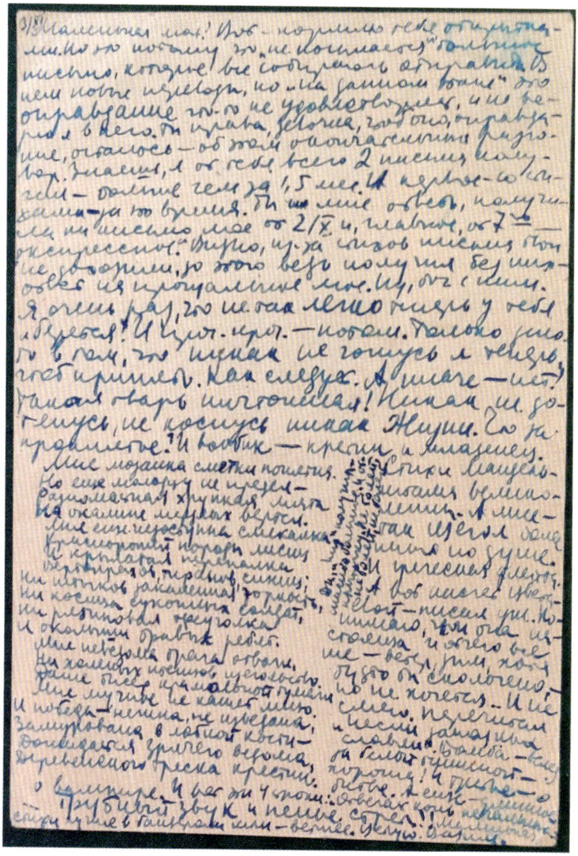

* « Une écriture de zek » : une carte postale de mon père envoyée depuis le camp.

* Dzerjinski sur une carte postale de ma mère à mon père.

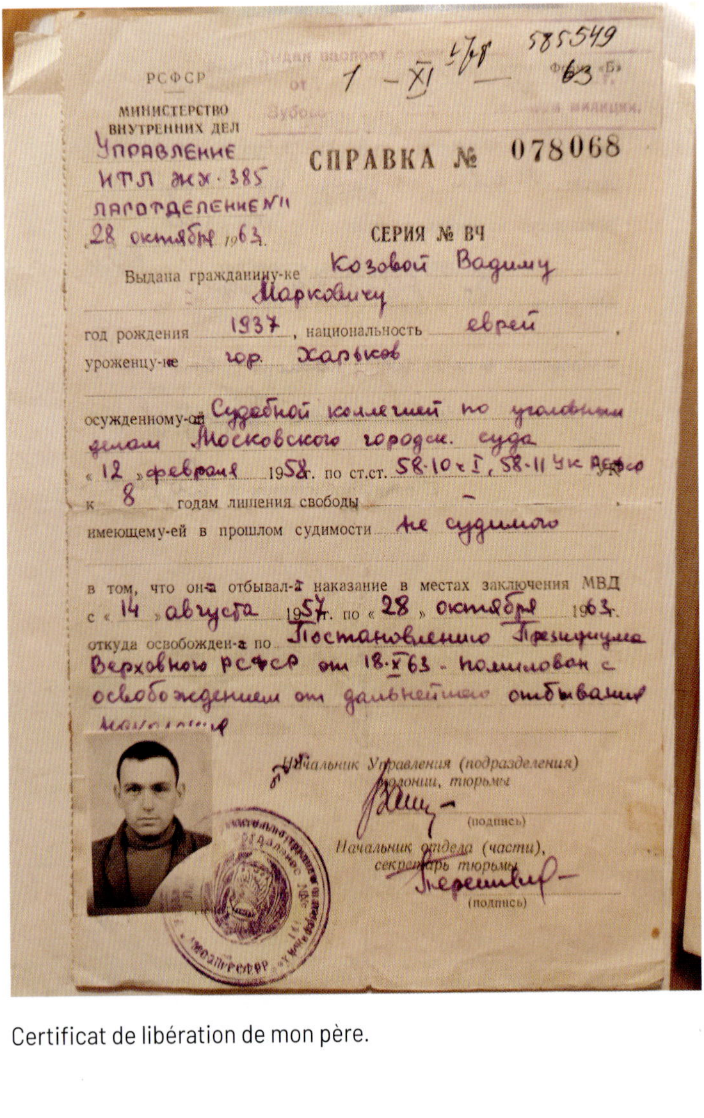
Выдан паспорт
от 1 - XI - 63 г. 585549
«Б»
милиции

РСФСР

МИНИСТЕРСТВО ВНУТРЕННИХ ДЕЛ

Управление ИТЛ ЖХ-385 лаготделение №11

28 октября 1963.

СПРАВКА № 078068

СЕРИЯ № ВЧ

Выдана гражданину-ке Козовой Вадиму Марковичу

год рождения 1937, национальность еврей

уроженцу-ке гор. Харьков

осужденному-ой Судебной коллегией по уголовным делам Московского городск. суда

«12» февраля 1958 г. по ст.ст. 58-10 ч I, 58-11 УК РСФСР

к 8 годам лишения свободы —

имеющему-ей в прошлом судимости не судимого

в том, что он-а отбывал-а наказание в местах заключения МВД

с «14» августа 1957 г. по «28» октября 1963 г.

откуда освобожден-а по Постановлению Президиума Верховного РСФСР от 18·X·63 - помилован с освобождением от дальнейшего отбывания наказания

Начальник Управления (подразделения) колонии, тюрьмы

(подпись)

Начальник отдела (части), секретарь тюрьмы

(подпись)

Certificat de libération de mon père.

d'intégrer l'Institut national de la cinématographie, le VGIK. Fondé en 1919, c'est la première institution internationale dédiée à l'étude du cinéma, qui forme depuis des années l'élite du cinéma soviétique, comptant parmi ses enseignants Eisenstein, Koulechov ou Tissé.

Passionnée de littérature, Irina veut tenter sa chance comme scénariste. Le concours est l'un des plus difficiles qui soient, d'autant que cette année-là y participent de futurs grands noms du cinéma soviétique, Choukchine et Tarkovski, Chepitko et Chpalikov, Kouravlev et Tchaoureli. Comment se distinguer face à une telle concurrence ? Pour l'aider, Olga implore Pasternak de rédiger une lettre de recommandation. Voilà qui n'est pas dans les habitudes de l'écrivain, persuadé que les qualités et talents de ma mère, et eux seuls, lui assureront le succès. Une naïveté qui est certainement le revers de son attitude positive face aux aléas de la vie et qui lui a permis de survivre aux répressions staliniennes. Face à la pression de sa compagne (« Mais tu ne sais donc pas que tout le monde se fait pistonner ? »), il finit par transiger.

Grâce à la signature du poète, ma mère obtient le droit de passer les épreuves orales, mais ses talents ne suffiront malheureusement pas à convaincre le jury, qui lui propose d'abord de s'orienter vers une formation d'actrice : « Vous avez les atouts nécessaires ! » Indignée, elle refuse ce qui lui apparaît comme un sacrifice de ses capacités, préférant suivre des cours de critique cinématographique en auditrice libre pendant un an. Quelques mois plus tard, réalisant avoir fait fausse route, elle fait une croix sur son rêve de cinéaste, se réorientant vers la traduction littéraire du français, langue qu'elle apprécie pour ses auteurs classiques. La littérature française contemporaine bénéficie également d'un intérêt soutenu chez l'intelligentsia depuis le milieu des années 1950, lorsque le réalisme socialiste subit l'impact de la déstalinisation. Traduite en 1955, la pièce de Sartre *Les Mains sales* rencontre un franc succès. Les intellectuels soviétiques ont également des échos du Nouveau roman, dont les auteurs les plus connus – Butor, Robbe-Grillet et Sarraute – seront traduits en russe dans les années 1960.

Une fois sa nouvelle spécialisation choisie, Irina décide de tenter le concours d'entrée de l'Institut de littérature de Moscou. Conçu par Maxime Gorki comme un « incubateur des ingénieurs des âmes » dans les années 1930, le *LitInstitut* n'a pas très bonne presse dans l'intelligentsia libérale. Recevant en 1945 la visite d'un jeune poète récemment démobilisé, le futur « Brassens soviétique », Boulat Okoudjava, Pasternak lui avait déconseillé de s'y inscrire, qualifiant l'Institut d'« erreur tragique ». La réputation de l'établissement s'améliore quelque peu en 1955, quand il voit débarquer à sa tête Vitali Ozerov, un ancien correspondant de guerre, blessé à Stalingrad. Ozerov est un « libéral » qui a pour consigne de ne plus rejeter les dossiers des enfants des victimes du stalinisme, et Dieu sait qu'ils sont nombreux.

En raison de ce contexte favorable, le nombre de candidats auditionnés est considérable. Comme pour le

VGIK, il faut à Irina passer la phase de la présélection. Elle vient encore une fois armée d'une lettre de recommandation de Pasternak qui, là aussi, produit son effet. L'un des membres du jury l'invite à s'inscrire au département de critique littéraire, là où il reste des places ; en guise d'épreuve, il lui propose de soumettre la recension d'un ouvrage de son choix. « Mais promettez-nous de nous montrer le manuscrit du *Docteur Jivago* », lui glisse-t-il, presque en chuchotant, sur le seuil.

Cette note de lecture, c'est Varlam Chalamov, l'écrivain sans doute le plus connu du Goulag stalinien, qui acceptera de la rédiger. Ma grand-mère a rencontré Chalamov au début des années 1930, quand il était rédacteur en chef adjoint d'une revue où elle était stagiaire, *ZOT* (*Za ovladenié tekhniki*, *Maîtriser la technologie*, revue qui publiait aussi de la prose et même de la poésie). Chalamov, qui ne voit que très peu sa propre fille après sa libération en 1956, et qui voudrait depuis longtemps conquérir le cœur de ma grand-mère, ressent un besoin de paternité. Il se préoccupe de l'éducation de ma mère, lui donne des leçons de littérature qui la sortent des sentiers battus.

L'aide de Chalamov se révèle déterminante, et Irina est enfin admise à poursuivre des études supérieures. Les débuts sont encourageants, mais le contexte change deux ans plus tard, après l'attribution du prix Nobel à Pasternak. Le chef du département de critique littéraire dont elle dépend, Korneli Zelinski, se montre particulièrement vindicatif, qualifiant le poète de « plus pitoyable et réactionnaire de nos dissidents » et exigeant son expulsion de l'Union des écrivains. N'en pouvant plus, Irina prend contact avec le responsable de la chaire de traduction littéraire pour changer d'orientation. Celui-ci accepte, à condition qu'elle apprenne… le farsi (persan) ! Et au bout d'un an de cours particuliers, elle parvient à changer de département. Une sage décision : ses nouveaux amis, comme elle des enfants de réprimés, ne se font aucune illusion sur le régime soviétique.

Irina tient une place importante dans l'Affaire Jivago. Son rôle principal est celui de *sviaznaïa*, « courrier ». C'est elle qui réceptionne le courrier de Pasternak à la poste centrale, où elle vient presque chaque jour et où mon oncle travaille pendant un temps. Il faut ici rappeler qu'au cours des trois dernières années de sa vie, l'écrivain reçoit des milliers de lettres, surtout après l'obtention du prix Nobel. À la demande du poète, ma mère se charge également d'envoyer ses réponses à des destinataires en URSS et à l'étranger. Ces échanges donnent à Pasternak l'énergie nécessaire pour affronter la campagne dont il est la cible.

Et puis, le détachement, l'insouciance et l'ironie de ma mère sont une bouffée d'air indispensable en cette période de grand stress pour Olga et Boris. En été 1957, en vacances à Soukhoumi, Irina écrit des lettres pleines d'humour et d'optimisme à Olga, qui les lit à Boris pour son plus grand plaisir, le faisant sortir de sa torpeur. Le 25 octobre 1958, elle mobilise ses amis pour faire échouer la manifestation « spontanée » (téléguidée) des étudiants de l'Institut devant la datcha de Pasternak à Peredelkino. Grâce à ses efforts, la pétition anti-Pasternak ne récolte qu'une centaine de signatures sur un total de plus de trois cents étudiants.

Irina joue également le rôle d'intermédiaire dans la relation de sa mère avec Pasternak. C'est à elle qu'Olga fait appel, dans la soirée du 31 octobre, quand le poète est convoqué au Comité central du Parti. Ma mère est la seule autorisée à se rendre à la « Grande datcha », la maison des Pasternak à Peredelki. Elle frappe à sa porte ; il est autour de 21 heures. L'écrivain la rejoint. Ils montent dans une voiture officielle qui les emmène à Moscou. L'excitation est à son comble : l'écrivain est persuadé qu'il sera enfin reçu par Khrouchtchev en personne ; mais ce sera une fois de plus Polikarpov qui tentera, très maladroitement, de trouver une solution de compromis, sur ordre du premier secrétaire du Parti, qui a reçu un appel pressant de son « grand ami » le Premier ministre indien Nehru, lui demandant de mettre fin à la traque.

Au cours de ces dernières années de vie, les liens d'affection entre Pasternak et ma mère se renforcent encore davantage. « Tu nous amuses tant avec tes lettres, et le Classique dit qu'elles sont sa seule source de joie en ce moment », écrit Olga à sa fille en juillet 1959. C'est à cette époque que l'écrivain offre à ma mère une caméra, avec laquelle elle tournera plus de deux heures de film sur le grand homme ; mais parce que la pellicule, de médiocre qualité, sera conservée dans de mauvaises conditions chez des amis pour ne pas se retrouver aux mains du KGB, il n'en restera que deux minutes pour la postérité…

J'en viens à l'origine de l'arrestation de ma mère, qui s'explique en partie par ses contacts avec les journalistes étrangers ramenant à Pasternak des sommes d'argent provenant des droits d'auteur de son roman. Il y a d'abord deux Allemands, Gerd Ruge et Heinz Schewe. Ruge, correspondant du groupe ARD, âgé de vingt-sept ans, décrira ma mère dans une lettre à un ami comme une jeune fille à la natte blonde, à « la langue bien pendue », au « charme et à la vivacité d'esprit énormes », dont les observations sur l'art et la politique en URSS sont « très justes, drôles et acerbes ». De son côté, Schewe, correspondant de *Die Welt*, mandaté par Feltrinelli, et dont la Volkswagen rouge détonne dans la grisaille moscovite, devient un ami proche de la famille.

Le problème viendra cependant moins des Allemands que des Italiens. Après le départ de Moscou de Sergio d'Angelo en décembre 1957, ma mère rencontre son successeur, Giuseppe Garritano, correspondant de *L'Unità*, qui apporte des cadeaux, une machine à écrire, des livres, et plusieurs importants versements en liquide. En mars 1960, ma mère et mon oncle se voient remettre une valise par l'épouse de Garritano, Mirella, journaliste à Radio Moscou. Ils y découvrent une fois chez eux quelque 180 000 roubles, envoyées par d'Angelo, soit quatre fois plus que les versements habituels. Un service rendu à Pasternak, sur sa demande, qui servira de pièce maîtresse dans le dossier d'inculpation de ma mère après la mort de l'écrivain[1].

C'est au cours de cette période d'échanges intenses avec les touristes occidentaux que ma mère fait la connaissance d'un jeune russisant originaire de Clermont-Ferrand, Georges Nivat. Ancien élève de Pierre Pascal, le « père spirituel » des slavisants français, Georges est arrivé en URSS en septembre 1956, en plein contexte de francophilie. Un an plus tôt, l'amitié franco-soviétique avait été scellée par la Semaine du cinéma français de Moscou, avec la visite d'une délégation ayant à sa tête, un peu malgré lui, Gérard Philipe, héros de *Fanfan la Tulipe* qui avait mis en émoi des milliers de jeunes filles soviétiques. (Ma mère, pourtant grande cinéphile, m'assure ne pas l'avoir « pourchassé » lors de ses pérégrinations dans Moscou, comme l'ont fait certaines de ses amies.)

Georges est l'un des premiers étudiants étrangers à profiter des accords culturels signés après la mort de Staline. Dans la chambre flambant neuve du nouveau bâtiment de la MGU, le jeune stagiaire de l'École normale supérieure fréquente les étudiants de tous horizons, soviétiques et étrangers. Il apprend l'existence du groupe de Krasnopevtsev, dont il ne semble pas avoir rencontré les membres. On lui parle aussi d'une famille où « tout

1. Ces versements se font dans une monnaie qui ne vaut plus grand-chose en raison de la réforme monétaire de Khrouchtchev (un nouveau rouble est substitué à dix anciens), annoncée au printemps 1960 et effective en janvier 1961. Il m'est difficile de penser que d'Angelo n'ait pas été au courant de ce problème…

le monde a été en prison », ce qui pique naturellement sa curiosité. Il finit par se rendre rue Potapov, et rencontre Pasternak. Ce dernier apprécie beaucoup Georges pour sa culture et sa « spontanéité désarmante », et en fait son intermédiaire auprès de Jacqueline de Proyart (1927-2019), traductrice qui dirige le projet d'édition du *Docteur Jivago* en France, où le livre sortira le 16 juin 1958.

Georges tombe amoureux de ma mère. Ses sentiments restent d'abord secrets, dissimulés derrière une façade d'amitié. Rentré en France pour passer l'agrégation, il revient en URSS un an plus tard, fin 1959. Ma mère est conquise. Cultivé et caustique, Georges est un homme avec qui elle peut parler de culture française, et en français. Un projet de mariage voit le jour. Une date est fixée pour l'enregistrement à l'état civil, le 20 juin 1960. Mais ce scénario ne se déroulera pas comme prévu.

Un premier avertissement survient en janvier, quand Georges tombe malade. L'entourage pense aux effets d'un vaccin anti-variole – Moscou est alors frappée par un début d'épidémie venue d'Inde, qui sera contenue de justesse. Très affaibli, le jeune slavisant doit rentrer se faire soigner en France, pour un mois. Le 17 avril, la veille de son départ, il fait ses adieux à ma mère. Pasternak « bénit » le couple. On trinque à l'avenir des fiancés, dont on imagine le départ prochain pour la France.

Revenu à Moscou en mai, Georges est aux côtés d'Irina le 2 juin, durant les funérailles de Pasternak. Il reste moins de trois semaines avant le mariage quand il tombe à nouveau malade, d'un mal rare, un érésipèle, maladie contagieuse de la peau causée par un streptocoque, qui se manifeste par des plaques rouges et douloureuses sur le corps et nécessite un traitement lourd. Ma mère se doute dès ce moment-là que la maladie est trop rare pour être le fruit d'un hasard. Plus tard, elle soutiendra la thèse de l'empoisonnement par le KGB.

Cette hypothèse demeure fort plausible pour moi. Le KGB avait tout intérêt à empêcher le mariage car, une fois installée en France, Irina aurait certainement fait venir sa mère, scénario que les autorités voulaient à tout prix éviter, non seulement parce qu'elles craignaient de voir ma grand-mère publier des Mémoires qui auraient fait beaucoup de mal au régime soviétique, mais aussi parce qu'elle aurait pu prétendre au rôle de légataire de Pasternak. C'était le souhait de l'écrivain dont la « lettre-testament », transmise à Feltrinelli peu de temps avant sa mort, avait été subtilisée par le KGB. Pour dire clairement les choses, Olga aurait pu contrôler la publication des livres de Pasternak et toucher les droits sur les ventes du *Docteur Jivago*.

Après son fiancé, c'est au tour d'Irina d'être atteinte par le même mal mystérieux. Le mariage doit être reporté. Le visa de Georges expire, et le 10 août, le KGB le jette dans un avion en partance pour Paris. Six jours plus tard, ma grand-mère se rend à Peredelkino, laissant sa fille seule rue Potapov, couverte de bandages. On sonne à la porte, ma mère vient ouvrir. Une « brigade » d'une douzaine d'agents du KGB fait irruption dans l'appartement : « Où est votre mère ? Quand reviendra-t-elle ? Ne quittez pas votre chambre. On vous donnera à manger et on vous accompagnera aux toilettes. »

Pendant qu'elle patiente, les hommes du KGB réquisitionnent une pièce où ils réunissent tous les documents « suspects », dont des lettres et des textes signés de la main de Pasternak, ainsi que les « biens acquis illégalement ». Il est 21 heures ce 16 août quand Mitia revient de Peredelkino. « Maman a été arrêtée. Ils l'ont emmenée à la Loubianka », dit mon oncle d'une voix tremblante. Mitia et Irina s'asseoient, silencieux, dans la cuisine. L'angoisse de ne plus revoir leur mère. L'angoisse de recommencer à vivre chichement, mais cette fois sans tuteur pour les sortir du pétrin.

Le KGB procède dans l'appartement à d'interminables fouilles durant des semaines. Une procédure humiliante, à laquelle s'ajoutent les fréquentes convocations à la Loubianka pour interrogatoires. C'est au cours de l'un d'eux, le 6 septembre, que ma mère est arrêtée, alors que tout le monde, autour d'elle, pensait qu'elle resterait en liberté. L'objectif, pour le KGB, est sans doute d'empêcher sa fuite en Occident. Le motif de l'inculpation de sa mère n'est pas politique : elle est visée par l'article 15 du Code pénal soviétique, concernant le crime de « contrebande et de trafic de devises » ; pour ma mère, c'est l'article 17, la complicité pour lesdits crimes, qui est invoqué. Le KGB épargne mon oncle, âgé de dix-neuf ans, estimant que le fait d'avoir porté une valise pleine de roubles ne fait pas de lui un complice avéré, mais aussi pour ne pas donner l'impression que le pouvoir s'acharne sur ma famille.

Le délit de complicité signifie qu'Irina ne risque pas une lourde peine. En fait, elle pourrait même être acquittée à l'issue du procès, la rassure lors de son premier interrogatoire l'enquêteur du KGB en charge de son dossier, un certain Nikolaï Konkov (« Un type totalement inculte, qui fera une belle carrière sous Andropov », écrira-t-elle dans ses Mémoires). Et Konkov d'ajouter, goguenard : « C'est vrai, quoi… Après tout, vous n'êtes qu'une toute petite criminelle, une criminelle *minuscule* ! »

RENCONTRES

L'école de la Zone

Deux cent cinquante jours : c'est le temps que mon père aura passé dans sa cellule de la prison de la Loubianka. Le bâtiment de style néobaroque, que l'on peut admirer actuellement au centre de Moscou, non loin du quartier des Étangs clairs, et qui est aujourd'hui le siège du FSB (le FBI russe), est autrement plus imposant que celui que la compagnie d'assurance Rossia avait érigé en 1898. La prison était à l'origine un immeuble séparé, construit en 1902 à proximité pour abriter une compagnie de transport maritime.

En 1919, après la disparition des compagnies d'assurances privées dans une Russie désormais soviétique, le bâtiment principal avait été choisi comme siège du quartier général de la Tchéka – l'ancêtre du KGB. En 1920, le « tchékiste numéro un », Felix Dzerjinski, avait fait de l'immeuble voisin une prison destinée aux criminels les plus dangereux, espions et contre-révolutionaires, torturés et souvent exécutés dans des caves spécialement aménagées. Politiques, poètes et écrivains allaient l'honorer de leur présence. Dans les cuisines, on qualifiait la prison de « tour la plus haute de Moscou » car, de ses fenêtres, on pouvait voir les camps de la Sibérie... Au début des années 1940, les deux bâtiments ont été agrandis et accolés, donnant naissance à l'ensemble que l'on connaît aujourd'hui.

Au cours des premières semaines, mon père est convoqué presque chaque jour pour être interrogé. Plus de torture au programme – Staline est mort, et la « légalité socialiste » a été rétablie ! –, mais les séances sont épuisantes. On le questionne sur le « cercle des historiens », le groupe considéré, non sans raison, comme le plus dangereux de toutes les organisations clandestines étudiantes apparues dans le sillage du XXe Congrès. D'abord, ce sont des capitaines et des colonels qui sont à la manœuvre, puis, le 16 août 1957, Vadim est reçu par un général, et pas n'importe lequel : Constantin Louniov, le vice-directeur du KGB en personne ! C'est dire si mon père donne du fil à retordre aux guébistes qui veulent absolument lui extorquer des aveux.

Vadim tente d'abord, un peu naïvement, de se faire passer pour un idéaliste égaré, sous le choc après les révélations du XXe Congrès. Confronté à des preuves irréfutables, notamment le carnet de Watts, subtilisé à son hôtel, qui contient une foule de détails sur le groupe, mon père doit abattre ses cartes, n'hésitant plus à attaquer de front ses interlocuteurs (« Je vous conseille de démissionner, vous avez vu ce qui est arrivé à vos collègues en Hongrie », etc.). Enfin, le 28 août – jour de ses vingt ans ! –, il craque. Il se justifiera plus tard en expliquant avoir été pris de panique en entendant les guébistes lui jeter au visage un nombre toujours plus élevé de suspects. En donnant les noms des autres membres du groupe, il voulait empêcher l'arrestation d'innocents. Il en perdra le sommeil pour le reste de sa vie.

Ses aveux ne changent pas grand-chose à l'enquête proprement dite. Le 14 août, deux jours seulement après son arrestation, le KGB avait déjà enregistré une discussion compromettante de Krasnopevtsev avec les dirigeants de l'Union des étudiants polonais. Les aveux de mon père étaient d'abord destinés à dissimuler les dessous de l'opération, à brouiller les pistes. Il y avait également une forme de sadisme de la part du KGB, qui voulait salir la réputation de Vadim aux yeux de ses amis.

Cette stratégie porte ses fruits. Arrêté le 30 août avec Rendel et Menchikov, Krasnopevtsev rédige des aveux où Vadim est dépeint en « cosmopolite sans patrie » qui n'a jamais souhaité, en bon patriote, réformer son pays, mais émigrer. La scission entre les membres du groupe s'amplifie au cours du procès, le 12 février 1958. Escomptant la clémence du juge, Menchikov défend Tchechkov et Semenenko, qui sont pour lui de « vrais léninistes », contrairement à Krasnopevtsev et Rendel, et surtout à Kozovoï, Pokrovski et Obouchenkov, qu'il qualifie de « démocrates bourgeois ». Mon père, qui pense en avoir déjà trop dit, se mure dans le silence. Kozovoï,

Tchechkov et Semenenko en prennent pour huit ans ; Obouchenkov, Pokrovski et Goldman, pour six.

République soviétique socialiste autonome de Mordovie, région de Zoubova Poliana, complexe pénitentiaire JKh-385, mieux connu sous le nom de Doubravlag : un air de déjà-vu ! L'on se souvient que ma grand-mère y avait été envoyée en 1949. Ariadna Efron, la fille de la poétesse Marina Tsvetaïeva, y a passé huit ans. C'est un territoire de près de 1 100 kilomètres carrés, une *Zone* – titre du roman éponyme de Sergueï Dovlatov – parmi les dizaines d'autres formant la galaxie nommée Goulag.

Subdivisé en unités administratives, les *lagotdely*, le Doubravlag s'organise autour d'une voie de chemin de fer, une *vetka* (« ligne ») longue d'une cinquantaine de kilomètres. Partant de Potma, lieu de destination des courriers adressés aux prisonniers, le petit chemin de fer marque l'arrêt aux agglomérations rattachées à des camps, dont les noms – Lesozavod, Lesnoï – rappellent que la première ressource régionale demeure le bois – *lies* signifie « forêt » en russe (même si, à partir des années 1940, les prisonniers travaillent aussi le métal et fabriquent des vêtements).

Les trente-six camps du Doubravlag identifiés chacun par un numéro disposent d'une administration, de forces de maintien de l'ordre et d'une population spécifique. Et, bien sûr, comme il se doit pour un camp de « rééducation », l'administration veille à la publication d'un journal interne, édité par les prisonniers, au titre mobilisateur – *Za otlitchny troud* (« Pour un travail exemplaire ») –, faisant la part belle aux récits des *ispravlennyé*, les *zek* « rééduqués ». La rééducation (*périevospitanié*) devient un maître mot du Goulag de l'ère Khrouchtchev. Elle s'appuie sur une réforme administrative considérable – réduction du nombre des *lagueri* (camps) au profit des *kolonii* (colonies de peuplement), et décentralisation (c'est désormais chaque république qui a la charge des camps situés sur son territoire). « Rééduquer » implique également de réduire le temps de travail des prisonniers et d'introduire dans leur journée un temps pour les loisirs, sous forme de sport et de cours de lecture et d'écriture. On crée aussi divers organes autogérés par les prisonniers, afin qu'ils se surveillent les uns les autres.

Le Doubravlag se distingue des autres camps du Goulag par le fait que la majorité de ses prisonniers sont des « politiques », condamnés sur la base de l'article 58 du Code pénal. Ce qui représentent, début 1957, seulement 2,3 % (18 000 personnes) des *zek* de cette époque (à comparer avec les 35 % de 1954 !). Même si l'on y ajoute les condamnations politiques dissimulées, comme celles de ma mère et de ma grand-mère, les « politiques », dont fait partie mon père, représentent une goutte d'eau dans un océan de droits-communs.

Cheveux rabattus en arrière, collier de barbe, chemise blanche et cravate sur costume sombre à rayures et cigarette au bec (il s'est mis à fumer quand il a rejoint le cercle Krasnopevtsev, pour faire « comme les grands ») : rien n'indique que Vadim Markovitch est un *zek* transféré vers son lieu de détention à bord du « wagon Stolypine », comme les appellent alors ironiquement les prisonniers[1]. Le verso de la photo est marqué d'un « *Riazan* » : elle pourrait avoir été prise lors d'un arrêt/transfert dans cette ville située à trois cents kilomètres du centre administratif du camp, Iavas. Qui en est l'auteur ? Je l'ignore, mais il devait probablement s'agir d'un particulier bien au courant des allées et venues des prisonniers. Les photographes privés sont autorisés à se rendre dans la Zone pour proposer leurs services payants aux *zek*, qui feront naturellement tout pour apparaître sous leur meilleur jour – après tout, ces images sont d'abord destinées à leurs proches.

Le droit de se faire photographier et d'envoyer les clichés à ses parents illustre bien, à n'en pas douter, le « libéralisme » du Goulag poststalinien. Un système carcéral surdimensionné, aux effectifs pléthoriques, au taux de mortalité considérable, à la productivité très faible et à la corruption rampante – un héritage de Staline que les autorités, après Beria, arrêté en juin et exécuté en décembre 1953, tentent de moderniser, avec comme maîtres mots le rétablissement de la *zakonnost* (légalité) et de la *goumannost* (humanisation) dans la justice soviétique. Le travail des *zek* n'est plus perçu comme un but en soi, mais bien comme un vecteur de rééducation. La réforme du Goulag s'inscrit dans le grand projet de Nikita Khrouchtchev qui, au cours de

1. Stolypine, Premier ministre de Nicolas II, avait conçu des trains luxueux en 1908.

son rapport au XXIe Congrès du Parti en janvier 1959, a prédit l'avènement du communisme pour le début des années 1980.

À son arrivée à Iavas (centre adminstratif du complexe), le groupe de Krasnopevtsev est scindé en deux. Mon père est envoyé avec Menchikov à l'ITL numéro 7, la Sosnovka (joli nom dérivé de *sosna*, le pin), tandis que ses anciens amis demeurent dans le camp numéro 11, le cœur du complexe pénitentiaire. L'objectif est sans doute de regrouper les « révisionnistes », ceux qui croient encore que Lénine fut un grand homme et que le communisme est le plus beau projet que l'humanité ait conçu.

Le Goulag a toujours été un puissant « révélateur de personnalité », faisant tomber les masques des uns et des autres, plus ou moins vite (la barrière des deux ans d'emprisonnement est souvent citée comme une ligne rouge). À peine débarqué, Krasnopevtsev se mue en chef de clan, s'efforçant de maintenir son emprise sur les autres membres du groupe, de rallier à sa cause d'autres prisonniers et, quand il le juge utile, d'excommunier ceux qui rejettent ses idées au sujet du « vrai » léninisme. Avec Vadim, les relations se sont distendues depuis son arrestation à la Loubianka, et le fossé se creuse encore plus après que Krasnopevtsev décide de collaborer avec les autorités du camp puis, proclame mon père « politiquement peu fiable », l'accusant d'avoir collaboré avec le KGB pour le faire condamner (« Nous avons été arrêtés suite à la dénonciation de Tchechkov et de Kozovoï »). La stratégie de collaboration ne paiera pas, et Krasnopevtsev fera ses dix ans sans obtenir de libération anticipée. Ils ne se reverront plus jamais. Mais mon père restera hanté par les souvenirs de cette période, qui ressurgiront à la fin des années 1980, au cours de la période de la glasnost, quand la nouvelle presse russe fera connaître au public leur histoire et leur rupture après l'arrestation.

La vie quotidienne de Vadim lors de son séjour en camp, du 14 août 1957 au 28 octobre 1963, s'organise selon un emploi du temps qui ne semble pas avoir beaucoup évolué depuis Staline. Le principe structurant demeure la vie en communauté, le travail en « brigades », les baraquements d'une vingtaine de personnes. La promiscuité doit inculquer aux prisonniers les vertus de l'abnégation et du partage. Il s'agit de tuer tout résidu d'« individualisme bourgeois », obstacle à la formation d'une société communiste…

Cet héritage du système stalinien est mis à mal par les réformes amorcées dès 1953 et qui aboutiront au démantèlement du Goulag, fin janvier 1960, avec le transfert de ses fonctions aux MVD des républiques. Pour les *zek*, l'agonie du Goulag, du milieu à la fin des années 1950, correspond à un « âge d'or », une période bénie au cours de laquelle tout ou presque semble possible. Les nouveaux arrivés au Doubravlag sont frappés par sa propreté, la présence de gazon, de fleurs ; on ne meurt plus de faim ou de mauvais traitements. Mon père racontera plus tard avoir pu se procurer des produits locaux, par exemple des *pirojki* apportés par des paysans du cru durant les week-ends. Recevoir des colis n'est pas un problème.

Nourriture terrestre, nourriture spirituelle : les prisonniers discutent de questions politiques et peuvent se tenir informés en lisant des périodiques étrangers envoyés par leur proches (pas n'importe lesquels évidemment, des publications communistes uniquement).

Même si les conditions de détention sont plus libérales que sous Staline, l'enfermement, pendant six longues années, constitue pour mon père une expérience fondatrice, lui ouvrant des horizons insoupçonnés. « Le Goulag a été pour moi une école de la vie. J'ai découvert la Russie dans sa pluralité, mais aussi dans l'insondable profondeur de la souffrance humaine, souffrance que je continue de porter en moi aujourd'hui », écrira-t-il dans les années 1990. Son expérience du camp, il faut la voir comme d'abord fondée sur le débat d'idées. Il se souviendra des années plus tard d'une discussion houleuse avec l'un des compagnons de Stepan Bandera, chef de file des nationalistes ukrainiens, personnage controversé qui a collaboré avec les Allemands avant de se raviser, et qui mourra assassiné à Munich par un agent du KGB en 1959.

S'il garde contact avec Obouchenkov et Pokrovski (ce dernier futur historien, membre de l'Académie des sciences de Russie), Vadim s'entend principalement avec des étudiants de Leningrad arrêtés en mai-juin 1957, Viktor Trofimov et Boris Poustyntsev. Il se rapproche également de détenus respectés, mais n'ayant pas appartenu à des « cercles », dont le plus connu est certainement Nikita Krivocheïne. Nikita était le petit-fils d'un ministre de l'Agriculture de Nicolas II et le fils d'un officier du général Wrangel qui avait émigré en France. Résistant, déporté, son père avait milité, après la guerre, pour le retour des émigrés en Union soviétique, ce qui lui avait valu d'être expulsé par le ministre de l'Intérieur Jules Moch, avec d'autres « agents de l'URSS », pour « agitation sociale ». Après y avoir été rejoint en 1949 par sa femme et son fils, il avait été arrêté (les Mémoires de Nina, la mère de Nikita, *Les Quatre Tiers d'une vie*, inspireront le film *Est-Ouest*). Nikita avait fait des études à l'Institut des langues étrangères de Moscou, travaillé comme traducteur franco-russe et, à la fin des années 1950, il avait à son tour été arrêté pour avoir envoyé au journal *Le Monde* une chronique sur l'intervention soviétique en Hongrie. Vadim et Nikita deviendront des amis pour la vie, et se retrouveront souvent à Paris, après notre émigration en France.

La vie quotidienne des politiques et des droits-communs ne diffère au fond pas beaucoup, en particulier dans l'usage du sobriquet de camp (*klitchka*) destiné à tromper les délateurs (*stoukatchi*), héritage de la grande époque du Goulag stalinien. Ces sobriquets ne brillent pas toujours, loin s'en faut, par leur originalité. Boris Poustyntsev est surnommé « Bob » et mon père *Glaz*, « l'œil ». Un surnom qui pourrait paraître moins valorisant que *Starik*, « le vieux », sobriquet de Krivocheïne dont ce dernier a hérité en raison de son expérience et des conseils qu'il prodigue à son entourage en cas de conflit avec les autorités. Mais l'insistance sur l'infirmité de mon père peut aussi être interprétée de manière positive, comme le fait qu'il « voit juste », qu'il est un « voyant », qualificatif qu'il apprécie certainement puisqu'il le renvoie au poète auquel il s'identifie le plus et qui l'accompagnera jusqu'à sa mort, Rimbaud.

En l'absence de documentation tangible et de rapports internes des administratifs du camp, il m'est difficile de savoir si le handicap de mon père aurait pu lui valoir un régime de travail « assoupli ». J'imagine que ce fut le cas, dans la mesure où il était « invalide de 2e classe », et dispensé de tout travail lourd. Mais en tant que pur intellectuel, était-il seulement « apte » à toute forme de travail manuel ? Un des récits favoris de mon père sur cette période de sa vie donne un début de réponse.

Imaginez la scène suivante. C'est la nuit en Mordovie, une nuit d'hiver, glaciale. Mon père, qui a été nommé *istopnik* (chauffeur) dans la *kotelnaïa* (chaufferie) du camp, entame son tour de garde. Un poste à haute responsabilité. Comme à son habitude, il s'installe confortablement dans un coin de la pièce, un livre à la main. Les minutes passent, le feu crépite. Plongé dans son livre, peut-être sous l'influence d'une boisson psychotrope à base de thé concentré très appréciée en camp, le *tchifir*, Vadim n'entend pas les bûches tomber de la *topka* (foyer). Un incendie se propage ; quand les secours finissent par arriver, la chaufferie est hors d'usage. L'affaire est si grave que les autorités décident de l'étouffer pour ne pas risquer d'être elles-mêmes sanctionnées ;

mon père s'en tire avec une réprimande et un durcissement de régime.

J'ignore quand précisément a eu lieu cet incident, mais je n'ai aucun doute quant au fait que ce genre d'attitude faisait partie de la conduite habituelle de mon père, dans la continuité de ses répliques désinvoltes au cours des interrogatoires à la Loubianka, mais aussi dans la continuité de son rejet de la culture politique de ses parents, des communistes de province bon teint. Mark Ilitch se déplace pourtant à plusieurs reprises en Mordovie, faisant tout pour tenter d'améliorer le sort de son fils, y compris en donnant aux matons des conférences sur les relations internationales, son thème favori. Des conférences qui trouvent évidemment preneurs dans le contexte tendu de guerre froide de la fin des années 1950-début des années 1960, se terminant immanquablement par un vibrant « Et le drapeau rouge flottera sur la Maison Blanche ! ». On imagine le dégoût de mon père de devoir approuver ce genre de spectacle.

C'est sans doute parce que les relations père-fils se crispent à nouveau que ma grand-mère Kilia prend sur elle de correspondre avec les autorités pour plaider la cause de son fils. Fin août 1961, le jour des vingt-trois ans de ce dernier, elle écrit à Chelepine, le nouveau directeur du KGB. Après l'avoir flatté sur la qualité de son discours inaugural au récent XXIe Congrès du Parti, la pauvre Kilia jure que son fils, qui a « compris son erreur », veut plus que tout « travailler honnêtement au service de notre grand pays ».

Chelepine, qu'on qualifie, un peu par moquerie, d'« intellectuel du Parti », diplômé de la faculté d'histoire de la MGU, ne donne pas suite à la lettre – son secrétariat doit en recevoir un grand nombre quotidiennement, et il a des choses plus importantes à faire que de s'occuper d'un *zek* refusant d'être « rééduqué ». D'autant qu'après une courte période de libéralisation, le contexte est à la contre-réforme du système pénal, où le maître-mot est désormais *poriadok* (ordre) – un ordre mythique qui aurait existé sous Staline. Au cours d'une réunion mémorable du Présidium le 17 juin 1961, Khrouchtchev, qui n'est pas à une contradiction près, loue la politique carcérale de son illustre prédécesseur et se dit favorable, en attendant l'avènement du communisme, à des « lois barbares ». Même s'il est à des années-lumière des droits-communs, des criminels endurcis et multirécidivistes visés en priorité par la nouvelle législation sur les camps, Vadim, par son attitude rebelle, affaiblit ses chances d'obtenir une *pomilovka*, une libération anticipée. Ici comme ailleurs, l'ennemi principal de mon père sera… lui-même.

Le durcissement du régime carcéral se lit dans la réponse de l'administration du camp à une lettre de Kilia, en mai 1963. À sa demande de se montrer plus compréhensif envers son fils handicapé, elle se voit répondre que Vadim n'accomplit aucune des obligations assignées aux prisonniers ; pour cette raison, il ne peut prétendre aux colis (autorisés une fois tous les quatre mois, ce qui est bien moins intéressant qu'avant) ni au droit d'écrire deux lettres supplémentaires, en plus de celles autorisées. Parmi les griefs reprochés figurent également les absences de Vadim aux sacro-saints séminaires hebdomadaires de propagande imposés à des fins de « rééducation », les *politzaniatia*. Pendant que d'autres font semblant de s'intéresser aux concepts marxistes et au déclin du capitalisme, il dévore des livres, faisant grand usage de la bibliothèque du camp et des ressources de ses compagnons d'infortune.

C'est en effet au cours de ces six années de prison que s'opère la transformation de Vadim en poète et en traducteur. Métamorphose dans laquelle je vois d'abord la manifestation d'un « gène poétique » hérité de sa mère, une femme qui a toujours adoré Pouchkine, qu'elle relisait et récitait régulièrement pour entraîner sa mémoire ; son carnet scolaire porte la trace de lectures de poètes classiques, comme Pouchkine, Lermontov, Iéssenine, Fet, Maïakovski et déjà Pasternak. La transfiguration avait débuté au cours de son séjour à la Loubianka en 1957-1958 : « J'écrivais des vers dans ma tête en prison », racontera-t-il plus tard.

C'est dans sa cellule, à la lumière blafarde d'une ampoule d'un autre âge, rongé par le sentiment de culpabilité et incapable de trouver le sommeil, que mon père s'est frotté pour la première fois aux *Illuminations* de Rimbaud. Aussi surprenant que cela puisse paraître, la prison de la Loubianka (et plus tard celle du Doubravlag) disposait d'une belle bibliothèque, nourrie d'ouvrages amassés lors des perquisitions effectuées durant la Grande

Terreur. Cette riche collection profitera également à une jeune femme qui arrivera à la Loubianka deux ans après le départ de mon père pour le camp du Doubravlag – ma mère.

*

Irina aura passé trois mois dans la prison de la Loubianka. Soulagement, peur et curiosité : les sentiments qui l'animent quand elle arrive dans la cellule 82 sont mêlés. Après des heures de lecture de Proust – un auteur qu'elle découvre en prison ! –, sa vue décline ; par contre son ouïe, dans des conditions de détention où la lumière du jour n'existe que pendant la demi-heure de promenade quotidienne, sur les quelques mètres carrés du toit de la « Loubianka intérieure », se développe. Des pigeons qui roucoulent deviennent à ses oreilles hypersensibles des lions qui rugissent. Le sommeil se fait rare. Contrairement à ma grand-mère, qui occupe la cellule 86, ma mère, une « criminelle minuscule », est rarement appelée pour être questionnée.

C'est au cours d'un de ses interrogatoires qu'elle apprend que ses voisins de cellule sont… des pilotes américains ! « Que lisez-vous pour vous occuper ? Du Pouchkine, du Gogol ? Voilà qui est bien ! Parce que vos voisins, les Américains, ils ont réclamé la Bible ! » lui confie le colonel Konkov. Le Boeing RB-47 du navigateur John McKone et du copilote Freeman Olmsted avait été abattu par un Mig-19, au-dessus de la mer de

Barents, le 1er juillet 1960 – deux mois jour pour jour après l'affaire, autrement plus retentissante, de la capture de Francis Powers, le pilote du fameux U2. Intriguée, ma mère décide de tenter l'aventure. Elle frappe sur le radiateur de sa cellule pour attirer l'attention des Américains puis, après avoir subtilisé un stylo, griffonne sur un bout de papier un message dans un anglais approximatif (« Comment allez-vous ? Mon nom est Ira. Je suis dans la cellule 82. Quel est votre nom ? J'attends votre réponse »), message qu'elle tentera de leur transmettre. Après leur libération, le 25 janvier 1961, les deux pilotes ne diront rien de leur mystérieuse voisine de cellule…

L'arrestation de ma grand-mère puis de sa fille met en branle une nouvelle campagne de presse. Ivinskaïa y est dépeinte en « femme fatale », veuve noire manipulatrice, qui aurait elle-même écrit, ou à tout le moins inspiré, les passages les plus subversifs du *Docteur Jivago*. Roman que cette femme sans foi ni loi aurait ensuite envoyé à l'étranger, empêchant ainsi la publication en URSS d'un livre qui aurait pu, après quelques coupures, devenir un « bon roman », écrit par un « poète honnête » (*dixit* Sourkov, qui effectue là un virage à 180 degrés après la mort de Pasternak). Ivinskaïa aurait ensuite empoché les dividendes dans le plus grand secret, sans que l'auteur ait été mis au courant de ses opérations criminelles. L'objectif de cette campagne de dénigrement est de donner tort à ceux qui, à l'étranger, clament que le régime s'acharne sur deux femmes innocentes. Ivinskaïa est coupable du crime de contrebande et de trafic de devises !

Bien sûr, au procès, le procureur se gardera bien de mentionner que, de son vivant, Pasternak avait lui-même donné procuration à Olga (procuration transmise à Feltrinelli) pour l'autoriser à gérer en toute indépendance les fonds provenant de la vente du roman. Comme le comprennent bien les observateurs, la vraie raison de son arrestation, comme en 1949, est bel et bien politique. Le pouvoir cherche à la punir pour s'être acharnée à faire paraître *Le Docteur Jivago*, et pour avoir transmis à l'étranger un manuscrit de la pièce inachevée de Pasternak, *La Beauté aveugle*, considérée par le KGB comme un « brûlot anticommuniste » (*sic*). Le Kremlin veut faire de ma grand-mère un exemple et se venger, de manière posthume, du poète.

Pour toutes ces raisons, le procès d'Olga et d'Irina, au tribunal municipal de Moscou, se déroule à huis clos, sans qu'aucune mention en soit faite dans la presse ou à la radio. Le procureur demande huit ans de camp pour ma grand-mère. Le juge, qui ne semble pas avoir compris qui est l'auteur du *Docteur Jivago* (et écorche tous les noms étrangers), suit la réquisition du parquet, mais se montre « clément » avec ma mère en raison de son jeune âge et de son casier judiciaire vierge. Irina s'en tire avec « seulement » trois ans de camp, au lieu des cinq demandés par l'accusation. Une « peine d'enfant » pour les *zek* qui ont connu le Goulag stalinien !

Le procès terminé, après un passage éclair à Lefortovo, la prison de la Santé de Moscou, où l'accueil est autrement plus confortable qu'à la Loubianka – les prisonniers ont droit à de véritables toilettes et non à une *paracha*, un vulgaire baquet ! –, ma mère s'embarque à bord du « Stolypine » en direction d'un camp situé en Sibérie orientale, dans la région de Taïchetie, carrefour du Transsibérien à plus de 4 500 kilomètres à l'est de Moscou. Un périple de trois semaines marqué par de nombreux arrêts et transferts nocturnes, les fameuses « étapes », avec leur lot d'humiliations – à Sverdlovsk (Iékaterinbourg), Novossibirsk, Krasnoïarsk et Taïchet, jusqu'à la lointaine station Nevelskaïa, d'où les *zek* sont emmenés au camp à travers la taïga.

Mère et fille font le voyage fin janvier 1961, par des températures polaires proches de moins trente degrés. Personne n'y est vraiment préparé. Ma mère n'a sur les épaules qu'un petit manteau bleu de mi-saison en tissu bouclé, à la mode de Moscou. Plusieurs semaines de maladie et de détention à la Loubianka l'ont beaucoup affaiblie. Les deux femmes ignorent tout de leur destination ; Olga doit soudoyer un garde avec des cigarettes pour découvrir qu'elles sont acheminées vers la Taïchétie.

Pourquoi cette région lointaine ? Olga et Irina ont beau avoir été condamnées pour contrebande de devises, elles sont traitées comme des politiques, pour une raison que j'ai du mal à cerner. Or en février 1961, suite aux réformes de Khrouchtchev, il n'existe en URSS qu'un seul camp destiné aux *zetchki* politiques, et il est situé dans la lointaine Taïchétie. De ces camps où, sous Staline, les *zek* travaillaient à la construction du BAM, ligne ferroviaire doublant le Transsibérien, il ne reste plus grand-chose.

Dans celui où sont expédiées Olga et Irina, on envoie surtout des prisonnières de conscience, une population en pleine expansion depuis la fin de la guerre. Y figurent celles qu'on appelle les *sektantki*, les Vieilles-Croyantes, les Pentecôtistes et les Témoins de Jéhovah, principalement originaires d'Ukraine occidentale.

La deuxième catégorie après les *sektantki* sont les « criminelles de guerre », liées de près ou de loin à Vlassov et Bandera ; puis viennent les « espionnes », et enfin les « rebelles », parmi lesquelles les épouses des « ennemis du peuple » et les « sionistes ». Ce dernier cas est intéressant : pour être une « sioniste », en URSS, il faut avoir voulu faire apprendre l'hébreu ou le yiddish à ses enfants. Un grand nombre de femmes condamnées à de lourdes peines l'avaient été pendant la guerre, d'autres à l'époque du « stalinisme tardif », durant la campagne antisémite du début des années 1950. Malgré plusieurs amnisties, elles n'avaient pas été libérées et réhabilitées. D'autres sont victimes de la nouvelle vague de persécutions religieuses qui a débuté après la mort de Staline, à la fin des années 1950.

Irina et Olga, elles, appartiennent à une espèce rare, celle des *beloroutchki* (« les mains blanches »), deux « intellectuelles ». Même si elles détonnent dans cet ensemble assez hétéroclite, elles parviennent cependant à trouver quelques âmes sœurs. Ainsi, ma mère fait connaissance avec une jeune femme qui restera une amie pour la vie, Irina Verblovskaïa. Diplômée de la faculté d'histoire (encore une !) de l'université de Leningrad, elle est l'épouse d'un brillant mathématicien de la même université, Revolt Pimenov, et l'une des premières victimes de la psychiatrie punitive soviétique. Arrêtée en mars 1957, elle a été condamnée à cinq années de camp pour une lettre collective contre l'invasion de la Hongrie et la diffusion d'un bulletin autoédité (on parle déjà de *samizdat*), *Informatsii*, qui exercera une grande influence sur la *Chronique des événements courants*, la Bible des dissidents soviétiques « libéraux ». Dans ses Mémoires, elle décrira ainsi sa première rencontre avec ma mère :

« Je me souviens avoir aperçu deux silhouettes se tenant immobiles au poste de contrôle. J'avais été frappée par le manteau trop court, d'un bleu criard, que portait la jeune femme. En passant à côté d'elle, je remarquai ses yeux maquillés. Son apparence m'avait fait une mauvaise impression… »

L'impression se dissipe à mesure que se diffusent les rumeurs. Verblovskaïa finit par apprendre qu'il s'agit de la muse de Pasternak et de sa fille. Bientôt, les deux Irina deviennent inséparables ; pour les distinguer, on les appelle « la petite brune » (*tchiornenkaïa*) et « la petite blonde » (*belenkaïa*).

Olga et Irina ne feront pas de vieux os en Taïchetie. Au printemps, le camp doit fermer suite à une réorganisation administrative. Les prisonnières remontent dans le train pour accomplir le même périple en sens inverse, en direction de la Mordovie, vers le Doubravlag. De cette aventure enrichissante sur beaucoup de plans, Irina a tiré une nouvelle savoureuse, inédite en français, *Les Nuits des rossignols*. Elle y raconte comment, pendant les « étapes », Olga y a été « prise en charge » par une *zek* lesbienne répondant au nom d'Anna Grigorievna.

Cette situation n'a rien d'inédit : dans les années 1960, comme à l'époque des bagnes tsaristes, l'homosexualité fait partie de l'univers carcéral soviétique. Comme dans les prisons d'autres pays, les relations lesbiennes existaient dans les baraquements des femmes du Goulag, mais c'était sans doute surtout faute d'hommes, une conclusion à laquelle est arrivé dans les années 1920 le juriste russe spécialiste du monde carcéral, Mikhaïl Guernet. Le récit de ma mère s'inscrit dans une certaine tradition de témoignages associant amours lesbiennes au Goulag et mœurs des droits-communs (le camp où elle va d'abord séjourner est réservé exclusivement à ceux-ci) : vision biaisée, les membres de l'intelligentsia évitant d'afficher ouvertement leur orientation – la célèbre poétesse Anna Barkova, qui a longtemps séjourné en camp, étant ici l'exception qui confirme la règle.

« Anna Grigorievna » (certainement un pseudonyme) n'a pas été condamnée parce que lesbienne – l'homosexualité est un crime exclusivement masculin dans le Code pénal de Staline, qui peut valoir jusqu'à trois ans de prison –, mais pour grand banditisme. Cependant, pour apitoyer ma grand-mère, elle s'invente un pedigree noble et une « légende » de victime du système. Elle voit dans Olga et sa fille des *fraery*, terme désignant les prisonniers « passifs » sur le dos desquels on peut s'enrichir, des « juments » ou des « grognasses » dans le jargon des *zek*.

Ma grand-mère accepte la « protection » d'Anna G., qui aurait pu faire d'elle une véritable esclave, mais en raison de son statut exceptionnel, celle d'ancienne maîtresse d'un grand poète, il n'en sera rien. Une relation particulière en émerge, moins fondée sur le sexe que sur des rapports filiaux, presque de mère à fille, où Anna G. offre sa protection à Olga, son « enfant », en échange de bienfaits matériels – le contenu de nombreux colis que ma grand-mère reçoit de Moscou. De son côté, Irina se retrouve elle aussi « mariée » après son arrivée dans son nouveau camp. Son « mari » est une jeune fille aux cheveux courts, vêtue à la garçonne d'un pantalon et d'une casquette, un *saniok* comme on appelle ici les « jules ».

Si Olga, qui a une expérience autrement plus longue de la vie dans les camps, trouve un certain avantage à sa « relation » avec Anna G. et fait contre mauvaise fortune bon cœur, il en va différemment de sa fille. Quand le mois de mai arrive et que s'installe un printemps précoce, Irina prétexte la chaleur étouffante dans les baraquements pour aller dormir à la belle étoile, afin d'éviter les éventuelles sollicitations de son *saniok*. Mais ses nuits sont courtes : à l'aube, elle est réveillée par le chant des rossignols, dont c'est la saison des amours…

Même si les relations d'Irina et sa compagne se révèlent des plus cordiales (ma mère lui fait découvrir la revue *Littérature étrangère*), le quotidien des droits-communs lui pèse. Inquiète de l'état de santé de sa mère qui tend à se dégrader, elle bombarde l'administration de demandes de transfert dans un camp pour les « politiques » où, se dit-elle, les mœurs seront moins rudes. Ne pensant pas y arriver par la voie normale, elle se dit qu'elle pourrait diffuser un tract appelant à renverser le régime – seul moyen d'être condamnée cette fois comme politique…

Ma mère n'ose trop y croire, mais le miracle se produit en juin. Sa demande est satisfaite. Et quelques semaines après avoir reçu la lettre des autorités, sous les regards attristés du *saniok* et d'Anna Grigorievna, Irina monte avec sa mère dans un camion qui, sous bonne escorte, l'emmène vers son nouveau camp, le 17a. Un camp où elle fera connaissance de l'homme de sa vie – mon père.

Le transfert d'Olga et Irina dans le camp 17a, réservé aux femmes condamnées pour motifs politiques, ne doit pas étonner. Il faut y voir une concession du pouvoir, surpris par l'ampleur de la mobilisation pour la libération de ma mère et de ma grand-mère. À l'origine de cette campagne se trouve Georges Nivat, « fiancé français » de ma mère dont les sentiments intacts lui font remuer ciel et terre pour la faire libérer. « J'ai terriblement peur qu'Irka ne supporte pas le froid. Son état général est si mauvais », écrit Georges à Maria Nikolaïevna, en février 1961. « Mais ça va aller, j'en suis persuadé... Je suis prêt à attendre toute ma vie, mais je finirai par retrouver mon Irka. »

Au cours d'un séjour à Oxford, le jeune slavisant fait la connaissance de George Katkov, historien né en 1903 à Moscou, et qui a rencontré Pasternak avant la guerre. Nourrissant une certaine nostalgie pour l'ancien régime russe, comme le montrera sa *Révolution de février*, Katkov voit dans le communisme un régime intrinsèquement criminel, et dans l'arrestation d'Olga et Irina la preuve la plus éclatante de sa perversion. Inspiré par Georges, Katkov devient le moteur de la mobilisation dans le monde anglo-saxon.

Dans un premier temps, l'objectif des deux hommes est de soutenir l'appel des avocats d'Olga et d'Irina auprès de la Cour suprême d'URSS pour faire annuler la condamnation de décembre 1960. Dans ce but, Katkov estime qu'il ne faut pas diffuser la campagne dans la presse, mais régler les choses « à l'amiable ». Il déconseille à Nivat d'intervenir directement, en raison d'un conflit d'intérêts qui pourrait facilement prêter le flanc aux attaques.

Pour améliorer ses chances, le Britannique a l'idée de rallier à sa cause des intellectuels connus pour leur « russophilie ». François Mauriac, Académicien et prix Nobel de littérature, accepte de rencontrer l'ambassadeur soviétique en France, Sergueï Vinogradov. Bientôt, ce sont d'autres écrivains qui sont invités à rejoindre le chœur de protestations. Parmi eux, Sartre et Simone de Beauvoir, Nabokov, Alberto Moravia et Graham Greene. Ce dernier, « catholique de gauche » qui fut pendant un temps membre du Parti communiste, dirige la branche britannique du PEN Club, une organisation unissant les hommes de lettres du monde entier, née en 1921. Greene écrit à Sourkov et celui-ci, au vu de l'important rôle joué par l'écrivain britannique dans la promotion de la diplomatie culturelle soviétique, en informe Khrouchtchev.

S'il ne répond pas à Greene, le premier secrétaire soviétique se sent obligé d'intervenir personnellement lorsqu'il reçoit une lettre de l'honorable Bertrand Russell. À quatre-vingt-dix ans révolus, ce mathématicien et philosophe, mondialement connu pour son engagement en faveur de la paix depuis la Première Guerre mondiale, continue de faire parler de lui. Dans les années 1950, il milite pour le désarmement nucléaire. En novembre 1957, il publie une lettre ouverte à Khrouchtchev et Eisenhower qui fait beaucoup de bruit. Le dirigeant soviétique lui répond, défendant sa politique étrangère. En janvier 1961, Russell écrit à Khrouchtchev pour demander la grâce d'Olga et Irina. Ces efforts n'aboutissent pas et, après confirmation de la condamnation par la Cour suprême soviétique, ma mère et ma grand-mère sont envoyées dans la région de Taïchet.

Khrouchtchev résiste, semble-t-il, pour plusieurs raisons. Sur le plan intérieur, les années 1960-1961 correspondent à une période où le secrétaire général défend une ligne dure en matière pénale. Le contexte n'est vraiment pas propice à une amnistie. Dans le même temps, le bouillant Nikita a engagé un bras de fer avec l'Occident à Berlin, provoquant une nouvelle crise autour de ce « point chaud » au cœur de l'Europe. Faire machine arrière, ce serait prendre le risque de paraître faible devant les « faucons » du Kremlin.

Ayant échoué à persuader le Kremlin de libérer Olga et Irina, Katkov et Georges acceptent l'idée d'une campagne de presse. Fin janvier 1961, c'est Feltrinelli qui ouvre les hostilités dans une interview où il rappelle que c'est Pasternak lui-même qui avait toujours demandé à recevoir l'argent ; que les accusations visant sa muse sont totalement infondées. Les Soviétiques contre-attaquent via les ondes de Radio Moscou et des journaux communistes, le *Daily Worker* et *L'Humanité*, en reprenant, avec encore plus de hargne et de vulgarité, les anciennes accusations à l'encontre de ma grand-mère, y ajoutant celle visant Georges Nivat qui serait un « agent secret français ». En mars, soutenu par ses amis, ce dernier annonce la création à Oxford d'un Comité pour la libération d'Ivinskaïa.

Apprenant qu'une campagne internationale pour la faire libérer est en cours, ma grand-mère se met à espérer. Mais les mois passent, et sa libération ne vient pas. Informée des accusations dont elle est la cible, le 10 mars, elle écrit à Khrouchtchev une *pomilovka*, lettre de demande de grâce, geste qui n'a, en soi, rien d'exceptionnel dans le contexte carcéral mais qui, dans son cas, laisse percer l'amertume d'une femme lasse de jouer le rôle de bouc émissaire. Le 28 mars, elle écrit à nouveau pour demander une réduction de peine, cette fois à Brejnev, président du Soviet suprême, le parlement soviétique, dont le rôle est précisément d'examiner ce genre de demande.

Souffrant d'une ménopause très douloureuse qui nécessitera bientôt son hospitalisation, Olga perd peu à peu pied avec la réalité, prêtant foi à toutes sortes de rumeurs. En avril, lors du voyage vers le Doubravlag, quand elle entend à la radio l'annonce de l'exploit de Gagarine, elle se persuade que cet événement, d'une portée sans précédent, va forcément entraîner une amnistie. Encore une fois, son espoir est déçu, ce qui aggrave son pessimisme. À ce moment-là, le contact avec Georges Nivat est rompu : envoyé faire son service militaire en Algérie, ce dernier y sera grièvement blessé et ne reprendra contact avec Maria Nikolaïevna qu'à la mi-juin. C'est à ce même moment que les autorités autoriseront le transfert de ma grand-mère et de ma mère vers le camp 17a. Une manière d'admettre que les deux femmes ont bel et bien été condamnées pour un motif politique.

*

Le camp 17a est l'annexe féminine du camp 17, où se trouve mon père. Hommes et femmes ne sont pas censés échanger, mais les *zek*, souvent jeunes et téméraires, n'hésitent pas à braver l'interdit en dépit d'un *no man's land* d'une centaine de mètres, la *zapretka*, marqué par des miradors et des clôtures. Cent mètres, c'est une distance suffisante pour distinguer les silhouettes. Les premières dont se souvient ma mère sont celles de deux hommes portant un bard lourdement chargé. Le plus petit se nomme Boris (Baruch) Podolski, c'est un ancien étudiant de la MGU condamné avec sa mère pour « création et diffusion de publications antisoviétiques *fondées sur les préjugés nationalistes* » (cette dernière précision coûtant très cher) – ce qu'on appelle vulgairement le « sionisme ». Ayant appris qu'Irina et sa mère ont été arrêtées dans le cadre de l'Affaire Jivago, il lui envoie une lettre, la première que reçoit ma mère dans ce camp.

« Recevoir une lettre » dans un contexte carcéral est une expression qui peut prêter à sourire : bien évidemment, il n'y a pas de service postal entre les camps ou les zones des camps ; les échanges étant strictement prohibés, la communication se fait par divers moyens illicites. Il y a le principe, bien connu des agents secrets, de la « boîte aux lettres morte », qui consiste à cacher sa lettre ou son colis. Deux espaces fréquentés par les hommes et les femmes sont privilégiés : le perron de la *bania*, le sauna russe, et les fentes d'un vieux pont délabré qui mène au champ où l'on travaille à la belle saison.

Mais la pratique la plus répandue, et la plus spectaculaire, demeure le « lancer de lettre », après avoir enroulé le message autour d'une pierre. Pour devenir *metalchtchik* (lanceur) ou *metalchtchitsa* (lanceuse), il faut posséder adresse et force – compétences rares chez les « politiques », le plus souvent des intellectuels peu portés sur l'exercice sportif. Chez les hommes, le champion toutes catégories est Achot Kazarian, chef de la brigade chargée de la construction d'un atelier pour les femmes. Achot ne tarde pas à repérer ma mère, une jeune et frêle petite blonde. N'y allant pas par quatre chemins, il lui transmet une lettre contenant photo, biographie et… proposition de mariage ! Sa peine est courte – il a été condamné pour avoir collé des tracts antisoviétiques sans avoir participé à leur rédaction ; il espère sortir rapidement et fonder une famille. Olga approuve ce parti, mais ma mère dit *niet*, ce n'est pas son type. Il ne lui en voudra pas et, pour les fêtes de fin d'année, réalisera l'exploit de lui offrir des chocolats et même une bouteille de cognac !

Mon père, qui en est déjà à sa quatrième année d'emprisonnement, finit par entendre parler de ma mère. Ayant appris qu'Irina étudie le français et qu'elle reçoit des livres, il lui fait parvenir ce message : « On raconte que vous avez des livres français. Vous pourriez me les envoyer en échange de numéros de la revue *Les Lettres françaises*. VK. » Nous sommes en septembre 1961.

« Je ne savais pas du tout qui était ce "VK", mais décidai de me montrer généreuse », témoignera plus tard ma mère. Les colis qu'elle reçoit de ses proches sont variés – vêtements, produits alimentaires, médicaments, papier, encre et livres. Connaissant son goût pour la langue de Molière, son ancienne professeure d'anglais devenue mentor, Inessa, lui a fait parvenir l'*Anthologie de la nouvelle poésie française*. Le livre a été publié à Paris en 1924 aux éditions du Sagittaire, fondées par Simon Kra, un intellectuel d'origine juive né en Allemagne, proche des surréalistes et mort en 1940.

Les poètes français contemporains se révèlent bien trop arides pour ma mère. Elle décide d'offrir le livre. Après l'avoir enveloppé dans un morceau de toile cirée, elle l'adresse à « VK », puis le dissimule sous le perron de la *bania*. Dans ses Mémoires, elle écrira : « Il trouva le livre, et sa reconnaissance fut infinie. Il le gardait sous son oreiller, l'emportait avec lui au travail dans son sac à dos, comme Murr [surnom de Gueorgui], le malheureux fils [cadet] de Marina Tsvetaeva, emportait son Mallarmé dans les tranchées nauséabondes et dormait en tenant dans ses bras ses poèmes, retrouvés sur lui après sa mort. Il ne s'en séparait jamais. »

La correspondance s'engage. Je ne dispose que de peu de traces de ces premiers échanges ; les lettres en ma possession sont presque toutes datées d'après la libération de ma mère, à l'été 1962. Très vite, ils s'envoient leurs photos ; mon père lui paraît très juvénile, elle va l'appeler, un peu ironiquement, *moï dorogoï maltchik*, « mon cher petit garçon » ; il lui rend la politesse en la qualifiant de *dorogaïa devotchka*, « ma chère petite fille ». Plus tard, ce sera le tendre « ma très chère Irotchka » et le beaucoup plus mesuré « cher Vadim », effet de distance sur lequel j'aurai l'occasion de revenir.

Rédigés en caractères minuscules, dans la pure tradition des lettres de *zek*, parsemés de mots ou expressions en français, les premiers messages de Vadim sont difficiles à déchiffrer et, quand j'y parviens, je m'interroge sur leur sens. Ma mère aussi, d'ailleurs : « Dès ses premières lettres, j'ai été submergée par son érudition, sa misanthropie d'adolescent, par le flot continu de ses pensées. Ce n'étaient pas des lettres, mais plutôt des journaux intimes, rédigés dans une langue poétique impénétrable. »

Pour comprendre les raisons qui ont pu pousser mes parents à correspondre, il faut d'abord se souvenir d'une culture épistolaire héritée du XIXe siècle, dont ils sont certainement conscients, la « prison romantique ». Connaisseurs de la littérature française, je les imagine s'identifier à Fabrice et Clélia dans *La Chartreuse de Parme.* Qu'ils le veuillent ou non, ils sont les héritiers d'une tradition remontant aux décembristes, les premiers grands « exilés » du tsarisme. Et puis, Lénine n'a-t-il pas fait la cour à Nadejda Kroupskaïa dans ses lettres, lui faisant par écrit sa demande en mariage ? Plus encore que le bagne tsariste, le Goulag a donné à l'art épistolaire ses lettres de noblesse, comme en témoignent de nombreux exemples de lettres, dont celles, déchirantes, écrites par les pères prisonniers à leurs enfants restés en liberté.

Cela étant dit, la correspondance de mes parents est originale en ce que mon père est un « cérébral », un intellectuel pur. Arrêté à dix-neuf ans, ayant passé le plus clair de son temps dans les bibliothèques, il n'a pas encore connu l'amour. Ma mère, il ne la voit pas, mais l'imagine peut-être sous les traits de quelque actrice, peut-être Dany Saval, comédienne française dont j'ai retrouvé la photo découpée dans un journal, pieusement conservée dans un vieux carnet des camps.

Plus qu'objet sexuel largement imaginaire, ma mère devient sa première lectrice, celle à qui il adresse ses premières traductions, tirées des poèmes puisés dans l'*Anthologie*, ceux de Tristan Derème, Mallarmé, Nerval, Reverdy, Rimbaud... C'est Valéry qui lui inspire son premier essai, avec une version très réussie du *Cimetière marin*, poème connu pour son appel optimiste, « Le vent se lève, il faut tenter de vivre ! ». Ma mère écrira plus tard : « J'ai extirpé sa traduction, écrite en caractères minuscules sur des feuilles de cahier d'écolier, de ma fameuse cachette, sous le perron de la cabane des bains. Comment ne pas penser aux feuillets d'Apollinaire récupérés dans les tranchées ? »

Si mon père trouve rapidement la bonne tonalité avec les poèmes de Valéry, il en va différemment de Rimbaud, (re)découvert dans la prison de la Loubianka, dans la célèbre traduction de Benedikt Livchits, poète juif de Kyiv exécuté pendant les purges staliniennes. Mon père est attiré par « le Voyant » en raison de la proximité qu'il perçoit entre lui et ses auteurs russes favoris. Pour lui, Rimbaud représente « l'univers de l'intonation, précisément ce qui rend la poésie russe si intraduisible », comme il le dira plus tard. Et c'est justement par son sens de l'intonation, du rythme poétique, qu'il impressionne ma mère. C'est d'ailleurs sur sa demande que mon père passe de la traduction à la création personnelle, se mettant à composer des vers. Ces premiers poèmes, que ma mère apprécie beaucoup, les tapant même à la machine pour éditer son premier « recueil », il les reniera par la suite comme trop simples et trop lyriques.

De simple lectrice, ma mère en vient à jouer le rôle d'une Laure de Sade, la célèbre muse de Pétrarque, ou d'une Louise de Coligny-Châtillon, la « Lou » d'Apollinaire. Ce rôle, il faut souligner qu'elle le choisit largement pour elle-même, envoyant à mon père un grand nombre de poèmes en lui demandant de les traduire, de les « interpréter », à la manière d'un chant offert à sa bien-aimée… Pour les mêmes raisons, elle lui fait partager son amour de Rilke, ses *Lettres à une jeune femme*, traduites par Pasternak, et son roman en partie autobiographique *Les Cahiers de Malte Laurids Brigge*, sous forme d'un journal intime. Le rôle de correspondante lui rend son existence supportable, lui redonne foi dans l'existence : « Merci, mon *maltchik*, d'avoir préservé ton âme intacte, d'être resté un "petit garçon russe" et, si tu es sincère, je pourrai à nouveau croire, rien qu'un peu, que les gens ont réellement besoin les uns des autres, et que toute cette comédie – la vie – a un sens », lui écrit-elle au début de leur relation.

La correspondance de mes parents offre un point de vue fascinant sur leurs mondes intérieurs, leurs jardins secrets, leurs rêves et aspirations, mais il y a une chose que ces lettres ne dévoilent pas : le réel. L'historien de l'URSS et de son univers concentrationnaire reste sur sa faim. L'« effet d'opacité du réel » est particulièrement fort chez mon père, ses lettres étant, à bien des égards, une forme d'introspection, presque un monologue intérieur ; il l'est un peu moins chez ma mère. Ses quelques lettres de camp fourmillent d'allusions difficiles à décoder ; une fois à Moscou (elle est libérée en 1962, lui sortira en 1963, comme on le verra plus loin), elle ne raconte presque rien de sa vie passée en camp, en dehors des nouvelles de sa mère. Elle ne revient pas sur le passé, sur son travail dans le *camp* (mot qu'elle emploie volontairement en français, par pudeur, pour tromper l'attention d'éventuels lecteurs indiscrets). Je sais qu'on ne lui a pas confié des tâches très élaborées, du ramassage de bois tout au plus (ma grand-mère, elle, avait travaillé comme couturière).

Irina ne dit rien ou presque sur les effets du changement de régime de correspondance, à l'automne 1961, quand le pouvoir réduit drastiquement le nombre de colis que peuvent recevoir les prisonniers. Elle tait les effets des pénuries qui se multiplient alors ; elle tait ses impressions sur la vie politique, pourtant dramatique – de la crise de Berlin en août 1961 à celle des missiles de Cuba en octobre 1962. Faut-il s'en étonner ? Consciente du risque de *perlustration*, de violation du secret de la correspondance, craignant de compromettre les chances d'une grâce ou d'une réduction de peine pour Vadim, redoutant de subir une nouvelle convocation par les « organes », une nouvelle arrestation, ma mère, d'habitude si bavarde, fait vœu de silence.

À parcourir les lettres d'Irina en oubliant, un instant, son destinataire, j'ai l'impression de lire une correspondance entre deux amies : ma mère décrit le temps qu'il fait, ses difficultés au travail, ses soucis de santé, ses mauvaises nuits, sa récupération pendant ses vacances au bord de la mer Noire, ses « états d'âme », ses doutes sur l'avenir. Il faut lire entre les lignes pour débusquer ici ou là des bribes d'informations susceptibles de satisfaire l'historien de la vie quotidienne, concernant les pénuries par exemple. Dans le même temps, comme par le passé, de nombreux éléments paraissent chiffrés, lourds d'un sens caché que ma mère serait aujourd'hui bien incapable de décoder. Que penser, par exemple, de la reproduction du « Calvaire » d'Andréa Mantegna sur une de ses cartes postales ou, dans un genre très différent, de l'enveloppe à l'effigie de... Dzerjinski, le chef de la Tchéka, dont on vient d'ériger la statue place de la Loubianka (qui s'appelle à ce moment-là place Dzerjinski) ? Clin d'œil pour le moins osé qui renvoie à l'humour de ma mère, mordant à souhait !

*

Pendant plusieurs mois, la correspondance avec « VK » est amicale, enjouée, ironique, fourmillant de références littéraires et de mots savants. Et puis, arrive le 24 mai 1962, jour des vingt-quatre ans d'Irina. Pressentant un cadeau, elle se penche pour tirer du perron de la *bania* un paquet soigneusement enveloppé, dans lequel elle découvre un livre de poésie en français : *Les Fleurs du mal.* Une édition de 1888, portant la mention de son achat par un avocat russe, lors d'enchères organisées le 28 avril 1899 par un bouquiniste de Moscou. Un ouvrage prérévolutionnaire, un trésor pour les bibliophiles.

En Russie, la création de bibliothèques privées, constituées de livres rares et anciens, russes et étrangers, est une tradition depuis l'époque d'Ivan IV (« Le Terrible »), et dénote une fascination pour l'Occident chez une partie des élites russes. La bibliophilie russe, qui vire souvent à l'obsession, à la bibliomanie, tire ses origines des collections de livres et de manuscrits des Vieux-Croyants, persécutés et censurés, chez qui elle est liée à la pratique religieuse. Au XVIIIe siècle apparaît la « bibliothèque du savant », à mesure que se diffusent en Russie les idées des Lumières. Puis, au XIXe siècle, la bibliophilie russe se développe considérablement comme contrepoids à la « censure de plomb » instaurée par Nicolas Ier.

Après 1917, l'interdiction des auteurs « décadents » et le chaos de la guerre civile qui disperse un grand nombre de collections privées ne font qu'aiguiser l'appétit des collectionneurs. En Russie, avoir en sa possession des ouvrages interdits représente, comme au XIXe siècle, une forme de résistance. Dans une économie où les pénuries sont la norme, les livres rares deviennent également une valeur refuge. Dans la seconde moitié des années 1950, la demande d'ouvrages anciens repart à la hausse, en raison d'une tolérance de fait pour les bouquinistes et les collections privées, jusqu'ici réglementées.

L'édition des *Fleurs du mal* offerte en cadeau incarne tout cela – le livre rare, le parfum de transgression. L'ouvrage, qui avait valu un procès retentissant à son auteur, n'avait été pleinement réhabilité en France qu'en 1949. En Russie, il avait été interdit par la censure pendant près d'un demi-siècle, jusqu'à la révolution de 1905, et ce, même si Baudelaire avait été traduit en 1895 par les bons soins de Dimitri Minaev et Nikolaï Kourotchkine, deux « poètes progressistes ». Le grand Tolstoï avait cédé à la tentation de commander le livre mais, après l'avoir lu, avait écrit qu'il n'offrait qu'un intérêt purement illustratif de la décadence française.

En mai 1962, quand Irina reçoit son précieux cadeau, Baudelaire n'est plus considéré en URSS comme un poète « décadent », même s'il faudra attendre encore huit ans pour voir *Les Fleurs du Mal* publié dans la prestigieuse collection « Monuments littéraires » de l'éditeur Naouka (« Science »). Il a encore un parfum de soufre. Ce qui confirme à ma mère que ce livre n'est pas un cadeau comme un autre, c'est la dédicace de mon père, terriblement romantique :

« Pour ma chère Ira, et encore : en souvenir de cet unique printemps, et en souvenir du "temps des improvisations", peut-être le plus beau qui soit. »

La mention de l'« époque des improvisations » renvoie à un célèbre vers de Pasternak, tiré de *Spektorski* : « En ce moment encore on improvise. Mais quand finirons-nous par démarrer ? » Le message, incompréhensible pour le non-initié mais transparent pour ma mère, est on ne peut plus clair. Pas de doute, Vadim en a assez de jouer !

Si mon père accepte de se séparer d'un livre si précieux à ses yeux, s'il décide de franchir le pas et de déclarer sa flamme, même de manière déguisée, c'est qu'il sait que sa correspondante va bientôt quitter la Zone. Le processus menant à la libération anticipée d'Irina débute en avril 1962, avec la visite d'un « vieil ami de Moscou ». « Irotchka, dépêchez-vous, on est venu vous voir », l'appelle la cheffe, Sofia Tchougonova. La tournure impersonnelle de la phrase *k vam priékhali* est parlante – il s'agit de quelqu'un d'important ! Ma mère lâche sa pelle, court se changer.

Le visiteur est un haut gradé de la Loubianka, le major Baranov. Un homme qu'elle avait rencontré au moment de son arrestation, puis lors des interrogatoires. Tiré à quatre épingles, très mal à l'aise dans ce baraquement sale, Baranov s'exprime avec un choix lexical qui dénote l'intellectuel du KGB : « Vous devez quitter ce lieu de perdition au plus vite, Irina Ivanovna ! Ce n'est pas un lieu pour vous ! On a juste une petite proposition à vous faire… »

Baranov fait miroiter à ma mère le précieux sésame, la fameuse OUDO, abréviation d'*ouslovno-dosrotchnoe osvobojdenié*, la libération anticipée après l'accomplissement de la moitié ou des deux tiers d'une peine, prévue par la législation. Les « politiques » ne sont pas concernés, mais ma mère a été envoyée en camp pour contrebande ! Elle retient son souffle. « Écrivez à votre fiancé en France, dites-lui que vous renoncez à l'épouser. On lui transmettra très vite ; puis le tribunal de Mordovie examinera la question de votre libération anticipée. »

Ma mère se dit qu'une lettre, en réalité, ne l'engagera à rien. Georges est parfaitement capable de comprendre qu'elle a été écrite sous la contrainte. Et puis, depuis son arrestation, elle n'est plus la même personne. Taïchet puis la Mordovie lui ont fait découvrir une partie du pays dont elle n'avait pas idée, de nouveaux amis qu'elle ne veut pas abandonner. Pasternak est en passe d'être réhabilité (le poète, pas le romancier, s'entend). Elle ne veut plus quitter l'URSS. Elle accepte la proposition du KGB et rédige la lettre. Baranov est satisfait. Courant mai, le tribunal régional de la république autonome de Mordovie se réunit en session extraordinaire et valide sa libération anticipée, qui sera effective le 14 juin 1962.

Les Soviétiques ont tout fait pour sauver les apparences en amnistiant Irina à la moitié de sa peine, comme le prévoit la loi. Tout me porte à croire que sans l'aide de personnalités de renom, elle serait restée en prison jusqu'au bout. À celles déjà mentionnées il convient d'ajouter Feltrinelli qui négocie en secret avec Piotr Pospelov, le directeur de l'Institut du marxisme-léninisme, institution proche du pouvoir, en lui faisant miroiter des lettres de Pasternak, mais aussi de Marx, Engels et Lénine, un cadeau prestigieux pour les dirigeants. Puis deux femmes « progressistes » : la reine mère des Belges, Elisabeth en Bavière, octogénaire célèbre et déchargée de toute fonction officielle, qui écrit à Khrouchtchev ; et Eleanor Roosevelt, ancienne première dame américaine, qui envoie une lettre à l'ambassadeur soviétique à Washington. Eleanor et Elisabeth se sont toutes deux rendues en URSS à la fin des années 1950, et la propagande soviétique se garde bien de les critiquer.

Enfin, et c'est peut-être le plus déterminant, il faut citer l'action de Paul Reynaud, homme politique au long cours, député du Nord et ancien ministre sous les IIIe et IVe Républiques. Reynaud est l'un des pères fondateurs de la construction européenne et, à ce titre, depuis la fin des années 1950, il effectue plusieurs séjours diplomatiques en URSS où il s'entretient avec les dirigeants pour tenter de déminer le risque d'affrontement Est-Ouest. Le

15 septembre 1961, en plein milieu de la crise de Berlin, Reynaud s'adresse à Khrouchtchev en lui demandant de gracier ma mère. Le premier secrétaire opine du chef et, sept mois plus tard, Irina recevra la visite de Baranov…

*

Irina se tient immobile devant l'enceinte du camp, plongée dans ses pensées. Un camion s'arrête. « On vous emmène à la Zoubovaïa Poliana ? » C'est là que les *zek* libérés doivent se rendre afin de se faire délivrer un passeport intérieur, document nécessaire pour revenir vivre à Moscou et être autorisé à travailler. Mais elle ne parvient pas à se décider.

— C'est quoi cette tête d'enterrement ? Tu te plais tant que cela chez nous ?

— Je ne veux pas partir…

Elle ne ment pas, les sentiments qui l'animent sont mêlés. Beaucoup d'anciens prisonniers qui se sont habitués au « cocon » du camp se retrouvent souvent comme des poissons hors de l'eau une fois la liberté retrouvée. Mais elle n'a que vingt-quatre ans, elle doit croire en son avenir ! Elle monte dans le camion.

Le lendemain, Irina est à Moscou. C'est le matin, la capitale dort encore, les rues sont désertes. La rue Potapov baigne dans une lumière printanière. Elle monte les escaliers jusqu'au sixième étage, franchit le seuil de l'appartement, retrouve les siens. Elle enlace sa fidèle *baba Polia*, « mamie Pauline », une femme discrète, qui a tant compté pour notre famille ! Et dont la vie illustre le terrible drame des campagnes russes après l'avènement du communisme…

Née en 1906 dans un village de la région de Mtsensk, à trois cents kilomètres au sud de Moscou, Praskovia (« Polina ») Iégorovna Chmeliova fuit la collectivisation des campagnes, à la fin des années 1920, avec des millions d'autres paysans victimes de la « dékoulakisation ». Ses trois frères et trois sœurs, victimes du régime, se sont aussi retrouvés aux quatre coins de la Russie. Elle travaille en usine, mais, suite à quelque propos mal placé à l'encontre du régime, quelqu'un la dénonce ; elle est déportée en Sibérie. Amnistiée au bout d'un an, elle revient à Moscou, où elle travaille comme femme de ménage chez plusieurs familles.

Polina rencontre ma mère en promenant le chien de sa maîtresse, en 1954, et rapidement elle s'installe chez nous. Femme au caractère bien trempé, d'un dévouement absolu, elle deviendra au fil des ans une amie fidèle, membre à part entière de notre famille, aidant aux tâches ménagères, s'occupant de ma mère et de mon oncle, puis de mon frère et, enfin, de moi.

Le soulagement et la joie laissent vite place à l'angoisse, doublée d'un sentiment de culpabilité. Irina s'inquiète pour sa mère, qui en a encore pour six ans et dont l'état de santé ne s'améliore pas. Elle repense à ses amies de camp, à Zosia Bortnik, une Témoin de Jéhovah, « lanceuse » qui avait transmis ses lettres à « VK ». Et puis, les dissensions couvent dans sa famille. Sa grand-mère ne supportait plus les frasques de son frère ; en conflit avec lui, elle a déménagé.

Cultivé, drôle, charismatique, passionné, d'une générosité sans bornes, au parcours chaotique propre à bien des gens de sa génération, mon oncle a incarné à lui seul les drames et les contradictions de la fameuse « âme russe », si tant est qu'elle ait jamais existé… Mitia a certainement souffert d'avoir grandi sans père. Déscolarisé à quatorze ans, il fait toutes sortes de petits boulots, s'engage dans la marine, se marie, puis divorce. Pratiquement livré à lui-même après l'arrestation de sa mère et de sa sœur quand il n'a que dix-neuf ans, il devient malgré lui le « chef de famille », se charge de mille besognes bureaucratiques dont le système soviétique a le secret, se bat pour empêcher le bureau de l'immeuble de la rue Potapov d'occuper les chambres laissées vacantes. La crise du logement en URSS, et d'abord à Moscou (ce que l'on appelle le *beskvartirié*, le fait de ne pas avoir d'appartement), est encore loin d'être résorbée et l'appartement communautaire, où cuisine, salle d'eau et lieu d'aisances sont communs, ne cessera d'être la norme qu'au début des années 1970, après le lancement du grand projet khrouchtchévien de construction d'immeubles de cinq étages sans ascenseurs, les *khrouchtchevki.*

Ce qui brise mon oncle et qui, certainement, nourrira jusqu'à la fin de sa vie sa haine du régime communiste, puis de la Russie tout court (jusqu'à sa mort, il assumera pleinement sa « russophobie »), ce sont ses visites en prison – mon arrière-grand-mère ne peut y aller en raison de son âge et de son état de santé. Ma mère se souvient du printemps 1961, quand il se rend pour la première fois au camp numéro 14, où il apprend que, sur ordre venant de Moscou, la visite ne peut avoir lieu. Il reste à l'orée du camp, espérant apercevoir sa mère et sa sœur. Une colonne apparaît enfin : des femmes en guenilles, cornaquées par des soldats avec molosses. L'air est saturé de jurons. Il décrira plus tard la suite de sa mésaventure dans un texte doté d'une dimension presque fantastique que je me dois de restituer en français ici :

« J'avais passé la journée à guetter ma mère, j'avais laissé passer la dernière navette pour Potma, gare d'où partaient les trains en direction de Moscou. J'ai décidé d'y aller à pied, une marche de dix-huit kilomètres. Il faisait nuit, la lune éclairait ma route, je suivais la voie du chemin de fer. Je ne cessais de repenser à la vision d'horreur du camp. Cette réalité parallèle, cette terrible quatrième dimension existaient donc bel et bien ! Et ma mère et ma sœur y étaient prisonnières…

À la moitié du chemin, épuisé, je me couchai sur les traverses. Tout d'un coup, j'entendis un bruit, des branches cassées. Quelqu'un s'approchait de moi. Au comble du désespoir, je me disais – si c'est un bandit venu m'égorger, eh bien qu'on en finisse ! Mais en ouvrant les yeux, je vis au-dessus de moi… une tête de cheval, qui broutait de l'herbe à proximité. Son expression était si intelligente, comme pleine de compassion, sa mastication si régulière, si apaisante, que je sentis mes forces revenir. Je me relevai et, à l'aube, fus à la gare de Potma où j'achetai mon billet pour Moscou. »

Plus tard, dans les années 1960, mon oncle gagnera sa vie comme traducteur de poètes des républiques soviétiques d'Asie centrale et du Caucase. Mitia sera l'ami (et le compagnon de boisson) de nombreux musiciens, acteurs et peintres qui formeront la bohème moscovite de la période brejnevienne. Sous d'autres cieux, avec ses faux airs de Belmondo, avec qui il partageait un certain goût de l'échec, le talent pour la théâtralité et le verbe fort, il aurait certainement fait carrière comme acteur... Il décédera en 2004, rongé par la dépression et le cancer, après avoir soutenu de son mieux sa mère vieillissante en vivant à ses côtés.

À ses soucis familiaux s'ajoutent pour ma mère les interrogations et les scrupules concernant sa relation avec Georges Nivat, l'homme à l'origine de la campagne pour la faire libérer. Après tout, la maladie dont il a tant souffert, l'empoisonnement du KGB, elle en est d'une certaine manière responsable ! Pendant des semaines, elle ne trouve pas la force de lui écrire la vérité, ne répond pas à ses coups de fil. Il faudra attendre octobre 1962 pour qu'elle ait enfin le courage de lui annoncer que tout projet de mariage doit être abandonné, causant à Georges une blessure douloureuse dont il se remettra fort heureusement en rencontrant quelque temps plus tard celle qui sera la vraie femme de sa vie.

Le cas de conscience de ma mère, j'en perçois clairement les traces dans sa correspondance avec mon père :

avant sa libération, persuadée de subir une malédiction, elle supplie son *maltchik* de garder le secret sur la nature de leur échange ; seule sa mère, Kilia, sera prévenue, et personne d'autre, sinon le destin risque de s'acharner encore une fois sur elle. Après sa libération, son sentiment d'être une « femme fatale » n'a pas disparu : « Je crains d'être la source de ton malheur ... Si tu en as assez, on met une croix [sur notre relation]... Je crains de commettre un autre péché... Je vais avoir des cauchemars comme Lady Macbeth jusqu'à la fin de ma vie... » Et, sur Georges : « S'il devait mourir [de ses blessures ou des séquelles de son empoisonnement], je mettrais une X [croix, symbole qui revient fréquemment dans les lettres] sur tout. »

Loin d'y voir le signe d'une dépression, mon père se moque de manière immature de son dilemme, tout en refusant de jouer le rôle d'un simple « correspondant-objet », et lui reproche sa « froideur ». Ma mère s'agace de ses hésitations, de son ton condescendant, de la manière méprisante dont il parle de son fiancé qu'il ne connaît pas, ne comprenant pas que mon père est simplement... jaloux. Le 15 juillet, elle lui écrit, acerbe : « Je mets tes remarques sur le compte de ta jeunesse et de ton immaturité... Mon Dieu que je suis fatiguée par ces changements d'humeur incessants ! Cesse de me tourmenter ! Que veux-tu, enfin ? Rompre ou bien quoi ? Est-ce que je t'ai déjà menti sur moi ? Oui, je suis ainsi faite, indifférente, sans désirs. On ne va pas mettre nos malheurs sur la balance ! »

Ces altercations, qu'on peut aisément attribuer à l'épuisement d'Irina, peuvent coexister dans les mêmes lettres avec des passages conciliants, un échange d'idées, des mots tendres. Le 9 septembre, Irina félicite à nouveau Vadim de ses poèmes, dit qu'elle l'a vu en rêve et conclut : « Je ne peux déjà imaginer ma vie sans toi. Quoi qu'il arrive par la suite ! »

Lui, en retour, la complimente sur ses observations, sans jamais oublier son propre intérêt, faisant parvenir à ma mère une longue liste de livres, rares pour beaucoup, qu'il la charge de lui envoyer. Pour certains, comme les œuvres de Mandelstam, elle va jusqu'à les taper à la machine – ils sont introuvables. Elle lui déniche de son propre chef des disques vinyle – de la musique classique, qu'il écoute en pensant à elle dans le « club » de la prison. Elle lui fait également des comptes-rendus de films qu'elle a vus, parfois sur sa demande, comme *Un condamné à mort s'est échappé* de Robert Bresson (1956), où un résistant organise un système de correspondance secret depuis sa cellule avec le monde extérieur. De quoi inspirer mon père, très certainement !

Les tensions dans la correspondance de mes parents s'expliquent en partie par l'état d'extrême fatigue de ma mère, le fait qu'elle investisse un temps considérable dans la quête de la *propiska*, certificat d'enregistrement à une adresse fixe, nécessaire pour faire des études ou travailler, et qui s'apparente, en contexte soviétique, à un véritable parcours du combattant. La difficulté est d'autant plus grande que la libération d'Irina est conditionnée au versement, pendant six mois, de 15 % de son salaire au budget fédéral. Dix jours seulement après son retour rue Potapov, un policier se présente à la porte : « Vous n'avez pas de *propiska* ? Vous ne travaillez pas ? Les 15 % ne sont pas versés ? Je repasserai dans trois jours. »

On peut imaginer l'inquiétude d'Irina – elle risque une condamnation pour « parasitisme social » sur la base d'une loi draconienne promulguée en mai 1961. Cette loi, destinée à punir d'abord les spéculateurs du marché noir, les prostituées et les mendiants, frappe en réalité beaucoup d'intellectuels qui s'efforcent de vivre hors du système totalitaire soviétique. En février 1964, le poète et futur prix Nobel de littérature Joseph Brodsky sera à ce titre condamné à un exil de cinq ans.

Mais peut-on trouver du travail avec un passeport d'ancienne *zek*, « délivré sur la base du certificat de libération » et rédigé dans les trois langues locales – le russe et les deux idiomes de Mordovie, l'erzya et le mokcha ? Comme à l'époque des anciens forçats, ma mère a un « passeport jaune », qui la rend inemployable. De guerre lasse, elle quitte la rue Potapov, se cache chez son amie Inessa, mais le policier revient à l'appartement, exige qu'elle se présente au poste. Un nouveau drame se profile-t-il à l'horizon ? Ma mère n'a plus le choix et se résout à contacter l'officier du KGB qui l'a fait libérer, Baranov. Elle le retrouve près de la Loubianka, au métro Arbatskaïa, assis sur un banc. Toujours impeccablement vêtu, il se montre prévenant :

— Vous avez mauvaise mine ! Vous mangez mal ?

— Je n'arrive pas à obtenir la *propiska*, je n'ai pas de travail.

— Mais pourquoi travailler ? Retournez à vos études, nous allons téléphoner au directeur pour organiser votre retour à l'institut.

— Et les 15 % ?

Baranov secoue la tête, l'air dépité.

— Ah, ces provinciaux ! Le juge n'a pas compris qu'on ne peut pas mettre tout le monde dans le même panier ! Mais ne vous en faites pas – voici l'adresse d'une personne chargée de placer les anciens prisonniers. On va les prévenir.

C'est ainsi que ma mère obtient enfin du travail. D'abord comme simple sténo au *LitInstitut*, ce qui l'arrange : elle suit les séminaires et prépare son diplôme. « Je travaille beaucoup en ce moment, suis épuisée. Mais je veux en finir avec mon institut cette année, pour ne plus avoir affaire à l'enseignement supérieur, enfin ! » écrit-elle à Vadim en septembre 1962. Le problème est que la police ne lui accorde qu'une courte autorisation de résidence, de trois mois seulement. Personne ne croit qu'elle pourra rester longtemps à ce poste très mal rémunéré. En l'absence d'une *propiska* permanente, sa situation n'est donc pas réglée. Le salut viendra d'Ilya Ehrenbourg, célèbre « ingénieur des âmes » de Staline, devenu pilier de la « diplomatie culturelle » soviétique en direction de la France sous Khrouchtchev et Brejnev.

Contacté par une journaliste au caractère bien trempé, Frida Vigdorova (qui fera connaître au monde entier les échanges ubuesques du procès Brodsky), Ehrenbourg accepte de rédiger une lettre de recommandation. Grâce à elle, ma mère décroche enfn le précieux sésame, une *propiska* d'un an, renouvelable. Elle reprend ses études, passe ses examens, obtient un diplôme de traductrice littéraire. En septembre 1963, elle est engagée par les éditions « Littérature en langues étrangères », en abrégé Inoguiz. Fondée en 1938, cette maison est l'héritière des éditions de l'Internationale communiste ; son objectif premier est de diffuser à l'étranger les classiques du marxisme-léninisme, mais aussi des essais politiques et de la littérature classique de Russie et des « peuples de l'URSS ». En 1966, sous le nom des « Éditions du Progrès », Inoguiz publiera en anglais les œuvres de Marx et d'Engels en cinquante volumes, et pour le centenaire de la naissance de Lénine, en 1970, diffusera les œuvres du Guide de la Révolution dans les langues les plus exotiques, dont le urdu et le swahili.

Inoguiz ne publie pas uniquement en anglais et, contrairement à ce qu'elle avait pu espérer, ma mère ne se retrouve pas chargée des domaines français ou anglais, où les spécialistes ne manquent pas ; elle se voit obligée d'accepter un poste, dans une aire géographique où le manque de traducteurs est patent – l'Asie du Sud-Est –, en indonésien. Cette nomination pour le moins étonnante s'explique par le rapprochement entre l'URSS et l'Indonésie, lancé en février 1960 à la suite de la rencontre entre Khrouchtchev et Soekarno. Apprendre en accéléré une langue aussi difficile, après une journée de travail déjà éreintante, est évidemment une tâche qui laisse ma mère à bout de forces. Elle trouve pourtant le temps de répondre aux sollicitations de mon père, à ses demandes incessantes de nouveaux livres.

Alors que l'URSS poursuit activement sa politique d'ouverture dans le tiers monde asiatique, le « dégel » se poursuit, bon an, mal an, à l'intérieur. Fin 1962 a débuté la publication, avec la bénédiction de Khrouchtchev lui-même, d'*Une journée d'Ivan Denissovitch,* premier récit sur le monde concentrationnaire stalinien. Les *zek* de Doubravlag comme d'ailleurs dévorent la revue où la nouvelle est publiée, *Novy Mir*. Dans le camp, les débats font rage. Beaucoup sont conquis, y voyant un précédent en matière de révélations sur le stalinisme. Pour d'autres, ce récit du quotidien d'un *zek* à l'époque de Staline est encore très édulcoré, passant sous silence les tortures, la faim, la mort. Des amis de Vadim, à Kharkiv, ont lu le texte et lui demandent son avis. J'ignore sa réponse, mais il écrira plus tard avoir toujours opéré le distinguo entre Soljenitsyne le dissident, qu'il estimait, et l'écrivain, dont il n'a jamais été un grand admirateur.

*

Pendant une bonne partie de l'année, à mesure qu'approche la fin de sa sixième année de détention, Vadim nourrit l'espoir d'une libération anticipée – la possibilité avait été évoquée lors d'une visite de Mark Ilitch à la *prokouratoura* dès 1961 – mais celle-ci tarde à venir. Dans son cas, évidemment, aucune campagne internationale de soutien, il ne peut compter que sur ses parents. Son père tente de faire jouer ses relations, écrit une lettre à un certain Alexandre Boulgakov, député du Soviet suprême qu'il connaît depuis l'époque où celui-ci était à la tête du Parti communiste de la ville de Kharkiv. Début mai 1963, ma grand-mère s'adresse à l'administration des camps pour demander la clémence, et s'enquérir de la raison pour laquelle son fils ne reçoit pas ses colis. La réponse n'est guère encourageante :

« Les condamnés doivent remplir leurs devoirs, sinon ils ne reçoivent pas leurs colis… Votre fils n'accomplit aucun travail physique, délaisse les activités politiques, mais voudrait bénéficier de privilèges ! »

Comment obtenir une OUDO avec une telle réputation ? Comment expliquer, chez mon père, cette attitude rebelle à l'égard des autorités ? Réalise-t-il que son comportement maximaliste réduit grandement ses chances d'obtenir le précieux sauf-conduit ? Je me rappelle avoir entendu ma grand-mère me raconter comment elle et Mark avaient appris qu'un Kozovoï avait été libéré « pour bonne conduite » en 1963 ; pensant que c'était Vadim, ils avaient contacté le camp, mais découvert qu'il s'agissait d'un vieillard portant le même nom… Sans doute les réponses à ces questions doivent-elles être recherchées dans son tempérament explosif, son individualisme forcené d'enfant chouchouté après son abominable accident de 1944 et que le séjour en camp, certainement, n'a fait qu'accentuer.

En fait, Vadim se montre tout aussi difficile avec ses proches qu'avec les autorités. Au cours de la première moitié de 1963, la tonalité des lettres est très tendre, conciliante. Et puis arrive le mois d'août, quand ma mère décide de lui faire un beau cadeau, un recueil en russe de Jules Laforgue, publié au début du XXe siècle. Elle pense que pour lui, ce poète symboliste, presque maudit, l'un des inventeurs du vers libre, est le meilleur choix qui soit. Quelle est sa réponse ? « C'est un poète de second rang ! Tu aurais mieux fait de me trouver une édition de Baudelaire, sortie de son vivant, il y en avait une chez un bouquiniste de la rue Arbat… »

Cet énième caprice de mon père n'aide certainement pas ma mère à croire en l'avenir de ce couple encore virtuel, même si des liens ont déjà commencé à se tisser entre elle et Kilia depuis l'été 1962. Ma mère apprécie la compagnie de Kilia, sa douceur, sa prévenance ; c'est une belle-mère idéale, qui l'aide certainement à supporter l'absence d'Olga. Si douce, si optimiste, elle est tout le contraire de son fils abrupt, et ma mère doit se dire que Vadim, sous sa dure carapace de misanthrope, a certainement un bon fond.

Pour mon père aussi, l'avenir demeure incertain et terne. Un mince filet d'espoir naît en août 1963, quand Pokrovski, Obouchenkov et Goldman se retrouvent graciés. Mais au même moment, la pauvre Kilia fait un malaise cardiaque ; elle survit, mais mon père éprouve des remords, ses insomnies s'aggravent. « Je n'ai pas tant peur de rester ici jusqu'au bout de ma peine interminable, écrit-il le 10 octobre ; ce qui me fait peur, c'est ma transformation en vermine à forme humaine. Encore deux ans et ce sera la fin. Ce sera pire que l'état de zombie (*sic*, *jivoï troup*). J'ai peur de te pourrir la vie. » Voilà des paroles qui ne rassurent certainement pas ma mère ! Fort heureusement, il conclut sa lettre pleine de désespoir par une brillante traduction du célèbre poème de Max Jacob tiré du recueil *Le Cornet à dés*, « Comme un bateau est le poète âgé… », qui apparaît comme un véritable tour de force eu égard à ses nombreuses assonances et allitérations.

L'attente, que j'imagine insupportable pour les intéressés, prend fin le 18 octobre 1963, quand le Soviet suprême de la RSFSR (parlement de la République soviétique de Russie) adopte enfin le décret de grâce (*pomilovanié*). Dans cette libération, je vois la conjonction de plusieurs facteurs : d'abord la volonté, chez les dirigeants soviétiques, d'apaiser une société brutalisée par d'innombrables réformes et qui fait montre de signes d'exaspération devant la multiplication des pénuries. Puis, face aux Occidentaux, pour montrer le caractère « humaniste » du régime communiste, on dégraisse les prisons, surtout du côté des « politiques ».

Enfin, il faut prendre en compte les efforts d'un père, Mark Ilitch, qui alterne demandes aux officiels (à Roudenko, il écrit : « Six ans de camp, c'est beaucoup trop pour un jeune homme sans aucune expérience de la vie. Il lui faut absolument changer de milieu, s'entourer de

Soviétiques honnêtes, de bâtisseurs de l'avenir ») et travail souterrain de « réseautage » auprès d'amis haut placés.

Mon père est amnistié peu après la libération des membres du groupe de Trofimov (lui aussi grâce à son père, lauréat du prix Lénine). Et le 1er novembre, Irina reçoit le télégramme tant attendu : « Arrive le 2 appelle Vadim ». L'inquiétude l'envahit d'autant plus que sa meilleure amie, Inessa, la prévient avec sa candeur habituelle : « Il t'a toujours envoyé ses photos de profil ? Tu sais qu'il est borgne ? Tu sais que tu vas devoir l'aider à traverser la rue ? » Ma mère sait tout cela ; mon père lui a expliqué qu'il a perdu un œil pendant la guerre. Pour elle, un poète aux faux airs de pirate, c'est si romantique !

Ce qui l'inquiète surtout, c'est son tempérament si rude. C'est peut-être un génie poétique en gestation, mais c'est aussi un jeune homme sacrément compliqué ! La prudence s'impose ! Elle prend donc la décision de l'accueillir et de l'héberger, puis de le renvoyer dès que possible chez ses parents, dans son Kharkiv natal. Et de toute façon, sans *propiska*, quel avenir pour lui à Moscou ?

TRAVERSÉES

La France au cœur

Il est six heures du matin à Moscou en ce début novembre, et Irina fait les cent pas sur le quai de la gare de Kazan, plongée dans l'obscurité. Le métro étant fermé, elle est venue à pied depuis la rue Potapov. Elle a peur de se retrouver avec un *zek* déboussolé par le tumulte de la capitale, comme un animal sauvage qui vient de recouvrer la liberté. Après de longues années en cage, Vadim a certainement perdu ses repères. Il faudra le guider, lui réapprendre à marcher.

Le train de Saransk, capitale de la Mordovie, est à l'heure. La gare est mal éclairée. Irina ne parvient pas à distinguer les visages. Elle parcourt le quai, une fois, puis deux. Personne ! Le télégramme disait pourtant que « VK » viendrait le 2 novembre. Aurait-il raté son train ? Elle revient le lendemain matin ; l'atmosphère est toujours aussi lugubre, le train à l'heure, mais son correspondant n'est toujours pas là.

Toutes sortes d'idées folles se bousculent dans sa tête : elle imagine Vadim renvoyé purger ses deux années restantes dans la Zone, passé à tabac et laissé pour mort... Ma mère rentre chez elle, très inquiète. Enfin, le téléphone sonne : « Ira, c'est Vadim, je vais tout t'expliquer... » La raison de son absence est une banale histoire de pudeur : il ne voulait pas qu'elle le découvre dans ses habits de *zek* ; ses parents, toujours si prévenants, lui ont envoyé un costume et un manteau, mais il ne les a jamais reçus. Au lieu de prendre son train, il s'est donc mis en quête du colis perdu. Voilà ma mère rassurée – « VK le nietzschéen » est un homme comme les autres, coquet même !

Rendez-vous est fixé à neuf heures, devant la Poste centrale. Enfin, elle l'aperçoit. Il paraît aussi jeune que sur les photos. Son béret bleu ne suffit pas à dissimuler son uniforme – un vieux *bouchlat*, le manteau des camps, et un pantalon d'une couleur indéfinissable, qui plisse aux genoux. Elle l'accompagne au bien nommé *Moujskaïa odejda* (« Vêtements pour homme ») : « Iricha, apporte-moi un autre pantalon, quelque chose de plus étroit ! » l'interpelle-t-il depuis la cabine d'essayage, en sous-vêtements. L'impression première se confirme : VK n'a rien d'un rat de bibliothèque, mal dans sa peau et mal à l'aise avec le monde extérieur. C'est même plutôt l'inverse !

L'horloge sonne midi. Ma mère se dépêche d'aller au travail. Ils se donnent rendez-vous à dix-huit heures à la fontaine du Goum, dans la célèbre galerie marchande de Moscou, face à la Place rouge. Mon père connaît bien l'endroit, c'est là qu'il s'est rendu pour acheter un cadeau à sa sœur, le 12 août 1957, peu avant son arrestation. Pendant qu'Irina sue sang et eau pour vérifier l'exactitude d'une traduction indonésienne de Lénine, Vadim flâne dans les rues d'une capitale qu'il a quittée à la fin des années cinquante. On peut imaginer sa nostalgie en redécouvrant des lieux familiers. À commencer par ses chers bouquinistes !

La fontaine du Goum est le lieu de rendez-vous favori des amoureux, mais aussi des *fartsovchtchiki* – les revendeurs du marché noir, qui n'ont jamais manqué dans un pays où les pénuries sont la règle et où la situation économique s'est dégradée depuis le début des années 1960. Plusieurs femmes d'un certain âge déambulent aussi – des diseuses de bonne aventure. En voilà une qui s'approche : « Donne-moi un rouble, beauté ! Choisis un papier, tu trouveras dedans l'initiale de ton futur mari ! » Et c'est ainsi, comme le veut la légende familiale, que ma mère aurait tiré un papier marqué « V »...

Voilà justement Vadim, les bras chargés de livres. Plus rien dans son apparence ne rappelle désormais l'ancien *zek*. Mes parents se promènent. Un jeune couple parmi d'autres, perdu dans la foule. Il se fait tard, ma mère finit par lâcher : « Il n'y a plus de place chez nous, mais Assia et Isia se proposent de t'héberger. »

Assia, c'est Anna Rapoport, une amie habitant un petit deux pièces près du boulevard périphérique intérieur, qu'on appelle « l'Anneau des jardins » (*Sadovoïé Koltso*). Le soutien d'Assia a été des plus précieux pour ma mère au cours des terribles journées d'octobre 1958, quand la traque de Pasternak battait son plein. Isia, c'est son compagnon – Isaak Filchtinski. Originaire de Kharkiv (encore un !), c'est un arabisant de l'Institut des langues orientales de la MGU, futur traducteur des *Mille et Une Nuits*, reconnu par les spécialistes du monde entier. C'est lui qui a aidé ma mère à trouver du travail chez Inoguiz.

Faire dormir Vadim chez Assia est une manière de lui faire passer un test. Les *zek*, elle connaît ! Condamné sur la base de l'article 58-10 pour sa « proximité avec des personnes animées par un esprit contre-révolutionnaire », Isia a passé six années dans un camp de la région d'Arkhangelsk. Revenu en 1956, il fait partie de la première promotion des réhabilités en 1957. Mon père frappe Assia par sa maturité et sa vaste culture. Et par ses bonnes manières. Le lendemain matin, elle appelle ma mère au travail : « Irotchka, un garçon pareil est un don du ciel ! Il m'a remerciée à deux reprises ! » Voilà ma mère rassurée : le séjour en camp n'a pas transformé son correspondant en animal !

Un bon point, mais qui n'empêche pas Irina d'aller jusqu'au bout de son plan. Deux jours plus tard, elle ramène Vadim à la gare, direction Kharkiv : ses parents s'impatientent. Elle se dit qu'elle va pouvoir souffler un peu. Mais mon père ne la laisse pas tranquille, envoie télégramme sur télégramme. « Je veux que tu viennes passer le réveillon du Nouvel An en famille. » Elle hésite un peu avant d'accepter, d'autant que l'argent pose problème : le contrat de ma mère n'a pas été renouvelé chez Inoguiz car le contexte politique a changé en Indonésie.

Il fait déjà nuit noire quand le train arrive à Kharkiv. Vadim est sur le quai, un bouquet de cyclamens gelés à la main. Un tramway d'un autre âge les emmène à la rue du VIIIe Congrès des Soviets, où les attend une Kilia rayonnante. Irotchka, elle la connaît déjà et l'apprécie. Une belle-fille idéale ! La table croule sous les mets, Kilia a toujours été une cuisinière hors pair. La discussion s'engage. Ma mère fait remarquer les vides sur certaines étagères de la bibliothèque du séjour.

— Je suis en train de purger la collection de mes parents. Adieu Gorki, Lénine, Rolland et autres classiques soviétiques. Les garder serait une honte.

— Et tes parents sont d'accord ?

— Je ne leur ai pas vraiment demandé leur avis. Ils sont d'accord, bien sûr.

Vadim se comporte en enfant gâté, tyrannique. Honteux de son père, il lui a interdit de se montrer. Le pauvre Mark est donc exilé dans la chambre à coucher, où se trouve son petit bureau escamotable sur lequel trône un buste de Lénine. Ma mère l'entend tousser, se moucher (un rhume qu'il semble avoir traîné toute sa vie), allumer la radio. Irina est choquée.

— Je refuse de m'asseoir s'il ne vient pas.

Kilia lui jette un regard reconnaissant. Vadim accepte. Mark est autorisé à sortir. On dîne à quatre. Mais comme on pouvait s'y attendre, l'atmosphère n'est pas à la fête. La conversation est tendue. Vadim ne ménage pas son père. Ma mère se sent très mal à l'aise. Tard dans la soirée, quand tout le monde s'est endormi, elle s'habille, laisse un mot, et part. Vadim la rattrape à la gare. Calmement, posément, il lui explique :

« Ces scènes de famille ne portent pas à conséquence. Durant mes six années de camp, j'ai pu accumuler de la rancune. Chez nous, les disputes politiques sont monnaie courante. Tu peux imaginer mon état quand mon père venait me rendre visite, en Mordovie, quand il faisait ses conférences devant tous ces kapos, tous ces bouchers, juste pour qu'ils m'autorisent à recevoir un colis supplémentaire ! Mort de honte, je n'avais qu'une envie, m'enfuir. Mais en réalité, tu sais, je les aime. Ma mère est un ange. Le temps finira par tout effacer… »

Voilà un beau discours d'adulte, et pas d'enfant gâté ! Ma mère accepte de revenir à la maison. Le lendemain, aucune trace des tensions de la veille. Kilia prépare le petit déjeuner, Mark chante *L'Arlésienne* de Bizet sous la douche, son air favori, un vieux souvenir de sa jeunesse, quand il faisait partie d'une chorale à Kyiv. Après avoir embrassé les « enfants », les beaux-parents si prévenants s'éclipsent discrètement, laissant les deux tourtereaux seuls pendant quelques jours. Irina réalise que la diseuse de bonne aventure avait raison : Vadim est bel et bien l'homme de sa vie.

Il ne s'agit plus de perdre du temps. Début 1964, mon père emménage rue Potapov ; fin février, mes parents scellent leur union au ZAGS, la section locale d'enregistrement des actes d'état civil, sous l'incontournable portrait de Lénine. Rue Potapov, les invités lèvent leur verre à la santé d'une femme à laquelle tout le monde pense, ma grand-mère. En ce début d'année 1964, personne ne sait encore si la campagne de mobilisation qui continue en Occident finira par porter ses fruits. La libération anticipée d'Olga ne sera actée que huit mois plus tard, le 16 octobre. Soit deux jours après le fameux Plénum du Comité central où Khrouchtchev aura été démis de son poste de premier secrétaire du Parti.

Cette coïncidence n'est pas fortuite. La journaliste Frida Vigdorova, dont le soutien à ma mère a déjà été évoqué plus haut, a l'idée de solliciter le journaliste et écrivain Boris Polevoï. Ancien correspondant de guerre, titulaire du prix Staline, auteur à succès épousant parfaitement la ligne du Parti sous Khrouchtchev, Polevoï a participé, en octobre 1958, à l'excommunication de Pasternak. Lors de son discours devant l'Union des écrivains, il l'a comparé à un traître de sinistre mémoire, le général Vlassov. Après la mort de Pasternak, il a naturellement embrassé la nouvelle ligne officielle, réhabilitant pleinement l'écrivain. Sur demande de Vigdorova, avec laquelle il a de bonnes relations, il transmet à Brejnev, alors président du Soviet suprême, une lettre justifiant la demande de libération anticipée. Brejnev est ému – ou fait mine de l'être – devant le récit de Polevoï qui dépeint une Olga Ivinskaïa injustement condamnée et vivant des journées difficiles en camp. Il se souvient peut-être avoir été le destinataire, en mars 1961, de sa *pomilovka*, sa demande de grâce écrite depuis la prison.

Un argument qui pourrait avoir joué en faveur de la libération anticipée de ma grand-mère est le projet d'adaptation au cinéma du *Docteur Jivago* dont la musique de Maurice Jarre, le « thème de Lara », fera le tour du monde. Le tournage débutera en décembre 1964, en Espagne, deux mois après la libération d'Olga ; la première du film aura lieu aux États-Unis un an plus tard. Mais l'information selon laquelle le célèbre réalisateur David Lean, auréolé du succès de *Lawrence d'Arabie*, a confié l'adaptation du roman de Pasternak au scénariste Robert Bolt (lui-même proche du mouvement antinucléaire de Russell) avait été annoncée bien avant octobre, et les réseaux dont disposent les Soviétiques à Hollywood avaient connaissance du projet depuis janvier, quand Feltrinelli avait conclu un accord avec la MGM. La « direction collective » n'a certainement pas eu envie que l'URSS se retrouve pointée du doigt pour son traitement inhumain du prototype de Lara !

*

Les premières années de la vie commune de mes parents riment avec difficultés matérielles et incertitude du lendemain. Après Inoguiz, ma mère a décroché un emploi mal rémunéré, mais stable, chez *Mouzyka* (« Musique »), une ancienne maison d'édition située au cœur de la vieille Moscou. Elle qui n'a jamais joué d'un instrument ni fait de solfège travaillera pourtant pendant vingt ans au département « romances, chansons et chant choral ». « L'atmosphère était très humaine, absolument pas soviétique, on y trouvait des compositeurs d'avant-garde un peu ratés », se souvient-elle. La première année, elle perçoit une aumône – 75 roubles mensuels –, mais dès l'année suivante, bénéficiant d'une promotion grâce à son diplôme de l'Institut, elle monte dans la hiérarchie des rédacteurs, doublant son salaire. Voilà qui permet d'envisager l'avenir avec un peu plus de sérénité.

Avant son arrivée à Moscou, quand il était revenu chez ses parents à Kharkiv, la question de ce qu'allait y faire mon père revenait souvent dans la correspondance de mes parents. Le problème de la *propiska* est réglé assez vite après son mariage. Mais sans diplôme *ad hoc*, en URSS comme ailleurs, les choses peuvent se révéler plutôt compliquées sur le plan professionnel. Reprendre des études d'histoire est hors de question, et mon père songe d'abord à suivre des cours par correspondance à l'Université des langues de Moscou, dite Université Maurice Thorez, mais il est rebuté par la dimension formaliste de l'enseignement, les nombreux devoirs qu'il faut rendre en cours de semestre, le bachotage pour les examens.

Vadim abandonne très vite cette idée et décide de se lancer dans la vie active, inspiré par l'exemple d'un illustre prédécesseur, Constantin Balmont, poète symboliste et traducteur de l'Âge d'argent, en son temps exclu de l'université pour avoir participé à une manifestation étudiante. Cette décision suscite les plus grandes inquiétudes chez ses proches, surtout chez son père qui, lui, avait tout fait en son temps pour décrocher un diplôme. Mark Ilitch ne croit pas beaucoup à la possibilité pour son fils de gagner sa vie avec la traduction, mais il respecte son choix.

Les débuts sont modestes. Mon père est engagé comme guide au Musée des arts orientaux (aujourd'hui Musée de l'Orient). Ce travail lui laisse pas mal de temps libre, qu'il consacre à sa passion. « Je suis venu une fois à Moscou te voir, et une autre fois, je t'ai appelé, mais tu n'es pas facile à joindre », lui écrit un ami début novembre 1964. L'appartement rue Potapov étant souvent plein de monde, Vadim se réfugie à la Bibliothèque de la littérature étrangère, où il passe des heures penché sur des livres puisés dans le « fonds de réserve » qui contient un grand nombre d'ouvrages prérévolutionnaires, de penseurs « subversifs » comme Vassili Rozanov et Nikolaï Berdiaev.

L'accès à ce fonds, interdit au commun des mortels, lui est rendu possible grâce au soutien de ses nouveaux amis de l'intelligentsia de la capitale, qui lui ouvrent aussi les portes de l'édition scientifique et littéraire. Son passé de *zek* et son érudition lui permettent de gagner beaucoup de sympathies, en particulier auprès de Leonid Pinski, spécialiste de la littérature européenne de l'époque de la Renaissance, un ancien *zek* dont les séminaires, qui se déroulent de manière confidentielle au domicile d'Assia, sont fréquentés par des écrivains de la nouvelle génération, des gens à la frange du « système ».

C'est à cette époque que Vadim fait la connaissance d'un « être tout à fait exceptionnel, même en contexte russe », comme il l'écrira plus tard, Nikolaï Ivanovitch

Khardjiev (Nix dans ses lettres). Né en 1903 à Kahovka, en Crimée, d'un père arménien et d'une mère d'origine grecque, installé à Moscou depuis 1928, Khardjiev a été l'ami des plus grands poètes, écrivains et artistes de l'avant-garde russe. Les peintres Kandinski et Malevitch lui ont offert plusieurs œuvres. Le grand Mandelstam disait qu'il avait « l'oreille absolue pour la poésie ». Arrêté en 1938 pendant les purges staliniennes, Khardjiev deviendra à sa libération un expert de l'art moderne mondialement connu et respecté.

Vadim et « Nix », homme « que le rythme (poétique) fait frémir, frissonner de joie folle, un érudit plein de probité, d'intransigeance, de charme et d'humour incomparables », deviennent rapidement des amis très proches. On peut même parler d'amitié « fusionnelle ». Khardjiev devient le premier lecteur de mon père, qui lui apporte ses premières créations, son confident et son mentor. Khardjiev voit en lui un génie poétique russe, l'appelant « mon "jumeau dans les nuages" », en référence au légendaire recueil poétique de Pasternak, publié en 1914. La fin de Khardjiev sera tragique : en 1993, à quatre-vingt-dix ans révolus, il émigrera à Amsterdam avec sa femme, où sa riche collection de tableaux et d'archives attirera la convoitise de personnes mahonnêtes qui, sous prétexte de l'aider, le pousseront à créer une « fondation » dont ils deviendront les principaux bénéficiaires. Appelé au secours, mon père viendra lui rendre visite, tentera en vain de le faire venir en France, puis intentera un procès à la justice néerlandaise, sans succès.

Le pari de se lancer dans la vie active sans diplôme apparaît comme en passe d'être gagné après la naissance de mon frère en août 1965. À ce moment-là, mon père a déjà un pied dans le monde de l'édition soviétique. Pour l'instant, il est vrai, il ne s'agit que de contrats « alimentaires ». Mais sa spécialisation dans le domaine de la poésie française a débuté, comme le prouve sa traduction de *L'Enfant de la haute mer* de Supervielle dans l'hebdomadaire *Nedelia*, supplément illustré des *Izvestia*, considéré comme assez prestigieux.

Les choses s'accélèrent en 1966. Vadim participe à un nouveau volume d'une *Anthologie des récits fantastiques*, avec la traduction de la nouvelle de Pierre Boulle *Une nuit interminable* (1953). Une histoire de voyage dans le temps, qui lui correspond bien, puisque son héros « possède une petite librairie dans le quartier de Montparnasse ». Surtout, il décroche deux contrats aux éditions du Progrès où il a désormais ses entrées. Le premier ouvrage, publié fin juin 1967, est *Le Navigateur* de Jules Roy. Court roman inspiré par son parcours d'officier de l'Armée de l'air dans les rangs de la R.A.F., il rapporte à mon père un joli cachet. L'ouvrage est une commande d'État – Roy est un « progressiste » qui a dénoncé le conflit français en Indochine et les atrocités de la guerre d'Algérie. Ma mère se rappelle avoir vu Vadim débarquer, sourire au lèvres, pour étaler sur la table des liasses de roubles – l'avance sur droits, payée à l'époque en espèces : une manière de donner tort à tous ses détracteurs. Généreux, il offre un poste de télévision à notre chère *baba Polia*, « mamie Pauline », en reconnaissance de son aide durant la petite enfance de mon frère.

Le deuxième livre, qui sort à l'automne 1967, lui permet de s'imposer, cette fois-ci auprès d'un public savant, de gens qui comptent vraiment pour lui. Il s'agit du *Roman de Tristan et Iseut* de Joseph Bédier, une édition bilingue pour laquelle il a été chargé de la rédaction d'une préface analysant les origines et l'influence du mythe littéraire médiéval. Pour quelqu'un qui n'a jamais fait d'études littéraires, c'est un petit exploit.

Et il n'y a pas que l'argent ou la réputation. Ces publications permettent à mon père, soutenu par des amis de ma mère, de s'arrimer à l'Union des écrivains, institution officielle dont on a déjà parlé dans le cadre de l'Affaire Jivago, incontournable pour tout auteur ou traducteur voulant tout à la fois bénéficier d'un alibi professionnel (l'on se souvient du procès en « parasitisme social » intenté à Brodsky, quand il n'en faisait pas partie, en février 1964) et d'avantages appréciables. Cette organisation, à l'instar du Parti communiste, est structurée selon un principe pyramidal, du fédéral au local, et mon père y entre par la petite porte, via la section des traducteurs de sa branche moscovite.

Il convient ici de marquer à nouveau un temps d'arrêt pour expliquer la percée de mon père, qui ira s'amplifiant au cours des années 1970, par l'importance des liens unissant politique, traduction et poésie dans la culture russe et soviétique. D'une certaine manière, mon père, en tant que poète-traducteur, s'inscrit dans une riche filiation qu'on peut faire remonter à Trédiakovski et Soumarokov, fondateurs d'une « Société de traduction de livres étrangers » en 1768, à Pouchkine et Lermontov, pour le XIXe siècle, jusqu'à l'« âge d'or de la traduction » russe au XXe siècle avec Pasternak et Brodsky, deux prix Nobel de littérature.

Avec la création de l'URSS en décembre 1922, la traduction devient une véritable affaire d'État, le traducteur un agent du rassemblement national et universel. D'une part, dans la mesure où le russe est devenu la *lingua franca* de la nouvelle fédération, il est appelé à traduire en russe les auteurs soviétiques non russophones ; et d'autre part, parce que l'URSS se veut « l'avenir de l'humanité », la légataire de la culture universelle (passée à la moulinette du marxisme-léninisme), il reçoit pour mission de traduire en russe la totalité des textes étrangers (en théorie tout du moins, car en pratique une grande quantité de textes, de nature philosophique, religieuse et bien sûr érotique, seront exclus d'office).

Dans ce contexte éminemment favorable, le métier de traducteur fait l'objet de soins particuliers. Il s'institutionnalise sous Staline, qui favorise la création de nombreux instituts spécialisés. Situation paradoxale, car au même moment, le pays se ferme au monde dans le contexte des purges, puis de la guerre froide. C'est un métier qui attire toujours plus de monde, en raison d'un système de commandes d'État, « hors plan éditorial », toujours bien payées, quelles que soient, par ailleurs, les ventes, qui s'avèrent souvent médiocres pour les auteurs étrangers dits « progressistes » ! Le monde de l'édition soviétique, contrairement à l'occidental, ne fonctionne pas selon la loi de l'offre et de la demande.

Après 1956, avec la proclamation de la « coexistence pacifique », les contacts avec le monde extérieur se développent et le traducteur redevient un agent du progrès. Ses méthodes de travail évoluent. Le défenseur de la traduction littérale, le « sourcier » Ivan Kachkine, tombe de son piédestal, d'abord sous les coups d'Andreï Fiodorov, qui défend la liberté de l'interprète, l'approche « cibliste », puis, dans les années 1960, après les publications d'Efim Etkind, éminent professeur de Leningrad, spécialisé dans la traduction de la poésie française, et qui bénéficie d'un rayonnement considérable en raison de la popularité de la poésie en URSS.

On peut parler d'un nouvel âge d'or, avec une visibilité sans précédent depuis l'époque de Blok, de Pasternak et d'Akhmatova. Les idoles de la nouvelle génération, Evguéni Evtouchenko, Bella Akhmadoulina et Boulat Okoudjava, se rendent populaires par une liberté de ton, une sincérité sans précédent dans le traitement de sujets tabous, comme le massacre des Juifs pendant la Seconde Guerre mondiale. Le pouvoir cherche à les apprivoiser, faisant jouer à Evtouchenko le rôle d'ambassadeur culturel d'une Union soviétique qui aurait tourné la page du stalinisme. Accompagné de plusieurs poètes, Evtouchenko vient en France en 1963, puis une nouvelle fois en 1965.

En matière de coopération culturelle transnationale, la France, à bien des égards, joue le rôle de pionnière

– c'est en 1957 que s'y réunit pour la première fois la commission mixte permanente franco-soviétique pour les relations culturelles, scientifiques et techniques. La culture, pour le Kremlin, est une arme qui doit faciliter le rapprochement politique, dont les manifestations les plus visibles sont les rencontres au sommet. D'abord espacées – la visite de Khrouchtchev à Paris a lieu en mai 1960, celle de De Gaulle à Moscou six ans plus tard –, elles se systématisent dans les années 1970, au cours de la période de « détente ». Leonid Brejnev, dirigeant plus pragmatique que son prédécesseur, attaché à l'idée de « diplomatie interpersonnelle », se rendra à Paris à deux reprises ; Pompidou, « son grand ami », viendra deux fois à Moscou. De même pour Giscard d'Estaing.

Les échanges culturels sont appelés à créer un « terrain favorable » aux contacts politiques, mais aussi à limiter les effets d'une dégradation de l'image de l'URSS à l'étranger. Cette détérioration débute avec le procès des écrivains Andreï Siniavski et Iouli Daniel en février 1966, qui connaît un retentissement considérable[1], avant de s'accélérer avec l'invasion de la Tchécoslovaquie en août 1968. Cette dégradation devient particulièrement préoccupante pour le Kremlin avec la multiplication d'affaires illustrant la politique répressive du pays, notamment l'expulsion de

1. Condamné avec Daniel à sept années de camp pour ses écrits « calomniant leur patrie socialiste », Siniavski purgera sa peine en Mordovie, entre 1966 et 1971, expérience dont il tirera ses romans. Fin 1972, il demandera à émigrer en France, parvenant à quitter l'URSS, avec son épouse Maria Rozanova, en août 1973.

Soljenitsyne en février 1974, la campagne visant Sakharov, prix Nobel de la Paix en octobre 1975, l'utilisation de la psychiatrie punitive, les procès des *refuzniks*, Juifs soviétiques candidats au départ à qui l'on a refusé le visa...

Toutes ces affaires contribuent à faire de l'URSS un pays-repoussoir, un État paria dont commencent à s'éloigner même les partis communistes ouest-européens. Pour tenter d'apaiser les esprits, Moscou s'efforce de montrer patte blanche. La carte des traductions fait partie des arguments censés donner tort à ses détracteurs et montrer que l'URSS tient ses engagements en matière de libre circulation des hommes et des idées – l'un des principes réaffirmés en août 1975, à la signature de l'Acte final de la conférence d'Helsinki ; cette promesse avait été faite par les Soviétiques en échange de la reconnaissance juridique par l'Occident des frontières de l'URSS et de ses voisins issues de la Seconde Guerre mondiale. Un engagement que le Kremlin n'avait aucune intention de respecter.

Pourtant, ce contexte est favorable à mon père, puisqu'il lui permet de publier, sans trop de pression ni de coupures, ses poètes favoris, y compris ceux qui, il n'y a pas si longtemps, souffraient en URSS d'une réputation de « formalistes » et de « décadents » – Baudelaire, Rimbaud, Lautréamont et Mallarmé ; et puis d'autres, plus modernes, rompant avec les codes traditionnels, les architectes du « vers libre ». En cherchant à rendre en russe une poésie à bien des égards hermétique, mon père est amené à la recréer, ce qui, en retour, va l'inspirer pour ses propres créations.

Ce contexte bénéfique est particulièrement perceptible en 1973, quand l'URSS et la France connaissent une lune de miel : le président Pompidou se rend à Moscou en janvier ; en juin, Brejnev lui rend visite en France. Peu après sortent en URSS deux anthologies toutes deux portées à bout de bras par mon père. La première est *La France au cœur. Les écrivains français et la Résistance antifasciste, 1939-1945*, dont le titre renvoie à un ouvrage de Max-Pol Fouchet (1943), poète qui avait animé à Alger la résistance intellectuelle avec la revue *Fontaine.* Comprenant les textes de près de quatre-vingts auteurs, écrivains et poètes, dont beaucoup sont inconnus du public soviétique, cette anthologie transcende le concept de Résistance, puisqu'elle fait figurer des œuvres non seulement d'anciens résistants – Malraux, Char, Paulhan, Bernanos et Cassou –, mais aussi d'auteurs qui ne se sont jamais ouvertement engagés – Supervielle, Green, Maritain, Saint-John Perse et Valéry... Difficile de dire si l'éditeur a « fait une fleur » à mon père, eu égard à son travail considérable (il se charge de la sélection des textes et de la rédaction de notices biographiques), ou si mon père est parvenu à les imposer malgré l'avis de la rédaction. Il n'aura pourtant pas réussi à placer certains auteurs, dont Vercors. L'auteur du *Silence de la mer*, ancien « compagnon de route » du PCF, est blacklisté en URSS pour avoir dénoncé l'écrasement du Printemps de Prague.

Le deuxième ouvrage s'intitule sobrement *Poésie française contemporaine*, et son ambition est plus modeste puisqu'il comprend des traductions d'écrivains inédits en URSS, Queneau, Tardieu, Char et Michaux, quatre poètes appartenant à une même génération, des virtuoses du langage, des maîtres de la poésie en prose. Mon père est l'auteur de quarante-deux traductions de poèmes de Char et de trente-sept de Michaux, auteurs dont il se trouve intellectuellement proche – deux poètes « hors du monde », solitaires, insoumis, pessimistes à leur manière, tout à la fois aristocrates et « citoyens du monde », pour qui l'écriture est une forme d'opposition, un laboratoire secret, à rebours de toute « poésie pour les masses ».

Comme avec Roy, ces publications rapportent de l'argent, une renommée et, avec elle, un certain sentiment de liberté artistique. « Je peux enfin me consacrer à mes propres poèmes et ce que j'aime vraiment », écrit mon père dans une lettre à ma mère en novembre 1973. Ils permettent à Vadim de se faire connaître à l'étranger, via *Le Monde*, qui publie un compte rendu élogieux de *La France au cœur*. Le PEN Club l'accueille comme membre associé (écorchant au passage son nom, ce qui va devenir une habitude). Et puis, ces ouvrages l'introduisent auprès de ses idoles, René Char et Henri Michaux. Après qu'il a eu la bonne idée de leur envoyer des exemplaires, les deux poètes, reconnaissants et impressionnés, heureux d'avoir pu franchir le Rideau de fer, lui répondent.

Michaux : « Quoique je ne sache pas lire un mot de russe, je parcours les titres des textes écrits de votre main, avec l'admiration qui convient à une entreprise qui a dû rencontrer des difficultés sans nombre. Les faire paraître malgré une étrangeté, qui sûrement ne les faisait pas bien voir, fut une sorte de prouesse, j'imagine... »

Char : « Votre lettre au courrier d'aujourd'hui m'a trouvé infiniment touché et solidaire. Les termes de votre amitié, traduite, si bien exprimée par votre présence dans mes poèmes sont le plus beau cadeau d'un poète russe à un poète français. »

Une correspondance suivie, sur laquelle je reviendrai dans le chapitre suivant, va s'engager avec les deux hommes, qui deviendront des amis épistolaires.

Poésie française contemporaine paraît sous le patronage d'Efim Etkind. Le spécialiste de Leningrad a lu l'article de mon père dans la prestigieuse revue *Voprosy filosofii* (« Questions de philosophie »), publié en février 1972, sur le « système » de Paul Valéry. Vadim fréquente Valéry depuis son passage en Mordovie, et c'est le natif de Sète qui va le consacrer dans le rôle de « passeur », en URSS et à l'étranger, grâce à *Paul Valéry sur l'art*, ouvrage reprenant plusieurs essais du poète français qui paraîtra après une décennie de dur labeur. Si Vadim n'est pas le premier à présenter Valéry au public russe – ses poèmes ont été traduits dans les années 1930 –, il peut certainement être considéré comme le pionnier des études valéryennes en Russie.

L'ouvrage sur Valéry est conçu vers le milieu des années 1960, ouvrant à mon père de nombreuses pistes intellectuelles à explorer. Il lui permettra aussi de tisser des liens d'amitié avec des intellectuels qui joueront un rôle important dans sa vie. Le premier d'entre eux est Mikhaïl Alpatov, un célèbre historien de l'art. Mon père lui écrit fin 1965 pour lui soumettre son projet, et Alpatov est tout de suite emballé. Il fera tout pour aider Vadim, y compris en décrochant pour lui un précieux laissez-passer pour consulter les « fonds spéciaux » des bibliothèques, où sont conservés les ouvrages et revues anciens et récents, russes et étrangers, interdits au commun des mortels.

L'auteur de *La Jeune Parque* aura également contribué à la naissance de la grande amitié entre Vadim et Georges Nivat, l'ancien fiancé de ma mère. « À Irène et à Vadim, j'envoie mes vœux émus et profonds et une amitié enracinée en moi-même… Je vis avec la pensée que vous existez », écrit Georges à mes parents sur la page de garde d'un recueil de Valéry, fin novembre 1965. Quelques mois plus tard, le jour de ses trente et un ans, Georges écrit à mon père une lettre très chaleureuse, avec, pour l'instant, le vouvoiement de rigueur : « J'étais heureux qu'Irène vous ait rencontré et je peux dire que votre bonheur, celui d'Irène et de vous-même, est quelque chose qui m'est nécessaire à moi aussi. (…) J'espère que votre traduction de Valéry va vous rendre un homme célèbre, parce que traduire Valéry est vraiment une très grande chose. »

Le travail de Vadim avance lentement, et ce, pour plusieurs raisons. D'abord, il a plusieurs projets éditoriaux sur le feu. Il lit tout ce qui lui tombe sous la main sur la culture, la philosophie de l'histoire, l'art, l'histoire des religions... Mon père est un incorrigible touche-à-tout, mais certainement, dans son esprit, ses lectures en grande partie fortuites font émerger un « système » poético-philosophique, qui sera illustré par des publications après son émigration en France. L'autre raison du retard pris par mon père est la difficulté à traduire l'auteur. « Sa prose ne correspond pas du tout au russe. Il a fallu trouver une clé », dira-t-il plus tard. En avril 1970, il écrit à ma mère, depuis Kharkiv : « Valéry, comme on pouvait s'y attendre, avance lentement. ... *Eupalinos* [dialogue entre Phèdre et Socrate, écrit en 1921] [est] un jeu de mots sans fin. Chaque mot a deux, voire trois sens. C'est impossible... »

La remise du manuscrit étant reportée aux calendes grecques, l'éditeur (*Iskousstvo*, le Gallimard russe) s'impatiente, finit par rompre le contrat, mais mon père persiste, en négocie un nouveau. Une partie de 1971 est consacrée à la rédaction de l'article sur Valéry mentionné plus haut, paru en février 1972. Mon père parvient à y montrer que Valéry peut bel et bien être considéré comme un philosophe, et donc qu'il a vocation à être publié en URSS – un article qui va conférer une légitimité scientifique à son grand projet. Achevé fin août 1973, l'ouvrage reste plus d'un an chez l'éditeur qui finit par demander à son auteur de réduire et de sacrifier la préface d'Alpatov, préférant recruter un « garant » plus solide en la personne d'Alexandre Vichnievski.

Né en 1913, Vichnievski est un amateur de littérature qui apprécie Valéry, mais dont le grand atout est surtout d'être le directeur adjoint de TASS, la principale agence de presse soviétique. Une préface de Vichnievski représente un « toit », une caution indispensable pour justifier la publication de Valéry, auteur qui a, en URSS, une réputation d'« individualiste bourgeois », hostile au marxisme. Rien n'est gagné pour autant. Le manuscrit part à l'imprimerie en juin 1975, mais il n'en sortira qu'un an plus tard, en août 1976 !

La remise tardive du texte s'explique aussi par les problèmes de santé. Fin 1971, Vadim passe plusieurs mois à l'hôpital, puis en convalescence, à la suite d'une péritonite. Mais surtout, il y a sa tuberculose, découverte à la fin de 1969. La maladie la plus infectieuse de l'histoire n'a pas été totalement éradiquée en URSS, en dépit d'une vaccination obligatoire instaurée en 1960 ; pour mon père, elle pourrait avoir été un cadeau empoisonné du Goulag (le bacille a été l'une des principales causes de décès des *zek* à l'époque de Staline), qu'il a conservée sous forme latente, réveillée peut-être par un mode de vie de reclus, les nuits blanches et la cigarette.

Tout au long de sa vie, mon père fera plusieurs crises pulmonaires (*vspychki*). Celle de 1974 nécessitera des soins prolongés et un séjour de sept mois à l'hôpital. La tuberculose étant une maladie prioritaire en URSS à cette époque, l'appartenance de mon père à l'Union des écrivains lui ouvrira plusieurs fois les portes des sanatoriums, près de Moscou, comme celles de la « Maison des artistes » de Maleïevka, ou en Crimée. Cet éloignement forcé, consacré au repos et au travail, deviendra presque inévitable après la naissance de mon frère en août 1965 puis la mienne en janvier 1975. Parce que sa tuberculose ne disparaît jamais complètement, et pour éviter de contaminer ses enfants, il finira par obtenir un appartement privé à la fin des années 1970, via une « coopérative immobilière », dans le centre de Moscou, rue Bolchaïa Spasskaïa. Un appartement où il passera peu de temps, mais dans lequel le KGB aura pris soin d'installer, avant la remise des clés, plusieurs micros. Mon père fait partie des personnes à surveiller.

La tuberculose a pour effet d'accentuer la tendance naturelle de mon père à l'isolement, son pessimisme, sa *nelioudimost* (asociabilité, à bien des égards paradoxale eu égard à ses nombreux amis). Les traits difficiles de son caractère, ses sautes d'humeur brutales, son côté « écorché vif » sont à l'origine de nombreuses disputes entre mes parents. Globalement, à lire leur correspondance, j'ai l'impression que, comme lors de leur rencontre en camp, les fréquents éloignements les rapprochent.

L'ouvrage, pour lequel mon père s'est saigné aux quatre veines – sans recevoir de juste compensation de la part de l'éditeur –, est tiré à seulement 25 000 exemplaires, une misère dans l'URSS de l'époque, loin derrière les auteurs classiques français du dix-neuvième siècle aux tirages à six chiffres, ce qui le condamne à une diffusion confidentielle. Le livre n'en demeure pas moins une « bouffée d'air frais » dans le paysage éditorial soviétique des années 1970, un paradoxe quand on sait qu'au même moment, en France, Valéry est un auteur largement oublié.

Comme avec les recueils poétiques cités précédemment, cet ouvrage permet à Vadim de gagner en renommée – en URSS et à l'étranger. Début 1977, *Le Monde* en fait une recension élogieuse, qualifiant son auteur de « remarquable connaisseur de la poésie française contemporaine ». Il a la bonne idée d'en envoyer un exemplaire à un autre « monstre sacré » de la littérature française, Maurice Blanchot. Débute une correspondance qui durera des années, une amitié exclusivement épistolaire qui, comme dans ses échanges avec Char, contribuera à faire émerger un lien de solidarité très fort, « par-delà le Rideau de fer ». Les messages de Blanchot seront autant de rayons de soleil éclairant un horizon de plus en plus morne, dont il sera question dans le chapitre suivant. Ils donneront certainement à Vadim un surplus d'énergie et le sentiment de ne pas « vivre pour rien ». Je cite un extrait d'une lettre de Blanchot du 10 mars 1977 : « Je suis très souffrant en ce moment, mais je veux vous dire d'un mot que je suis toujours avec vous, de tout cœur avec vous et qu'il n'est rien que vous n'exprimiez qui ne retentisse en moi profondément. »

Mon père porte en lui un doute permanent quant au sens de son existence, qui génère anxiété et insomnies récurrentes. Doute amplifié quand, le projet Valéry arrivé à maturation, il voit venir la quarantaine, à l'heure où sonne le besoin de faire un premier bilan de sa vie. « Je ne dois pas seulement chercher du travail, suer et gagner de l'argent, mais me réaliser du mieux de mes capacités, et avec une liberté qui me permettra de laisser quelque chose derrière moi... c'est la condition *sine qua non* de mon existence, ma chair et mon sang », écrit-il à ma mère en juillet 1976. Il gagne la conscience d'accomplir une « mission poétique » au nom de l'humanité tout entière...

Cette prise de conscience d'un rôle à jouer ici-bas, il faut moins la dater de l'été 1976 que du printemps 1975, quand ma mère et moi quittons enfin l'hôpital où j'ai longuement séjourné à cause d'une méningite qui aurait pu s'avérer mortelle. L'effet cumulé de l'immense stress enduré et le sentiment d'avoir reçu un « cadeau du ciel » avec un fils survivant contribuent à une année 1977 particulièrement féconde, préparée par ce qu'il qualifiera de « seconde naissance », d'« éveil », de « métamorphose ». Au cours des années 1968-1972, « c'était comme si j'avais été consumé par le feu », écrira-t-il des années plus tard, se souvenant avoir vécu en « enragé », « possédé par le rythme poétique, amaigri, mais heureux, n'en pouvant plus, suppliant (mais qui ?) *Laisse-moi ! Laisse-moi !*, courant chaque soir chez Khardjiev, en état de choc émotionnel ("Vous êtes un volcan en ébullition")... c'est à ce moment-là [après la lecture d'un texte] que j'ai vu, pour la première fois, les larmes dans les yeux de Khardjiev » – le seul lecteur qui compte réellement pour lui.

L'« explosion créative » de mon père débute au printemps, lors d'un séjour dans la maison de repos de

Maleïevka, près de Moscou, où il traduit Rimbaud, Lautréamont et Mallarmé, compose ses propres vers, lit Berdiaev, Jakob Böhme et Nietzsche (en français, envoyé par un ami), se régale des films d'auteur, Antonioni et Wajda... Ses lettres à ma mère, quotidiennes, sont le témoin de cette transe quasi permanente : « Je suis devenu une machine possédée que personne ne pourra arrêter » ; « Je suis encore resté éveillé une bonne partie de la nuit, car je n'ai cessé de sauter du lit, comme sur commande, pour me remettre à écrire... »

Avec deux enfants à charge, on pourrait penser qu'Irina nourrit à son égard de la rancune ; il est vrai qu'ici ou là on trouve des reproches, mais jamais sur le fond : elle a compris et accepté, depuis longtemps déjà, sa nature de poète, sa soif d'indépendance. Le connaissant, elle préfère, et de beaucoup, qu'il passe du temps loin d'elle, plutôt que de le voir se mêler de l'organisation de la vie quotidienne – à laquelle il prend part, quand il est à Moscou.

À la fin des années 1970, il rêve d'une grande anthologie de la poésie française du XXe siècle, dont il serait le chef d'orchestre. Mais après l'invasion de l'Afghanistan et la mort de la « détente », le contexte international n'est plus propice à ce genre de publications, ce qui explique la parution de ses traductions de Rimbaud, Mallarmé et Lautréamont dans des revues et ouvrages assez confidentiels. D'abord dans la revue *Géorgie littéraire* – la Géorgie est une République soviétique pas comme les autres, à la vie intellectuelle florissante, qui bénéficie, depuis longtemps déjà, d'une marge de liberté appréciable par rapport à d'autres territoires ; suivant une tradition ancienne, Pasternak y avait été accueilli pendant sa traque. Et ensuite dans un petit volume intitulé *Aloysius Bertrand, Gaspard de la nuit. Fantaisies à la manière de Rembrandt et de Callot*, recueil consacré aux poètes français à l'origine du vers libre, parmi lesquels Bertrand. L'ouvrage est publié par les très respectables éditions *Naouka* (« Science »), dans la collection « Monuments littéraires » (l'équivalent de Budé). Son tirage de 100 000 exemplaires augure d'une diffusion importante, dont mon père ne profitera pas : quand le livre est envoyé à l'imprimeur, le 18 février 1981, lui est déjà en France. Un voyage pour lequel il aura dû affronter le KGB durant huit longues années.

Une guerre de huit ans

« Une vieille tradition existe en Russie, celle d'écouter, la nuit, les ondes de la BBC. »

En Union soviétique, tout le monde connaît ce petit couplet rimé appartenant au genre satirique de la *tchastouchka*. Mon père, comme des millions de Soviétiques, écoute les « ondes libres », les radios transfrontalières, la BBC, Voice of America, Radio Liberté, la Deutsche Welle… Initié dès son plus jeune âge par son père, il avait été profondément bouleversé à l'annonce de l'invasion de la Hongrie, en 1956. Sans ces radios, qui sait, sa vie aurait peut-être suivi un cours très différent.

Dix ans plus tard, c'est à nouveau la BBC qui vient semer le trouble dans son existence. L'émission russophone *La boîte postale*, particulièrement appréciée du côté soviétique, car diffusant de la musique occidentale, jazz et pop, et faisant la part belle aux lettres des auditeurs en provenance d'URSS, organise un concours dont le gagnant se voit promettre un voyage en Angleterre. « Il vous faudra, chers auditeurs, imaginer une conversation entre un Britannique et un Russe célèbres, pas nécessairement de la même époque. Il faut en revanche que leur discussion porte sur une question d'actualité. » Le gagnant est annoncé tard dans la soirée du dimanche 8 mai 1966 : c'est Vadim Kozovoï, jeune traducteur soviétique de vingt-huit ans, qui a imaginé un dialogue entre Jonathan Swift, auteur irlandais décédé en 1745, et Mikhaïl Zochtchenko, écrivain très populaire, bien vu par les autorités mais qui devient, en 1946, avec le lancement de la guerre froide, la cible d'attaques hargneuses.

L'auteur des *Voyages de Gulliver* et celui d'*Avant le lever du soleil* sont tous deux de grands satiristes, ayant eu maille à partir avec le pouvoir ; ils avaient certainement bien des choses à se raconter. Le texte de mon père ne m'est pas parvenu, et les services de la BBC ne semblent pas l'avoir conservé, mais en tout état de cause son contenu est ici secondaire. Mon père participe au concours de la BBC moins pour briller par sa virtuosité littéraire et se faire connaître à l'étranger que parce qu'il rêve de voyager. Il aspire à une liberté de déplacement que le « premier brejnevisme » paraît offrir.

Quelle n'est pas sa déception quand il apprend que les autorités ne lui délivreront point le précieux sésame, le passeport étranger. Par « autorités », j'entends d'abord l'OVIR, le département des visas et de l'enregistrement, une instance rattachée au ministère de l'Intérieur, le MVD, en réalité sous tutelle du KGB. Le refus de laisser mon père partir à Londres réveille le *zek* qu'on pensait assagi, le révolté qui ne supporte pas le fossé entre le dit et le fait. Mon père décide de se battre, tente de rallier la BBC à sa cause, pensant qu'elle tient les clés du succès de l'opération :

« Vous m'avez soupçonné de vouloir partir en Angleterre pour y rester définitivement. Cette idée m'est totalement étrangère. Je me sens lié à mon pays par quelque chose de beaucoup plus profond [que la famille ou les amis], difficile à exprimer dans une courte lettre officielle. Un grand philosophe russe [Berdiaev] a écrit que tout voyage à l'étranger vous transforme. Ce sera mon premier voyage à l'étranger, et je n'ai pas la possibilité de le réaliser par la voie normale. »

Face au mur soviétique, la BBC ne peut pas faire grand-chose. Mon père tente de mobiliser la Société d'amitié URSS-Grande-Bretagne, mais cela ne donne rien non plus. De guerre lasse, il accepte qu'en lieu et place de billet, on lui offre… des livres. L'opération se déroule de manière quasiment clandestine, ma mère refusant que les journalistes britanniques viennent à la maison – nous sommes alors en plein procès Siniavski-Daniel et le KGB surveille notre appartement. Anciens *zek*, mes parents demeurent à jamais des citoyens suspects… Mon père, un peu naïvement, fixe un rendez-vous dans un hôtel. Les ouvrages apportés par la BBC n'ont pas dû être bien subversifs, les motivations de mon père n'ont rien de dissident non plus, si bien que mes parents ne sont pas inquiétés.

Le Rideau de fer n'a jamais été une simple image. Les frontières soviétiques demeurent fermées pour la majorité de la population. Les flux touristiques en provenance d'URSS augmentent pendant la période khrouchtchevienne, mais parler d'un « tourisme de masse » est impensable. Les voyageurs sont d'abord les membres du Comité central du Parti, la fameuse *nomenklatura*, et ceux qui gravitent autour d'eux, leur famille, les « experts » de certaines institutions bien considérées par le KGB. On assiste au développement d'un tourisme culturel, sportif et scientifique, mais toujours encadré, sous surveillance. Les Soviétiques « moyens » peuvent voyager via des organisations comme Intourist ou, pour les plus jeunes, Spoutnik. Mais uniquement en groupe !

Si mes parents ne peuvent sortir du pays, l'Occident vient à eux. Au cours des années 1960, dans l'atmosphère plutôt libérale des premières années Brejnev, l'appartement de la rue Potapov devient un véritable foyer où l'on peut croiser la fine fleur de l'intelligentsia moscovite, mais aussi un certain nombre de Français. Parmi eux de futurs professeurs d'université, des slavisants connus de mes parents depuis la fin des années 1950 – Michel Aucouturier et son ami Louis Martinez, les « messagers de Pasternak » qui ont participé à la traduction du *Docteur Jivago* sous la direction de Jacqueline de Proyart, ainsi que Jean Bonamour, surnommé affectueusement « Dobrolioubov », l'équivalent russe de son nom de famille.

À l'automne 1967, quand le pays tout entier commémore l'anniversaire de la Glorieuse Révolution d'Octobre, mes parents font la connaissance d'un couple de jeunes lecteurs à la MGU, Antoinette et Gérard Roubichou. Gérard, normalien et agrégé de lettres classiques, enseignera le français ; Antoinette (« Antonina »), dont la mère appartient à la famille Nabokov, le russe. Des années plus tard, elle se souviendra de l'accueil de mon père rue Potapov, présidant à la naissance d'une grande amitié : « Au moment où nous partions à la fin d'une soirée très animée, il eut ces mots que je n'oublierai jamais : "Revenez quand vous voudrez, vous serez toujours les bienvenus." »

Leur visibilité et leur réputation dans la sphère de l'intelligentsia moscovite rapprochent inévitablement mes parents des attachés culturels de l'ambassade de France. Gérard Abensour, ancien de l'ENS, passionné de théâtre russe, et son épouse Jacqueline deviennent des amis très proches et de fréquents invités de l'appartement rue Potapov, pendant leur séjour soviétique entre 1966 et 1971. Début mars 1968, Gérard les convie à une soirée donnée en l'honneur d'André Malraux, ministre des Affaires culturelles âgé de soixante-sept ans. L'auteur de *La Condition humaine* termine sa visite en URSS, pays qui le fascine depuis l'époque où il était « compagnon de route » du PCF, et où il s'est rendu à cinq reprises déjà avant la guerre. Gérard présente ma mère à Malraux comme « la « fille de Lara », dont le ministre a évidemment entendu parler, ayant brièvement correspondu avec Pasternak. Mais, aux dires de ma mère, c'est mon père qui finit par monopoliser la conversation, pour parler littérature russe et, qui sait, de l'évolution du régime, sur lequel Malraux ne se fait plus guère d'illusions.

Parmi les « amis français » de cette époque, qui jouent un rôle important dans la vie de mes parents, figure Georges Nivat. L'ancien fiancé de ma mère fait son grand retour en URSS en juillet 1972, et l'absence de ma mère, alors loin de la capitale, ne l'empêche pas de tisser des liens forts avec mon père, avec lequel il correspond déjà depuis plusieurs années. « Je l'apprécie beaucoup et nous sommes déjà les meilleurs amis du monde », écrit Vadim à ma mère pour la rassurer. La réciproque est aussi vraie, Georges se prenant rapidement d'affection pour Vadim, qu'il qualifiera des années plus tard de « séducteur insupportable, mais que j'ai très bien supporté ». Georges reviendra plusieurs fois en URSS, désormais en qualité de professeur de littérature russe à l'université de Genève. Ce sera un ami fidèle, toujours prêt à aider en cas de coup dur.

La place de mon père dans le « système » des relations culturelles franco-soviétiques qui se bâtit au cours de ces années-là permet de comprendre son attitude envers la dissidence. Le régime soviétique, il ne se fait pas d'illusions dessus ; mais de là à sortir dans la rue avec une pancarte pour protester contre l'invasion de la Tchécoslovaquie, il y a un pas qu'il se refuse à franchir. Avec un, bientôt deux enfants à charge, il n'a aucune envie de compromettre son avenir. La Zone, il a déjà donné ! Son travail lui procure de plus en plus de satisfaction, sa renommée grandit. À l'instar d'un certain nombre d'intellectuels soviétiques, il tente de trouver une « troisième voie », entre rejet et adhésion au régime. Une manière de survivre sans se renier pour autant.

La question de son rapport à la dissidence lui sera posée de nombreuses fois, et notamment quand il sera en France. Dans un entretien au *Monde* en 1984, il dira : « Quand on vous demande : êtes-vous dissident ?, cela ne veut rien dire pour moi. Il faut être libre. Depuis l'âge de dix-sept ans, je n'ai jamais fait partie du système. J'étais ailleurs... » Et puis, tout est relatif, comme il l'écrira plus tard : « J'étais le seul du groupe [de Krasnopevtsev] à entrer en contact avec la dissidence, dans les années 1960, et surtout les années 1970. »

La première fois qu'il prend ouvertement parti, c'est en 1970 justement, en faveur d'Edouard Kouznetsov, étudiant de l'université de Moscou arrêté en 1961 et condamné à sept ans de camp pour avoir publié des poèmes « séditieux » en samizdat. Ma mère est la première à rencontrer « Edik », en Mordovie, au printemps 1962, dans le camion de transport des *zek*. Il lui fait penser au célèbre acteur américain des films de gangsters des années trente, Jimmy Cagney. Et à l'instar du héros hollywoodien, Edik, se refusant à tout compromis, effectue l'intégralité de sa peine, sans bénéficier d'aucun régime de faveur.

Libéré en 1968, Edik vient rendre souvent visite à ses amis de la rue Potapov. Mes parents apprennent qu'il nourrit le projet d'émigrer en Israël – la guerre des Six Jours et la campagne « anti-sioniste » aux relents antisémites en URSS qui a suivi la victoire de Tel-Aviv a réveillé le patriotisme de nombreux Juifs soviétiques. S'étant vu refuser son visa, il se radicalise et projette un détournement d'avion avec d'autres *refuzniks* – peut-être inspirés par le précédent des étudiants hongrois, qui sont parvenus à atterrir en RFA en juillet 1956. Au courant du projet depuis avril 1970, le KGB réussit à déjouer l'opération et arrête le groupe à l'aéroport en juin. Les autorités veulent faire un exemple et Kouznetsov est condamné à mort pour « haute trahison ». Mais une campagne internationale pour sa défense s'organise – la première grande affaire en lien avec la question des Juifs soviétiques candidats à l'émigration –, qui surprend le Kremlin par son ampleur[1].

Même mes parents, d'habitude prudents, décident de se mobiliser pour la défense d'Edik en utilisant les moyens de protestation légaux à leur disposition. Pendant qu'Irina collecte des signatures pour un appel destiné au Comité central, parvenant même à obtenir celle de Chostakovitch, Vadim prend de son côté la plume pour s'adresser à Nikolaï Podgorny, président du Soviet suprême, officiellement le « chef de l'État », en le mettant, de manière ironique, face à ses contradictions : « Est-ce normal que dans un pays qui envoie des gens

1. En octobre aura lieu le premier détournement réussi d'un vol soviétique, par deux Lituaniens, Pranas Brazinskas et son fils Algirdas, qui, après un séjour dans une prison turque et un long périple, finiront par être accueillis aux États-Unis.

dans l'espace, il soit plus difficile de passer des vacances en France et en Italie qu'aller sur Vénus ? »

La campagne pour la défense de Kouznetsov, à laquelle prennent part un certain nombre de personnalités étrangères, et qui est la première « mobilisation conjointe » de mes parents, porte ses fruits. Les dirigeants soviétiques, Brejnev en tête, n'ont pas envie de mettre à mal leur politique de rapprochement avec l'Ouest. Le 31 décembre 1970, vers minuit, le jeune « terroriste » apprend que sa condamnation a été commuée en peine de quinze ans de prison. En 1979, il sera expulsé d'URSS après avoir été échangé contre deux espions soviétiques.

De leur côté, bon nombre de ceux ayant signé des lettres de soutien se retrouvent fichés par le KGB. La démarche a sans doute fait de Vadim un homme « idéologiquement peu fiable », et donc un *nevyezdnoï*, un homme interdit de séjour à l'étranger. Une marque d'infamie qui le pousse à déclarer la guerre au pouvoir soviétique ; une « guerre juste » pour obtenir l'autorisation de se rendre en France sur invitation des poètes qu'il traduit. Une guerre qui durera huit ans.

*

L'homme qui fournit à Vadim le prétexte pour ouvrir les hostilités s'appelle René Char. Dans sa jeunesse, le poète français, proche des surréalistes, ami d'Aragon, était très à gauche, voulait faire la révolution. Mais le suicide de Maïakovski, qu'il connaît et apprécie, lui ouvre les yeux sur le régime stalinien ; il se brouille avec Aragon, devenu compagnon de route de Moscou. La Résistance en fait l'ennemi implacable de toute dictature, non sans l'influence de son ami Albert Camus. « Staline fut la bête immonde de ce siècle, encore plus immonde qu'Hitler… » écrira-t-il plus tard. Après la guerre, ouvertement anticommuniste, il correspond avec Pasternak, dont il connaît les malheurs, et s'émeut du sort des dissidents.

La correspondance avec mon père donne des ailes à Char, poète vieillissant et isolé, âgé en 1973 de soixante-six ans. Un poète russe qui lui envoie ses traductions, lui dédie un magnifique poème, inspiré par son œuvre (traduit plus tard en français sous le titre « Chêne abattu pour qu'il renaisse dans les yeux de l'ami lointain »), une victime du système ayant séjourné au Goulag – tous ces éléments, auxquels il faut ajouter, chez Char, l'amour pour la poésie russe (« *Eugène Onéguine* m'avait délivré à l'heure de mes vingt ans, la mémoire du regard et la croyance des bâtisseurs le long des fleuves », écrit-il dans une lettre à Vadim), entrent en résonance avec le cœur de l'ancien résistant, qui éprouve, à n'en pas douter, un fort sentiment de nostalgie pour sa jeunesse maquisarde.

Chaque lettre de Char à mon père, au cours de leur longue correspondance, est une déclaration de fraternité poétique. J'imagine la bouffée d'air frais qu'ont dû représenter ces courriers pour Vadim dans le contexte du brejnevisme. J'imagine son euphorie en découvrant l'écriture familière sur l'enveloppe, son sentiment de fierté d'avoir œuvré au rapprochement entre son pays et la France.

Après tout, n'était-il pas en accord avec la « charte du traducteur », texte fondateur adopté en 1963, au cours du IVe Congrès de la Fédération internationale des traducteurs (cf. son préambule : « la traduction… enrichit la vie des nations et contribue à une meilleure compréhension entre les hommes »), et que tout traducteur professionnel se devait de connaître en URSS ?

Char n'est pas qu'un homme de mots. Il entreprend des démarches pour faire venir mon père en France, pour trois mois, à sa maison des Busclats, à L'Isle-sur-la-Sorgue. Poètes de tous pays, unissez-vous ! En mai, il écrit à l'ambassadeur d'URSS ; fin juillet, l'invitation, validée par le préfet, devient officielle. Le poète n'a aucun doute sur l'issue heureuse de l'opération : « Je vous attends aux Busclats fermement », écrit-il en décembre. De son côté, Vadim a déposé sa demande de visa à l'OVIR en novembre. Il escompte un départ en février 1974, veut voir la belle Provence au printemps. Le rêve ne deviendra pas réalité. « Le contexte n'est pas favorable », répond l'OVIR au début de la nouvelle année. Par « contexte », il faut sans doute entendre « affaire Soljenitsyne » : le 28 décembre 1973 a été publié, en France, le premier tome de *L'Archipel du Goulag* (pour l'instant en russe ; la version française verra le jour en mai). Ce best-seller fera beaucoup de mal aux Soviétiques, s'en prenant à ce qu'ils ont de plus sacré, Lénine ; derrière cette publication, comme à l'époque du *Docteur Jivago*, ils soupçonnent l'action des services secrets américains et français.

Plus que le « contexte » général, la proximité de mon père avec Stéphane Tatischeff, successeur de Gérard Abensour au poste d'attaché culturel à Moscou, pourrait avoir joué en sa défaveur. Né à Paris en 1934, il a pour illustre aïeul Vassili Tatischeff, « le premier historien de Russie », membre éminent de la cour de Pierre le Grand. Son père est un ancien officier tsariste, féru de littérature et de poésie, qui le baptise « Stephen » en hommage à Joyce. Juif par sa mère, morte en déportation, Stéphane, qui a été l'élève de Pierre Pascal, comme Nivat, est un slavisant engagé, qui a troqué le communisme de sa jeunesse pour la foi orthodoxe de ses ancêtres. Il vient à Moscou dans les années 1960, rencontre Soljenitsyne, l'aide à transmettre ses textes en France.

En 1971, il est nommé attaché culturel à Moscou. Ses échanges avec Soljenitsyne, avec les dissidents orthodoxes, les pères Iakounine, Regelson et Doudko, lui valent de se retrouver sur la liste noire d'Andropov, directeur du KGB et principal inspirateur de la campagne antireligieuse soviétique dans les années 1970. Après son départ de Moscou à l'automne 1974, Stéphane ne sera plus autorisé à revenir en URSS, mais continuera d'aider mon père du mieux qu'il pourra, avec son épouse, Anne. « Il a aidé tant de gens – Etkind, et bien d'autres ! Le KGB ne lui a jamais pardonné », écrira Vadim à Maurice Blanchot, après le décès de Stéphane d'un cancer foudroyant, en 1985.

Stéphane aide aussi Vadim. C'est à lui que mon père confie le manuscrit des Mémoires de Kouznetsov, alors en camp, que l'attaché culturel transmet en France par valise diplomatique. Le livre paraîtra en avril 1974 sous le titre *Journal d'un condamné à mort*. Stéphane sert d'intermédiaire dans la correspondance entre Char et mon père, ce qui permet à ce dernier de s'exprimer bien plus librement que s'il ne l'avait fait dans une lettre normale, susceptible d'être lue par le KGB. C'est Stéphane qui ramène Vadim à la maison en 1974 après son séjour prolongé à l'hôpital. C'est lui qui lui apporte des livres, des disques, des vêtements, des médicaments. Et c'est Stéphane qui, après son départ de Moscou, désormais en qualité de professeur à l'Institut des langues orientales, traduira avec son épouse les Mémoires de ma grand-mère, publiés en France en 1978 sous le titre *Otage de l'éternité*[1].

Le refus de visa de 1974, premier d'une longue série, ne décourage pas Vadim. Bien au contraire, il le pousse à persevérer. Plusieurs de ses proches ne comprennent pas son entêtement, parlent de donquichottisme. « Je ne comprends pas pourquoi tu veux absolument enfoncer cette porte fermée avec ton Char (*sic*), quand les choses pourraient être beaucoup plus simples », lui écrit un ami récemment installé en Israël. Une allusion aux origines sémites de mon père, qui auraient pu lui permettre

1. Même si le manuscrit est transmis clandestinement, les temps ont changé et le KGB laisse Olga tranquille, sans doute en raison d'un contexte de détente avec la France. D'autre part, en mai 1973, l'URSS a adhéré à la Convention universelle sur le droit d'auteur, ce qui signifie en pratique que les autorités soviétiques récupèrent une bonne partie des royalties sur les ventes du livre.

d'émigrer en Israël en utilisant les services de quelque parent ou épouse fictifs, comme cela se passe souvent à cette époque.

Pour Vadim, il n'en est pas question. En tant que poète russe, il ne peut « fuir comme un rat », comme le lui conseillent certains amis ; en abandonnant son pays, mon père perdrait sa raison d'être. Mon père aime se comparer à un protagoniste du roman de Dostoïevski *L'Adolescent*, Andreï Versilov, un poète issu d'une illustre lignée, défenseur des valeurs de l'aristocratie russe et de la Commune de Paris, qui aime passionnément la Russie et en même temps la rejette, homme éloigné de tout fanatisme, mais qui est prêt à se sacrifier au nom d'une cause à laquelle il serait bien incapable de donner un nom.

Et puis, ce que Vadim souhaite surtout, c'est quitter « l'enclos » : il emploie ce mot (*zagon* en russe) en référence à un essai de 1893 de Nikolaï Leskov, l'un de ses auteurs préférés ; mais il aurait aussi très bien pu s'écrier, pour parodier une autre de ses idoles, Pouchkine : « Moscou est étouffant pour un poète. J'ai soif de pays étrangers. » Partir à l'étranger – il s'y estime autorisé ! N'a-t-il pas entendu cinq ans plus tôt, en avril 1961, au cours de la première exposition française à Moscou, la propagande soviétique faire l'apologie des échanges entre les deux pays et évoquer la possibilité de se rendre en France – en avion, en train ou même en voiture ? N'a-t-il pas lu, dans la presse soviétique, en été 1975, l'Acte final d'Helsinki et son engagement à respecter le principe de libre circulation des idées et des hommes ?

Les discussions autour de la nécessité ou pas d'émigrer, et de l'avenir de la Russie, deviennent monnaie courante rue Potapov dans les années 1970, quand l'appartement de mes parents devient le lieu où l'on organise de plus en plus de *provody*, des cérémonies d'adieu. L'atmosphère en est très différente de celle qu'ont vécue mes parents dans les années 1960. « Les soirées bien arrosées que vous avez connues, on n'en a presque plus. Beaucoup d'amis et de connaissances sont partis, et autour de nous se produisent des événements très tristes », écrit mon père, en novembre 1973, à Antoinette Roubichou, faisant référence à l'arrestation en juillet d'un ami de ma mère, Gabriel Superfin, l'un des rédacteurs de *Chronique des événements courants*, le bulletin le plus célèbre de la dissidence soviétique.

À cet égard, l'année 1974 est particulièrement dramatique. Gabriel est condamné à cinq ans d'emprisonnement et deux ans d'exil hors de Moscou. La grande amie de ma mère, son ancienne professeure d'anglais, Inessa, obtient son visa pour Israël. « Après son départ, nous [les élèves d'Inessa] sommes devenues orphelines... C'est comme si la meilleure partie de moi-même avait été dérobée », écrira ma mère dans ses Mémoires. Efim Etkind, théoricien de la traduction rencontré plus haut, est contraint à l'exil pour s'être retrouvé sur la liste noire du KGB en raison de sa proximité avec plusieurs dissidents, dont Brodsky (expulsé vers les États-Unis en 1972) et Soljenitsyne, et de ses propos « libres » face à ses étudiants. Un ancien *zek* qu'a connu mon père en

Mordovie, le poète Leonid Tchertkov, s'exile lui aussi, en France, laissant derrière lui sa femme.

Ces départs nourrissent l'anxiété de mon père, mais l'événement qui lui fait prendre conscience qu'il existe un vrai risque pour lui et ses proches se produit en juillet 1976, quand il apprend la mort de Constantin (« Kostia ») Bogatyrev, un ancien *zek*, germaniste, proche de Sakharov. Un soir d'avril, Bogatyrev avait été victime d'une violente agression, devant son appartement – des inconnus l'avaient violemment frappé avec un coup de poing américain, provoquant une fracture du crâne dont il décédera trois mois plus tard. Rien ne filtre dans la presse, ce qui nourrit les rumeurs. « À en juger par tout ce que l'on sait, c'est incontestablement l'œuvre de la Gestapo (*sic*, le KGB) », écrit mon père, sous le coup de l'émotion, à Stéphane Tatischeff, le jour de la mort de Bogatyrev. Et de conclure : « Après l'histoire avec Kostia [Constantin], j'ai renoncé à plusieurs projets… Je n'ai pas envie de me prendre un coup sur la tête. Et surtout [de risquer la vie de] mes enfants ! Sans cela, ils ont suffisamment de *kompromat* [dossiers compromettants] pour me mettre à l'ombre. »

« Mes enfants ». Vadim, qui ne voulait pas entendre parler d'un deuxième enfant, craignant de voir se reproduire le mal dont souffrait mon frère, et dont il sera question plus loin, devient père pour la seconde fois en janvier 1975. En mars, je tombe gravement malade et dois être hospitalisé pour une méningite. Pendant quelques semaines, ma vie ne tient qu'à un fil. Il prie le ciel pour que je m'en sorte, si possible sans séquelles. Au printemps, son vœu est exaucé : grâce à des antibiotiques étrangers que m'a procurés ma grand-mère par ses relations au sein du ministère de la Santé, je suis guéri. Le voilà transfiguré, prêt à repartir au combat, son énergie décuplée. Et sa foi patriotique en une « Russie éternelle », capable de transcender le communisme, est confortée en octobre 1975, quand Andreï Sakharov se voit décerner le prix Nobel de la Paix. Une année sous le signe d'Andreï, ce n'est pas un hasard ! « Notre lauréat [Sakharov] représente ce que la Russie peut produire de mieux », écrit-il, euphorique, à ma mère.

Vadim sait bien que sa meilleure chance de parvenir à ses fins est d'obtenir des appuis officiels français. Il a ses entrées à l'ambassade depuis la fin des années 1960 ; il peut compter parmi ses amis Philippe de Suremain, deuxième secrétaire de l'ambassade, et son épouse Françoise ; Bertrand Dufourcq, chef du service culturel, scientifique et technique, et son épouse Elisabeth. Il rencontre les ambassadeurs, Wormser, Seydoux, Jacques Vimont surtout, qui l'apprécie beaucoup. On l'invite à parler de culture russe, on le sollicite pour de petits services comme en janvier 1975, à l'occasion de la Semaine du cinéma français, où il suggère des noms d'acteurs et de réalisateurs soviétiques à convier. C'est par le biais de l'ambassade qu'il fait connaissance avec Jacques Amalric, correspondant du *Monde* à Moscou en 1973-1977, et de son épouse Nicole Zand, journaliste culturelle ; plus tard, il rencontrera Daniel Vernet, également du *Monde* ; devenus amis, ils l'aideront à se faire connaître en France.

Sachant qu'ils ont affaire à un homme bien introduit, les autorités soviétiques prennent des gants et lui trouvent une interlocutrice à l'OVIR, « l'inspectrice Mirontseva », « une femme jeune et charmante », « parfaitement au fait de son dossier », dont la mission est de le rassurer. Rien de dramatique, dit-elle, il faut simplement que l'ambassade de France prolonge son invitation. Le contexte n'est-il pas hautement favorable, avec la visite du président Giscard d'Estaing en octobre 1975 ?

Le PEN Club est si sûr de son arrivée prochaine qu'il lui commande même un billet d'avion et réserve une chambre d'hôtel à Paris... Pendant la visite présidentielle, le nom de mon père est effectivement mentionné, de manière informelle, dans une discussion avec Andreï Gromyko. Le ministre des Affaires étrangères répond : « On verra... » (« *Posmotrim* »). Une réponse qui pourrait sembler encourageante quand on connaît la réputation de « Monsieur Niet », mais qui est surtout une manière d'éluder la question.

Les mois passent. Vadim perd patience, presse Char de relancer les décideurs. Le poète français finit par s'agacer : « Je vous rappelle que je ne suis pas un poète officiel, donc répandu et les bras longs (*sic*)... » En désespoir de cause, Vadim frappe à la porte du Parti. En juillet 1976, il s'entretient avec un officiel du Comité central, dont le nom n'est pas resté. Un entretien kafkaïen, dont il fait le récit à ma mère :

« L'absurdité et le comique de cette discussion, basée sur des allusions et des demi-allusions, mériteraient qu'on s'y penche sérieusement. Je ne suis pas près de décolérer. Qu'ils fassent ce qu'ils veulent avec moi : je ne me rendrai pas et n'accepterai pas d'être traité avec autant de mépris. Qu'on se le dise une fois pour toutes. »

En décembre, son ami Gérard Abensour se charge de lui adresser une nouvelle invitation officielle. Pendant les mois qui suivent, Vadim poursuit sa stratégie de l'usure. « Je les ennuie, mais je compte bien continuer à les ennuyer. Je ne me fais aucune illusion, mais j'ai la ténacité d'un taureau », écrit-il à Stéphane Tatischeff en janvier. Arrive février : nouvel entretien à l'OVIR, nouveau refus, nouvelle proposition d'attendre l'été en vue d'une possible révision. Vadim fulmine : « Mes explications et menaces n'ont pas de prise sur eux. Il est clair qu'ils ne me laisseront jamais sortir. Madame ne connaît pas les raisons précises du refus. Cette fois-ci la coupe est pleine. Je ne veux plus supporter cette humiliation grotesque et ma situation de serf. »

« Cette fois-ci » : mon père vient d'apprendre qu'au cours de sa visite récente en France, Boris Ponomarev, secrétaire du Comité central du PCUS et responsable du département international du Comité central, a offert à Edgar Faure, président de l'Assemblée nationale, le livre *Paul Valéry sur l'art* (selon une autre version, le cadeau est fait par Alexandre Tchakovski, rédacteur en chef de la *Literatournaïa Gazeta*, l'organe de presse de l'Union des écrivains).

« J'ai des recensions dans les principaux journaux littéraires et culturels soviétiques, même dans les *Izvestia*, mais à leurs yeux, je suis un lépreux ! » s'irrite mon père dans une lettre à Tatischeff, se voyant réduit à l'état de pion, d'« alibi culturel », dans une année 1977 annoncée comme particulièrement faste sur le plan des relations franco-soviétiques, avec une rencontre au sommet à Paris, en juin ; la première Foire internationale du livre (l'une des retombées de l'adhésion de l'URSS à la Convention sur le droit d'auteur de Berne en 1973), en septembre ; et la tenue d'une conférence sur « la sécurité et la coopération en Europe », à Belgrade, pour dresser le bilan des promesses soviétiques faites à Helsinki sur la question des droits de l'homme, en octobre.

« Quelqu'un doit parler, et fort », conclut mon père. Quelqu'un bénéficiant d'une grande audience ? Ce sera Françoise Giroud, alors secrétaire d'État à la Culture, à qui Vadim écrira en mars.

*

La lettre à l'ancienne égérie de *L'Express* aurait dû rester privée, mais elle est publiée, avec des répercussions considérables pour l'avancement de son dossier, dans le numéro de *L'Express* du 16 mai. Mon père y relate ses états de service, cite les nombreux poètes qu'il a traduits, se défend d'être un « dissident actif », accuse son pays de ne pas se conformer à ses promesses faites à Helsinki. Plus gênant encore que cette dernière accusation, son

TRAVERSÉES.

Le baiser des jeunes mariés, février 1964.

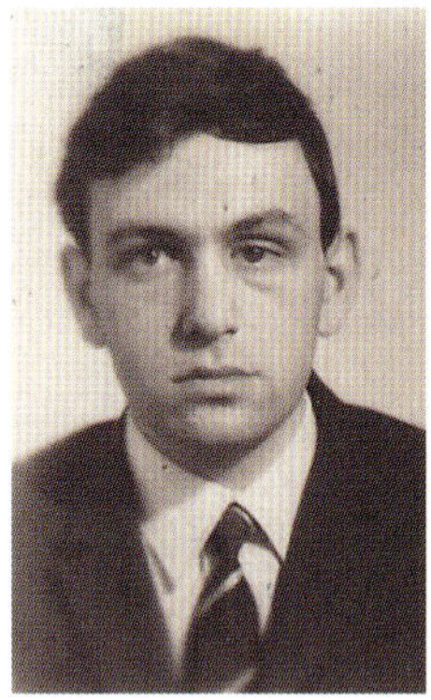

Vadim, jeune traducteur, première moitié des années 1960.

La rue Potapov dans les années 1960.

N.B. Les images dont les légendes sont précédées d'un * sont mentionnées dans le texte.

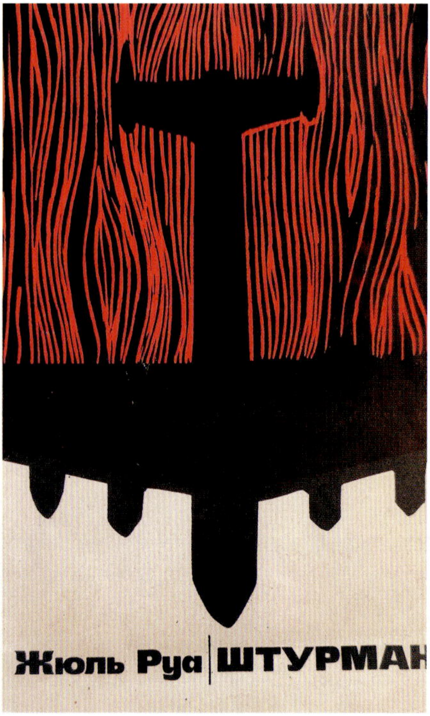

Couverture du *Navigateur* de Jules Roy traduit par mon père.

Couverture
du livre préfacé
par mon père.

Vadim à Kharkiv, 1970.

Mes parents et moi,
printemps 1975.

Couverture de
La France au cœur,
1973.

Son grand ami et premier lecteur, Nikolaï Khardjiev. Derrière lui, une fenêtre faisant penser au *Carré noir* de Malevitch, dont il possédait une des versions.

Stéphane
et Anne Tatischeff.

Gérard et Jacqueline
Abensour.

Avec Antoinette et
Gérard Roubichou,
fin des années 1960.

Un nouvel ami.
Mon père avec
Georges Nivat, 1972.

« N'oublions pas nos aînés » :
ma mère et sa grand-mère
Maroussia (à droite).

Olga et Irina,
fin des années 1960.

« Une belle-fille parfaite »,
Kilia et ma mère.

DUPLICATA
FÉDÉRATION INTERNATIONALE
DES P. E. N. CLUBS
CENTRE FRANÇAIS

Carte de Membre N° 296
Associé

NOM : Vadim KOSOVOI
ADRESSE :
Le Président Le Titulaire.

La Fédération Internationale
The International Federation begs
prie tous les P.E.N. Clubs de réser-
all centers of the P.E.N. to extend
ver au porteur de cette carte l'accueil
to the beholder of this card the
confraternel qui est de règle dans
courtesy and cordiality which form
notre Association.
the basis of our association.

Elle le recommande, en outre, à
We also recommend him to the
la bienveillance de toutes les organi-
attention of all other intellectual
sations et autorités intellectuelles des
bodies in the different countries,
différents pays, bibliothèques, ciné-
libraries, cinemas, theatres, museums,
mas, théâtres, musées, festivals, etc.
festivals, etc.

Le Président International.

Mon père membre du PEN-Club.

Les adieux à Inessa (à gauche), 1974.

Mon père à Moscou, seconde moitié des années 1970.

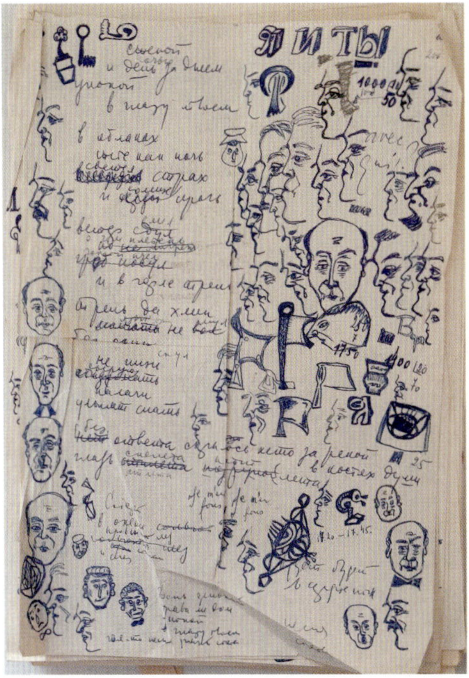

La fabrique du poème :
un brouillon de mon père qui
a toujours aimé dessiner
des visages en attendant
de trouver l'inspiration.

Vadim dans son appartement
de la rue Spasskaïa.

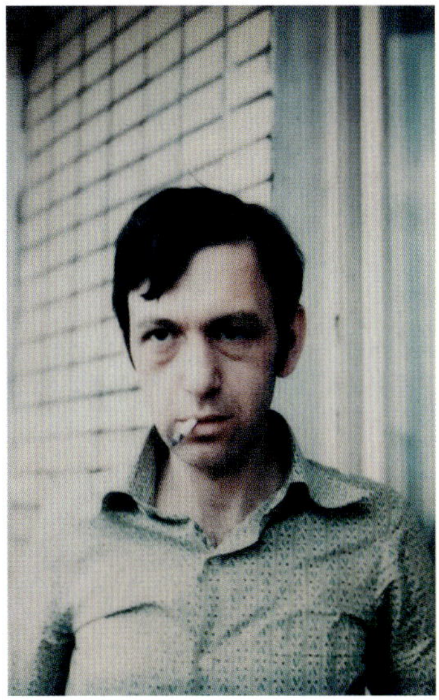

* Vadim et Ania Chevallier,
foire du livre de Moscou.

U.R.S.S.

Une lettre de Moscou

Vadim Kozovoï n'a pas le droit de rendre visite aux poètes français dont il a traduit et étudié les œuvres. Il a adressé une lettre à Françoise Giroud.

Une lettre de Moscou datée du 5 mars 1977 est parvenue à Françoise

Jean Jouve, Francis Ponge, Albert Béguin, Paul Eluard, Albert Camus, Pierre Emmanuel, Jean Paulhan, Pierre Reverdy, Georges Duhamel, Denis de Rougemont, Etiemble, Maurice Clavel, Jean Cassou, André Chamson, et tant d'autres). Après la parution de ce livre, j'ai été élu membre du Pen Club français... Cette anthologie m'a valu des lettres d'amitié, de solidarité de plusieurs écrivains français. »

Et Kozovoï poursuit : « Voici mon problème. Depuis plus de quatre ans, j'essaie en vain, invité par un grand poète français que j'ai d'ailleurs traduit, de faire un voyage en France, le pays — MON pays — que je n'ai jamais vu. D'autres écrivains, d'autres amis m'invitent aussi. Inutile et surtout impossible de raconter en détail tous les détails de cette affaire. Une vraie kafkaïade. Pendant la der-

universelle, avec d'autres combats humains, avec les recherches, les percées en art, en poésie... Comment appeler cela ?... Et c'est la lumière, toujours elle, qui leur fait la plus grande peur, à ces rats, dans leur monde crépusculaire, pervers, fantomatique ! »

Revenant à son cas personnel, M. Kozovoï demande : « Est-ce normal, est-ce en accord avec la plus simple compréhension humaine — et avec les documents d'Helsinki — qu'un écrivain qui depuis tant d'années s'efforce de présenter aux lecteurs russes le meilleur de la littérature française ne puisse effectuer un voyage tellement justifié ?... Devrais-je me taire comme un serf pitoyable, résigné, sans aucun recours ? »

M. Kozovoï ajoute : « Je ne suis pas un « dissident » actif. Mon nom est cité dans la presse soviétique, per-

* L'article de *L'Express*.

Georges, Irina et Boria, années 1970.

Vadim et mon frère Boria, devant l'immeuble de la rue Potapov.

Les deux photos : bientôt le départ, automne 1980.

EXILS.

Enfin en France !
Devant la maison de Stéphane Tatischeff,
Fontenay-aux Roses.

Au Jardin du Luxembourg,
mars 1981.

Épicerie Jo Goldenberg,
rue des Rosiers, où mon père
vient souvent faire ses courses.
Il y passe le matin du 9 août
1982, quelques heures avant
l'attentat du groupe palestinien
dissident Abou Nidal.

Dans l'appartement
du boulevard de
l'Hôpital, 1984.

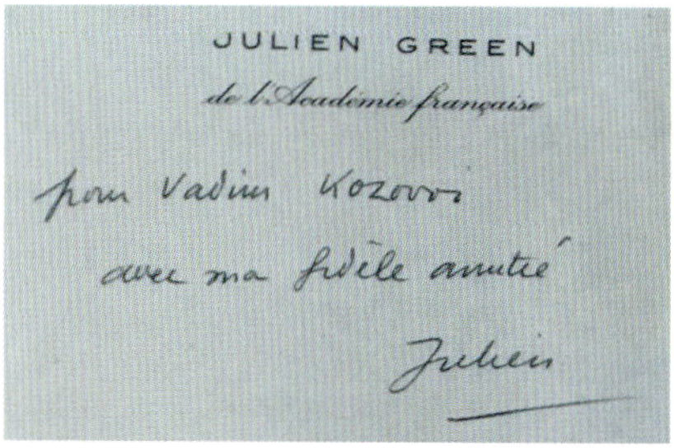

Dédicace
de Julien Green.

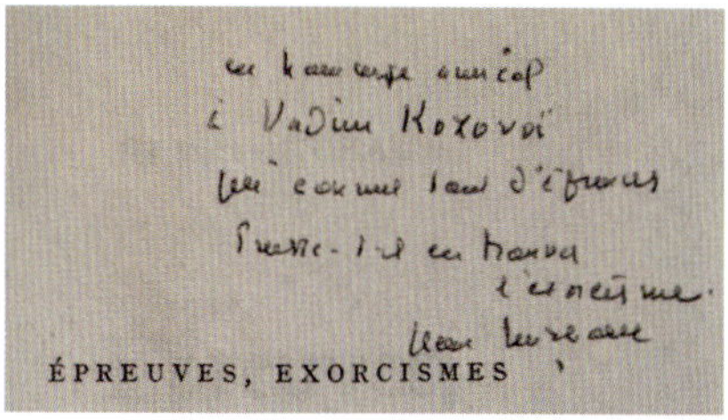

Dédicace d'Henri
Michaux.

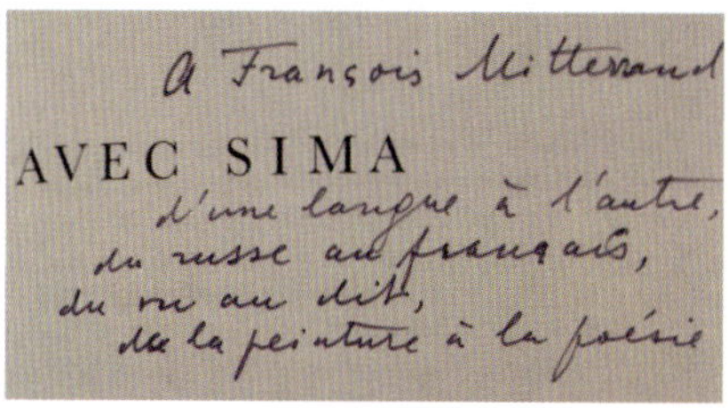

Dédicace du
catalogue de
l'exposition Sima
offert à François
Mitterrand.

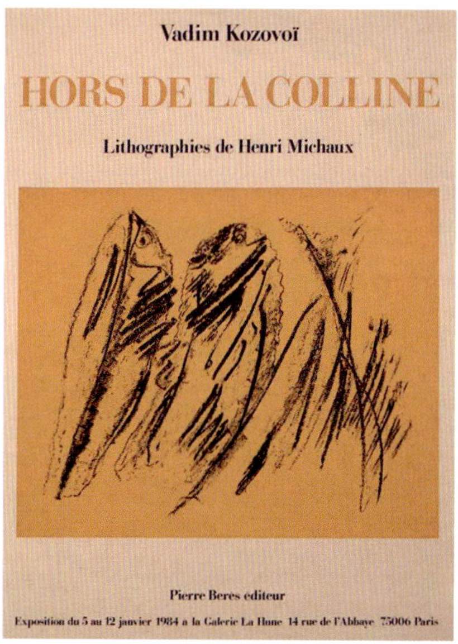

Affiche du
lancement de
l'édition bilingue
de *Hors de la
colline*.

Le bonheur d'une mère : Noël 1981.

LE GOULAG DES LIVRES

Beckett, Gracq, Blanchot, Leiris, Green, Boulez, Michaux, Cassou, Bonnefoy, Derrida le soutiennent, pourtant le poète Vadim Kossovoï n'a toujours pas eu gain de cause : à Paris depuis 1981, il désespère de voir sa femme et son plus jeune fils le rejoindre. Non qu'ils n'aient pas l'autorisation de quitter l'U.R.S.S. mais ils refusent la « brimade » des autorités soviétiques leur interdisant d'emporter les livres du poète. Mme Kossovoï, proche de Boris Pasternak, a déjà payé assez cher cette parenté et tient bon : elle ne quittera pas l'U.R.S.S. sans les livres. Les démarches politiques se succèdent.

Deux articles du *Nouvel Observateur* sur mon père, parus en 1984.

PORTRAIT

ASSIGNÉ À DISSIDENCE

Pour Vadim Kozovoï, « le malheur n'appartient à personne, il appartient à des millions de muets... »

HORS DE LA COLLINE
par Vadim Kozovoï
Postface de Maurice Blanchot
Avec quinze illustrations originales d'Henri Michaux
Hermann, édition bilingue, 128 pages, 68 F.

Pour Vadim Kozovoï, poète russe vivant à Paris depuis trois ans, les portes de l'espoir sont ouvertes et fermées. En même temps. Combats obscurs, fausses joies, incertitude, banalité du martyre quotidien : il voudrait que sa femme et son fils cadet, restés à Moscou, viennent le rejoindre à Paris. Présomptueux désir d'un paisible bonheur familial ! C'est oui et non, ni oui ni non. On le rassure et on l'abandonne, on l'aide et on l'oublie, il est entouré d'amis et il est seul, perdu dans « *la forge des siècles* », loin des siens, de ses livres, de sa langue natale. Né en 1937 à Kharkov dans « *l'époque des barbelés* » d'un « *monde bossu* », Vadim Kozovoï est un poète russe plutôt qu'un dissident soviétique : « *On ne peut pas s'asseoir sur son passé comme sur une chaise*, dit-il à propos des "dissidents". *Le malheur n'appartient à personne, il appartient à des millions de muets...* »

Ses poèmes, féroces, douloureux, volcaniques,

VADIM KOZOVOÏ
L'espoir et le désespoir également interdits

n'ont jamais été publiés en U.R.S.S. « *Trop d'écarlate parmi les fous rires des nuages.* » Ses premiers lecteurs, en France, sont Maurice Blanchot et Jean Cassou, Pierre Emmanuel, Henri Michaux, René Char, Julien Gracq, Julien Green, Jacques Dupin, Michel Deguy... Traducteur et essayiste, Kozovoï a fait connaître, en U.R.S.S., Valéry, Paulhan, Leiris, Malraux, Reverdy, Supervielle, Max Jacob, Mallarmé...

Dans les années 1956-1957, il a fait partie des jeunes universitaires qui ont voulu croire que le rapport Khrouchtchev inaugurait une ère nouvelle. « *Nous avons formé, à l'université de Moscou, un groupe de neuf membres dans lequel il y avait trois tendances... C'était le début de la dissidence... Nous avions des liens étroits avec les mouvements de Pologne...* » A dix-neuf ans, en 1957, Vadim Kozovoï était arrêté pour activités « *contre-révolutionnaires et antisoviétiques* ». Du goulag, où il a passé six ans, son œuvre entière porte témoignage, dans la fureur et la dislocation. « *Entre deux points de douleur, la poésie est la voie la plus courte. Courte tellement qu'à son coup solitaire tombe décapité le temps.* » C'est dans le camp, où sa femme lui avait fait parvenir une anthologie de la « nouvelle poésie française », de Nerval aux surréalistes, qu'il a pu véritablement « *entrer dans la langue française* » et y retrouver, à travers Rimbaud ou Mallarmé, cette « *parole verticale qui s'adresse au silence apocalyptique de l'homme et des choses* ».

PERDRE L'ENFANCE

Si Vadim Kozovoï a pu venir en France en 1981, avec son fils aîné, dont l'état exigeait un traitement psychiatrique particulier, c'est au terme d'une lutte sourde de huit années et grâce aux invitations de ses amis — notamment René Char — qui se trouvaient être les plus grands écrivains français. « *Je n'ai jamais voulu émigrer*, précise-t-il. *La question de l'émigration n'est qu'un petit aspect de la grande question de l'ouverture des frontières. Quand je suis arrivé en France, mon fils a été admis dans un hôpital de jour. Je n'avais pas l'intention de rester si longtemps, mais je ne pouvais pas rentrer en le laissant seul... Les Soviétiques m'ont dit qu'ils laisseraient sortir ma femme si je rentrais d'abord. C'était la quadrature du cercle... Voilà maintenant trois ans que j'attends. Si je rentre à Moscou maintenant, je sais très bien à quoi je m'expose. Mais que faire ? Je n'ai plus de travail ici. Quand je suis parti, mon deuxième fils avait six ans, il en a neuf maintenant, j'ai perdu son enfance...* »

En juin 1983, il y a près d'un an, Vadim Kozovoï a été reçu par François Mitterrand. « *Il m'a posé beaucoup de questions, il voulait comprendre. Il m'a affirmé qu'il s'occuperait de mon cas personnellement...* » Il semble bien que, depuis cette entrevue, l'affaire Kozovoï se soit enlisée dans d'obscurs marais diplomatiques.

Vadim Kozovoï ne peut ni rester ni partir. L'espoir et le désespoir lui sont également interdits. Coincé entre une terre d'accueil où il est assigné à dissidence et le monde spectral où sont retenus ceux qu'il aime, Vadim Kozovoï n'en finit pas d'attendre, c'est-à-dire de souffrir.

CATHERINE DAVID

Le Nouvel Observateur 89

Ma mère et ses amis à l'anniversaire de ma grand-mère, le pressentiment de l'exil.

Ma mère fait ses adieux aux Étangs clairs, début 1985.

Ma mère et moi sommes arrivés à Paris. Gare du Nord, 20 février 1985.

Mon père,
directeur de
recherche
du CNRS,
1988.

Olga, Vadim et Irina,
enfin ensemble,
printemps 1988.

Premier séjour à
Moscou, 1989.

1992 : toujours amoureux !

Mes parents et moi à un
concert de Richter, Tours,
1992.

Le bibliophile,
Londres, 1997.

L'une des dernières photos ensemble.

NAISSANCE D'UN HISTORIEN.

* Une partie des étagères de mon père, avant…

… et après.

texte contient deux passages violents où il s'en prend aux « fonctionnaires obtus et morbides », aux « bureaucrates sans aucun sentiment de responsabilité », comparés à des « rats », « effrayés par la lumière », vivant « dans leur souterrain crépusculaire, humide et fantomatique ».

Comment mon père a-t-il pu penser que Françoise Giroud, à la réputation de « femme libre », ne résisterait pas à l'envie de publier sa lettre, pensant tenir là un scoop ? Il y a certainement chez lui une forme de naïveté mais, dans le même temps, gardons-nous d'une vision rétrospective – il ne pouvait évidemment pas deviner que la journaliste ne ferait qu'un passage éclair rue de Valois ; qu'après les élections municipales elle retrouverait son indépendance. Je n'exclus pas, au regard de ce que l'on sait aujourd'hui sur l'activité d'agent d'influence au service du KGB du rédacteur en chef de *L'Express*, Philippe Grumbach, que la publication ait pu être une provocation soufflée par les services secrets russes. Mais dans quel but ?

Des amis de l'ambassade transmettent à mes parents le numéro de *L'Express.* En voyant le passage sur les « fonctionnaires obtus » et les « rats », ma mère, convaincue qu'ils seront bientôt arrêtés, est à deux doigts de s'évanouir. « Quel cauchemar ! Ira est désespérée, c'est un vrai suicide ! » se lamente Vadim à Stéphane Tatischeff, persuadé que l'article ne manquera pas de provoquer l'ire des autorités. « Mon Dieu, faites que je n'émigre pas ! Et qu'on ne me tue pas comme Kostia [Bogatyrev]… S'il m'arrive quelque chose – aujourd'hui, demain ou dans un mois ou deux, tout le monde doit le savoir : c'est eux qui l'ont fait... »

Vadim aurait-il pu devenir une cible du KGB ? Même s'il fait l'objet d'une surveillance, que son téléphone est sur écoute, j'en doute. Les guébistes ont à ce moment-là de vrais dissidents à arrêter, comme Iouri Orlov, fondateur du Groupe pour le respect des accords d'Helsinki, et Natan Chtcharanski, porte-parole du mouvement des *refuzniks*. Arrêtés en 1977, les deux hommes sont condamnés à de lourdes peines de prison l'année suivante. L'image de l'URSS continue de se détériorer à l'étranger. La visite de Brejnev à Paris est émaillée de plusieurs incidents. Au vu de ce contexte, les chances d'obtenir un visa deviennent proches de zéro. Et mon père a l'impression que les éditeurs sont en train de se détourner de lui, qu'il sera bientôt acculé à l'exil. En désepoir de cause, il sacrifie au vieux rituel de la « lettre au tsar » auquel tant de ses prédécesseurs se sont pliés. « Je vous demande, très respecté Leonid Ilitch, d'ordonner un nouvel examen de ma dernière demande de passeport pour me rendre en France. (...) J'ose espérer que l'un de vos adjoints s'occupera de cette affaire, et je suis sûr que notre dirigeant suprême est mal informé par les échelons inférieurs. » Datée du 13 juillet, sa lettre est mentionnée dans *Le Monde.*

Les craintes de mon père se révèlent infondées. En septembre 1979, Vadim, toujours en odeur de sainteté auprès de l'Union des écrivains, est invité pour la deuxième fois à la Foire internationale du livre de Moscou. Il y retrouve

Ania Chevallier (née Tchetverikova), traductrice et responsable des droits étrangers chez Gallimard. Une photo le montre tel qu'il est alors – mince, le visage marqué par ses « insomnies créatrices ». Un homme épuisé mais déterminé, qui continue son combat, à force de lettres, coups de fil, mille démarches pour tenter de mobiliser la fine fleur des écrivains français en faveur de sa cause qu'il imagine perdue. Il se sait soutenu. Fin mars, ses amis, Blanchot, Char, Michaux, Cassou, Georges-Emmanuel Clancier, Pierre Emmanuel, Gracq et Green, ont lancé un appel demandant aux autorités soviétiques de laisser l'« admirable traducteur de la littérature française » se rendre en France. Le Kremlin n'a pas bronché.

Sur l'image, mon père esquisse un sourire fatigué devant le livre que tient entre ses mains Ania Chevallier, *Commune présence* de René Char. Un titre évocateur pour mon père qui désespère de se retrouver aux côtés du poète français, dont il ambitionne de publier une anthologie. Char avait eu l'idée de mieux faire connaître mon père en publiant en France ses poèmes, traduits. Le projet ne se fait pas. C'est donc en russe que voit le jour, en 1978, le premier recueil de poèmes de mon père, chez une petite maison d'édition suisse, L'Âge d'homme, fondée par un émigré serbe, Vladimir Dmitrijevic, un ami de Georges Nivat.

Son titre, *Congé d'orage*, est un hommage à un poème de Char, « Certitude », dans *Dehors la nuit est gouvernée* (1938) : « Message en sang dans l'émotion du piège expiré le congé d'orage / Je t'étreins sans élan sans passé ô diluvienne amoureuse indice adulte. » Pour le profane que je suis, il renvoie à l'atmosphère chargée d'électricité, à l'air lourd dans lesquels mon père baigne alors. Un livre où la prémonition du malheur et le pressentiment de sa propre mort occupent une place centrale, thème qui accompagnera mon père tout au long de sa vie, comme dans « D'où venu ? » (inspiré sans doute par la nouvelle de Gogol « Une terrible vengeance ») :

Il n'y avait pas de malheur à l'aube
tout épées vint comme peste à la fête
et c'est larmes et sueurs et tête solaire
noyée la moisson du sang
glas pour la bariolée comme au feu de la chasse !
chape sur la bruissante comme steppe aux flammes !
cri long soufflé la flèche de cigognes
en plein cœur se déchire

« J'ai maintenant ma place assurée dans la poésie russe, quoi qu'il arrive », se félicite Vadim dans une lettre à ma mère après la sortie de son livre. À Stéphane Tatischeff, il écrit que son ouvrage « libère le verbe russe pour tous ceux qui étaient privés de parole ». Si lui-même ne peut pas quitter le pays, sa poésie, elle, y parvient.

Le titre du livre apparaît dans une certaine mesure prophétique. Trois mois après la Foire, Brejnev donne son feu vert à une « opération militaire spéciale » destinée à faire revenir dans l'orbite de l'URSS un État frontalier en proie aux troubles, l'Afghanistan. Et l'orage finit par éclater. Les

États-Unis de Carter adoptent une série de sanctions visant l'URSS, appelant l'Europe à les suivre dans leur croisade. Des sanctions de nature variée, économique et culturelle, qui poussent Brejnev, pour tenter de sauver son testament politique, la « détente », à faire des concessions à Giscard d'Estaing, qui pourrait, espère le dirigeant soviétique, convaincre les Américains de faire machine arrière.

C'est dans ce contexte qu'est publié, le 21 août 1980, le télégramme du président du PEN Club, René Tavernier, adressé officiellement à Brejnev, lui demandant « d'autoriser l'écrivain Vadim Kozovoï, qui a tant fait pour populariser l'œuvre des meilleurs poètes français en URSS », à se rendre en France. La différence avec l'appel de mars 1979 tient dans un nouvel élément qu'un lecteur trop pressé pourrait ne pas remarquer : le fait que cette fois-ci il s'agit d'une demande pressante, de nature humanitaire, puisque mon père réclame de venir en France avec mon frère, pour le faire soigner. Cet élément va débloquer la situation.

*

Les premiers symptômes du mal de mon frère apparaissent à ses cinq ans. Le petit Boria éprouve de grandes difficultés à apprendre le langage, à former des phrases, à l'oral comme à l'écrit ; il a tendance à s'isoler, le monde extérieur l'effraie. Mes grands-parents, qui le suivent de près pendant les vacances, et investissent un temps considérable dans son éducation, obtiennent une entrevue auprès d'un psychiatre renommé de Kharkiv. Le diagnostic est sans appel : « syndrome de Kanner, schizophrénie torpide », agrémenté d'un point d'interrogation prudent. Ce diagnostic aura bientôt la faveur des organes répressifs dans les traitements forcés infligés aux dissidents ; mais il faut aussi le voir comme inspiré par les travaux pionniers sur l'autisme, dans les années 1920, d'une pédopsychiatre originaire de Kyiv, Grounia Soukhariova.

Persuadés que son mal est curable, mes parents se mettent en quête d'une structure d'accueil, d'un médecin spécialiste ; des médicaments étrangers sont prescrits, pratiquement impossibles à trouver dans une URSS où les pénuries tendent à toucher les aspects les plus élémentaires du quotidien. Âgé de cinq ans, Boria est en observation dans une structure spécialisée dans les psychoses infantiles de l'Institut de psychiatrie d'URSS. Mais mes parents voudraient pour lui un environnement normal – il n'a rien d'un schizophrène ! Environ deux ans plus tard, grâce à un réseau d'amis solidaires, ma mère parvient donc à l'inscrire à « l'École française numéro 33 », une école bilingue très courue dont les enseignants sont des pédagogues chevronnés. Et parmi eux, une femme exceptionnelle à tout point de vue, Emma Dmitrievna, rencontrée au début de ce livre.

Mon frère y passera huit ans, se démarquant par un profil clairement littéraire ; au fil des ans, il se révèle un gros lecteur, à la mémoire photographique (comment ne pas songer au héros de *Rain Man* !), passionné par l'histoire, par la Révolution française, capable de s'enthousiasmer pour la musique classique, un garçon à la sensibilité à fleur de peau. Mais comme ses résultats dans les matières scientifiques sont largement en deçà de ce que l'on attend dans cette école, la directrice demande à ma mère de lui trouver un autre établissement, moins exigeant. Irina ne s'en émeut pas outre mesure car, à ce moment-là, il est déjà prévu que Boria aille se faire soigner en France. Une idée ancienne que pourrait avoir suggérée René Char.

L'appel du PEN Club ne passe pas inaperçu auprès du KGB, et mon père est invité à la Loubianka pour une « discussion amicale ». Il y retrouve un homme qu'il connaît déjà, le général Filipp Bobkov, à propos duquel il me faut dire quelques mots. Bobkov a commencé sa carrière dans les « organes » sous la direction de Beria. Ayant survécu à la purge des cadres de Beria après la mort de Staline, il fait une belle carrière au KGB ; en 1969, Andropov le place à la tête d'une nouvelle structure, la Cinquième Direction, dont la mission est de s'opposer à la « guerre psychologique » de l'Occident, dans laquelle les dissidents ou ceux perçus comme tels jouent, pour le KGB, le rôle de « cinquième colonne ». Bobkov doit diriger les opérations d'infiltration des réseaux dissidents ; il doit tout faire pour discréditer Soljenitsyne et Sakharov.

Bobkov voue certainement une grande admiration à Sergueï Zoubatov, célèbre chef de la police secrète des tsars, l'Okhrana, un policier passé maître dans l'art de la « provocation » pour démoraliser les adversaires du régime, et qui a été à l'origine d'un « socialisme policier ». À l'instar de Zoubatov, Bobkov croit dans les vertus des

« discussions prophylactiques ». Réprimer les opposants, leur faire peur, les assassiner si nécessaire, cela peut être utile ; gagner leur confiance pour les berner et les recruter, c'est bien mieux. Sa discussion avec mon père est un modèle du genre.

— Alors comme ça, Vadim Markovitch, vous organisez des conférences de presse ?

— Mais non, vous exagérez. Il n'y a rien dans les journaux. Pour l'instant…

— C'est une menace ?

— Moi ? Vous menacer ? Mais comment oserais-je !

— Sachez que vous n'obtiendrez rien de cette manière.

— C'est ce qu'on verra.

— Mais que voulez-vous, à la fin ?

— Je veux voyager. Je n'ai aucune envie d'émigrer, vos collaborateurs le savent parfaitement, ils ont entendu mes conversations téléphoniques.

— Ce que vous dites au téléphone, ça ne m'intéresse pas. Les écoutes, ce n'est pas mon domaine.

— Alors quel est votre domaine ? Pourquoi m'interdit-on de quitter le territoire avec mon fils malade ? Serais-je détenteur de quelque secret « poético-militaire »[1] ?

— Vadim Markovitch, ne faites pas de mauvais esprit. Je vous ai invité pour vous annoncer une bonne nouvelle. Sur décision des plus hautes autorités, vous avez été autorisé à partir !

1. Allusion à Sakharov qui n'a pas été autorisé à se rendre à Oslo en 1975 pour recevoir son prix Nobel.

— Et de revenir quand je le souhaite ?

— Bien entendu…

Vadim n'en croit pas ses oreilles. Sa guerre est donc terminée ! Son premier télégramme, une fois dehors, il l'envoie à René Char, son bienfaiteur, son modèle : « L'espoir luit comme un brin de paille dans l'étable. » Et le poète français de répondre, du tac au tac : « L'espoir luit comme un caillou dans un creux. » J'imagine la tête qu'a dû faire la télégraphiste de la Poste centrale en entendant ces fameux vers de Verlaine…

Le 17 février 1981, Vadim décolle avec Boria de l'aéroport de Chérémétiévo. Les adieux n'ont pas été déchirants – le retour de mon père est prévu dans trois mois, après le placement de mon frère en institution. En réalité, Vadim ne reverra sa Russie chérie que des années plus tard, à la perestroïka. Et nous ne le retrouverons qu'au bout de quatre longues années de séparation.

EXILS

Le poète et le président

Nous sommes en été 1856, et la Russie se remet à peine d'une défaite cuisante face à une coalition anglo-franco-turco-italienne dans ce qu'il est convenu d'appeler, de manière un peu réductrice, la guerre de Crimée. La défaite militaire est propice à une libéralisation. Le jeune empereur Alexandre II a compris que le temps des grandes réformes a sonné et que son pays doit s'ouvrir à l'étranger. Les règles draconiennes de son père, le très réactionnaire Nicolas Ier, sont assouplies. Quitter la Russie devient plus simple. Et les candidats au départ sont nombreux.

Parmi ceux qui profitent de ce dégel, il y a Afanassi Fet. Âgé de trente-cinq ans, le poète est considéré par ses contemporains comme un digne héritier de Pouchkine. Traducteur de Goethe, Fet visite d'abord Berlin ; le séjour l'enchante. Puis il se rend à Paris, où son impression est tout autre : le désordre, la saleté, la foule, l'hypocrisie des habitants, le régime qu'il juge populiste – tout le répugne, comme il l'écrit dans ses lettres. Pour tenter de s'évader d'un univers qu'il juge oppressif, Fet cherche la compagnie de ses compatriotes. À Vaudoy-en-Brie, il retrouve une vieille connaissance, Ivan Tourgueniev, hébergé chez sa muse, la cantatrice Pauline Viardot, et son époux, le traducteur et écrivain Louis Viardot. Les deux amis ne tardent pas à se disputer. Leurs vues sur le régime russe sont diamétralement opposées : Tourgueniev, qui avait souffert de la censure tsariste après la publication de ses *Notes d'un chasseur* (1847), l'un des premiers écrits anti-servage, ne se fait pas beaucoup d'illusions sur la Russie, contrairement à Fet. De retour à son hôtel parisien, sous le coup de l'émotion, il compose ces fameux vers :

Sous le soleil de France, dans la capitale du monde
Où les marées de la foule sont si imprévisibles
J'ignore pourquoi l'âme du poète vagabonde
Et son esprit se gonfle d'un chagrin invisible

(...) Mon Dieu, pour qui en tout lieu nos malheurs
Scintillent tels les astres d'un ciel de minuit,
Épargne-moi l'amer calice plein de noirceur
De l'exil, dont chaque goutte de poison m'emplit.

Fet a toujours fait partie des poètes préférés de mon père, qui citera ces vers à plusieurs reprises dans ses lettres à ma mère pour illustrer son drame personnel d'exilé involontaire. Le « poison de l'exil », comme des centaines d'autres intellectuels russes émigrés avant lui, il sera contraint d'y goûter à son tour. Ce « poison » renvoie à l'effet du déracinement et de la nostalgie, au mal du pays qu'on nomme *toska po rodinié.* Mais en dépit de ses difficultés, de son désespoir, Vadim parviendra à dompter son environnement et à accepter son sort, grâce à une obstination féroce, l'*ouporstvo* comme on dit en russe, mais surtout grâce au soutien de nombreux amis. Le premier d'entre eux est l'ancien attaché culturel de l'ambassade de France à Moscou, Stéphane Tatischeff, qui accepte de les héberger, lui et Boria.

Jusqu'au printemps, Vadim ne s'imagine pas un seul instant que son séjour pourrait se prolonger. Presque chaque jour, il quitte de bon matin la maison des Tatischeff à Fontenay-aux-Roses et prend le RER en direction de la capitale. Une fois sur place, dès qu'il en a l'occasion, il s'arrête pour acheter des cartes postales dont il bombarde ma mère. Au cours du premier mois, les images se télescopent, il a tant de choses à raconter que le territoire limité de la carte le force à renouer avec son écriture minuscule d'ancien *zek.* Pour contourner cet obstacle, les cartes postales peuvent être envoyées par deux ou trois, façon puzzle, ou à la manière d'un kaléidoscope mêlant Paris ancien et moderne. Pour ma mère, ce sont autant d'images d'un ailleurs merveilleux qui la renvoie à la grisaille de son quotidien, la préparant à l'idée d'un futur départ.

Dans ces lettres, mon père décrit ses journées « marathoniennes », le plus souvent seul, parfois avec Boria ou ses amis. Comme chez tous les Soviétiques habitués aux pénuries chroniques, aux rayonnages vides des magasins, il est impressionné par ce qu'il perçoit comme de l'opulence, même si certains aspects de la société de consommation le rebutent. « Comment te décrire ce qui m'entoure ? J'ai le choix entre 240 bières différentes ! » écrit-il, après plusieurs pintes en compagnie d'Antoinette et Gérard Roubichou, depuis un pub de Saint-Germain, le 25 février.

L'impression qui se dégage de ces lettres, et qui a certainement été celle de ma mère, est que mon père est un touriste qui prend du bon temps dans musées et expositions, fréquente concerts de jazz et cinémas, rencontre des vedettes de la culture. Les sources montrent ici leurs limites, mon père est euphorique et a tendance à décrire uniquement les moments positifs. Il y a également chez lui une volonté d'en « mettre plein la vue » à ma mère (et par la même occasion d'impressionner les indiscrets du KGB qui peuvent lire sa correspondance). Ainsi le 28 mars, quand il parvient à la joindre depuis une cabine, un petit exploit pour une époque où les appels internationaux ne sont pas instantanés. « Je te téléphone du jardin du Luxembourg ! » « Ta voix était énergique, parisienne », lui écrira ma mère.

Cette énergie, ce sont d'abord ses poètes français qui la lui communiquent, sa « famille » qui l'attend depuis longtemps à Paris. Il y a d'abord les gens du PEN Club, dont il est membre, à commencer par Georges-Emmanuel Clancier, son président, à qui il doit tant, qui lui fait part de toute la joie de le retrouver enfin. « À mon ami le poète Vadim Kozovoï, cette *Oscillante parole* pour lui dire ma joie de le voir enfin en France, et dans l'espoir de lire un jour des "traductions" de son œuvre », écrit Clancier le 23 février 1981 sur la première page de son ouvrage poétique paru en 1978. Il fait la connaissance de deux poètes, Michel Deguy et Jacques Dupin – ce dernier étant un ancien protégé de Char, dont il sera très proche jusqu'à sa mort.

D'autre part, Vadim fait enfin la connaissance des « monstres sacrés » de la littérature française avec lesquels il a entamé une correspondance à Moscou dans les années 1970 : Julien Green (80 ans), Julien Gracq (70 ans), Samuel Beckett (75 ans) et surtout Henri Michaux (81 ans). Même si aucune rencontre, aucune conversation téléphonique n'aura lieu entre eux, Maurice Blanchot (alors âgé de 73 ans) poursuivra avec mon père une riche correspondance et le soutiendra en toute occasion.

L'accueil de Vadim à Paris par ses amis écrivains s'inscrit certainement dans une tradition d'« hospitalité circulaire » (Jean-Pierre Martin) qu'on pourrait faire remonter à Rimbaud. Cet accueil est la manifestation la plus éclatante de la « République des Lettres », vieil idéal humaniste chanté autrefois par Erasme. Il est dans le même temps exceptionnel en ce que ces mêmes écrivains et poètes ne lisent pas le russe, et ne connaissent mon père que de nom. Ce qu'ils voient en lui, c'est d'abord une victime du régime communiste, qu'il faut absolument aider, le père d'un enfant malade, puis un fin connaisseur de la poésie française. Il y a enfin la magie des rencontres, qui transcendent les différences d'âge et d'origine.

L'amitié de mon père avec Henri Michaux, qui s'interrompt brutalement à la mort de ce dernier en octobre 1984, est à bien des égards miraculeuse, en ce qu'elle se nourrit d'une fascination mutuelle. À en juger par les mentions fréquentes dans ses carnets, ils se voient régulièrement, jusqu'à plusieurs fois par semaine au printemps 1981. C'est certainement un précédent pour Michaux, connu pour être un solitaire. Ils discutent pendant des heures dans l'appartement de ce dernier, avenue de Suffren, ou au cours de leurs promenades, de leurs visites dans les musées et les galeries. De quoi parlent-ils ? Des poètes qui les ont inspirés (Lautréamont et Rimbaud), de littérature russe (Tolstoï et surtout Dostoïevski que Michaux connaît bien), de musique, de livres et d'art moderne. Et, bien sûr, il se racontent leurs parcours respectifs. Michaux s'intéresse depuis longtemps à la maladie de Boria ; dans les années 1970, il avait demandé à mon père de lui envoyer des dessins de schizophrènes soviétiques. Il confie à Vadim ses souvenirs déjà lointains d'expérimentations avec les psychotropes, qui lui raconte en retour son expérience du *tchifir*.

La différence d'âge ne compte pas – au contraire, d'une certaine manière, Henri Michaux devient pour Vadim le substitut français de son grand ami Nikolaï Khardjiev, dont il ne cesse de pleurer l'absence. Dans presque toutes les lettres de la « première époque », mon père fait part de son émerveillement devant l'intelligence, la vivacité, le charme de Michaux, sa capacité rare à ne pas se prendre au sérieux. Pour lui, tout commence par son sourire, un sourire aux mille gradations, inoubliable. Le natif de Namur se retrouve en Vadim, ayant lui aussi été un « poète bourlingueur », accueilli en 1924 à Paris par les plus grands – Supervielle, Jouhandeau et Paulhan. Les « mille épreuves » de la vie de mon père le laissent pantois, tout comme son tempérament volcanique. J'imagine la réaction de Michaux quand Vadim lui raconte l'histoire du recueil de poésie française offert par ma mère en camp : « Mais savez-vous que j'ai travaillé chez Simon Kra dans les années 1920 ? Un souvenir éprouvant… »

Michaux est à l'origine de la rencontre de Vadim avec Pierre Souvtchinsky, célèbre musicologue installé en France depuis les années 1920, et qui est un peu la mémoire vivante de la « première vague » de l'émigration russe. « Vous devez absolument rencontrer Souvtchinsky, conseille Michaux à mon père après son arrivée en France. Montrez-lui votre poésie. Il est ouvert à la nouveauté comme personne d'autre. » Mon père a bien sûr entendu parler de Souvtchinsky, l'ami de Prokofiev et de Stravinski, cofondateur avec le linguiste Nikolaï Troubetskoï du mouvement eurasien (la conception de la Russie comme civilisation unique, entre Orient et Occident, le projet d'une « troisième voie de développement », ni monarchiste ni bolcheviste). Quand il téléphone à Souvtchinsky, il tombe sur son épouse, Marianne Karsavina (fille du célèbre théologien Lev Karsavine et nièce de la danseuse étoile des ballets Diaghilev, Tamara Karsavina). À sa question « Qui êtes-vous ? » (*Kto vy ?*), mon père, décontenancé, répond « Je suis un poète ! ». Bien étrange entrée en matière, qui n'empêchera pas Souvtchinsky de porter plus tard un regard plein d'admiration sur l'œuvre de Vadim, nouvelle incarnation pour lui du génie poétique russe, tandis que Marianne, à la mort de son mari, léguera une partie de ses archives à mon père.

Les promenades de Vadim avec le grand Henri à travers Paris aboutissent souvent à la galerie Le Point Cardinal, dans le VIe arrondissement, où Michaux expose ses œuvres picturales. Dans ses lettres, Vadim se vante d'y avoir été reçu « avec les honneurs » – en tant qu'« ami de Char ». La rencontre entre les deux poètes n'a pourtant toujours pas eu lieu – Char prétexte de son mauvais état de santé pour se faire désirer. Hélas, quand Vadim et René finissent par se retrouver le 20 mai, à Paris, la magie n'opère plus ; très vite, Char fait comprendre à mon père qu'il n'est plus le bienvenu aux Busclats.

Cette « amitié avortée », il faut d'abord en chercher les raisons dans le tempérament de Char, coutumier des ruptures. Celle avec Aragon, son ancien complice surréaliste devenu cacique stalinien, est connue. L'état de santé déclinant du poète français a certainement aggravé sa susceptibilité légendaire – chez Char, « la moindre critique est toujours vécue comme une grave déloyauté », a écrit Laurent Greilsamer. Or mon père n'a pas pris de gants pour critiquer le choix des poètes russes destinés à une anthologie éditée par la compagne de Char, Tina Jolas.

D'autre part, Char pourrait avoir été blessé par ce qu'il a perçu comme de l'ingratitude. « Vous vous débrouillez très bien sans moi » : la réplique jetée à mon père trahit l'homme blessé, l'envieux, qui n'a sans doute pas supporté d'avoir été supplanté – par Deguy, Dupin et Michaux. Il faut dire que Vadim arrive au rendez-vous fixé au Point Cardinal avec, sous le bras, le catalogue d'une exposition du peintre surréaliste d'origine tchèque Joseph Sima (1891-1971), pour lequel il a rédigé un court « texte liminaire », premier texte français rendu possible grâce à la recommandation de Michaux, encore lui. La blessure de cette rupture est douloureuse et ne se refermera jamais. Je le perçois dans sa colère, quand il traite Char de poète imbu de lui-même, à la réputation surfaite.

*

L'aigreur de mon père à la fin du printemps-été 1981 reflète un état de grande tension nerveuse. Ayant compris qu'il ne pourra pas rentrer en URSS comme il le pensait au départ, après avoir confié mon frère à des médecins français, Vadim a le sentiment de s'être fait piéger, de se retrouver prisonnier d'un nouvel « enclos ». Cet enfermement lui est d'autant insupportable qu'il ne peut faire ses adieux à son père, qui lutte contre un cancer du colon, diagnostiqué deux mois après son départ. En octobre, même s'il dit y avoir été préparé, sa mort « l'achève ».

Le mot n'est pas trop fort, tant sa situation est alors des plus incertaines. Sans ressources, Vadim survit grâce au soutien d'amis qui lui trouvent quelques généreux donateurs. Bientôt, sa vieille tuberculose refait parler d'elle. Stéphane Tatischeff ne pouvant l'accueillir indéfiniment, il parvient à se faire attribuer (grâce au soutien de Julien Gracq, qui connaît à ce moment-là un rayonnement considérable) une chambre à la Cité internationale des Arts, une résidence pour artistes de toutes nationalités au cœur de Paris, rive droite, face à l'île Saint-Louis, à proximité de l'église Saint-Gervais et de l'Hôtel de Ville. Un déménagement qui s'impose parce qu'à partir de septembre, Boria doit suivre un parcours de soins à l'association du Centre Étienne Marcel, un hôpital de jour pour enfants et adolescents situé à une vingtaine de minutes à pied de la Cité des Arts.

La cohabitation du poète avec son fils malade se révèle très compliquée. Pour un adolescent qui a toujours été couvé, par mes grands-parents en URSS puis par les Tatischeff en France, l'apprentissage de l'autonomie s'apparente à un chemin semé d'embûches. Son « silence » et ses « disparitions » sont pour Vadim une source supplémentaire de tension. Comment, dans ces conditions, ne pas perdre patience, ne pas s'emporter ? Les lettres de Vadim témoignent de sa détresse extrême : « L'état de Boria est <u>très</u> mauvais. Vivre avec lui est terriblement difficile. Je n'ai plus une seconde pour moi... Si j'avais su ce que ce voyage impliquerait, en termes de soins, je n'aurais sans doute pas bougé d'un petit doigt », écrit-il à ma mère en octobre.

Fort heureusement, son obstination finit toujours par prendre le dessus : « Je ne peux plus faire machine arrière, m'arrêter à mi-chemin avec Boria, le renvoyer en Russie. Ce serait me rendre, et c'est impossible », écrit-il en novembre. Et quand il interroge mon frère sur ses souhaits, Boria est catégorique : il ne veut pas rentrer, la France lui plaît ; il veut croire dans la thérapie. C'est aussi l'avis des grands spécialistes des troubles psychiques adolescents que mon père rencontre grâce au soutien de ses amis : Tony Lainé, connu par ses prises de position controversées contre l'enfermement ; Alfred Tomatis, à l'origine d'expériences auditives censées démontrer le lien entre le système nerveux, les oreilles et la voix ; et Didier-Jacques Duché, qui se dit prêt à placer mon frère sous surveillance dans sa clinique psychiatrique. Tous ces grands esprits croient possible une amélioration de l'état de mon frère, sous réserve que sa mère et son frère cadet soient près de lui. À cette condition, et à elle seule, à l'issue de son parcours de soins, Boria pourrait peut-être s'insérer dans la société, avoir un travail.

Voilà Vadim contraint de réorienter son projet, d'entreprendre de nouvelles démarches pour faire venir Irina. Ma mère est bien sûr d'accord pour venir l'épauler – mais seule, en me laissant à la charge de ma grand-mère, solution dont mon père ne veut en aucun cas entendre parler : « Je me sens coupable devant Boria… et devant Andrioucha aussi. Comment ai-je pu abandonner mon garçon chéri ? Non et mille fois non, je ferai tout mon possible [pour vous faire venir en France] », lui écrit-il début 1982, après que ma mère a essuyé un refus de l'OVIR, qui ne sera pas le dernier.

La situation de mon père se stabilisera en juillet, quand Boria aura trouvé une place dans un foyer de la région parisienne. Mais en cette fin 1981-début 1982, son horizon d'attente est synonyme de calvaire. Dans une de ses lettres, Vadim se décrit comme un homme qui se noie, sans le moindre brin de paille auquel se raccrocher. Des épaules sur lesquelles s'épancher, des gens prêts à l'aider, il en a pourtant un grand nombre, à commencer par ses amis écrivains. Parmi eux, Jacques Dupin, aux côtés duquel il oublie ses malheurs.

Dans ses *Réflexions sur l'exil*, Edward Saïd a écrit : « Observer un poète exilé, c'est voir les antinomies de l'exil incarnées et endurées avec une intensité unique. » Pour tromper l'angoisse, Vadim noircit des pages et des pages. Ma mère reçoit jusqu'à cinquante lettres par semaine ! Dans ces missives, une question revient de manière obsessionnelle – l'émigration, que mon père se refuse toujours à envisager, contre l'évidence. La Russie, c'est son pays natal, sa *rodina*, à laquelle il est lié par une communauté de destin, et personne n'a le droit de l'en priver ! « [Je n'émigrerai] que le pistolet sur la tempe », a-t-il coutume de dire. (En russe, l'image est encore plus forte : « la hache sur le cou ».)

Cette Russie, comme la voit-il, au fond ? Elle est d'abord une entité distincte de l'URSS, qui n'est qu'un simulacre de nation. Il est loin d'accepter l'idée d'une « civilisation soviétique ». Cette Russie imaginaire existe *malgré* l'URSS, à la manière d'un corps caché, mais toujours vivant ; ce corps, c'est le « peuple russe » (*narod*), des gens venus de partout qu'il a rencontrés en camp, des gens d'une force intérieure immense. Surtout, la Russie, c'est sa langue, « l'une des merveilles du monde ». Précisons : la *vraie* langue russe, celle des poètes et des écrivains, pas celle des tsars et des secrétaires généraux.

Un poète sans sa langue est condamné. Mais un poète sans lecteurs l'est tout autant : « Je sais, je sais que les choses vont mal à Moscou, écrit-il en octobre 1982, mais les comparaisons ne nous aident pas à vivre. À Moscou, je sentais du fond de mes tripes, même dans ma tanière de loup [son appartement rue Spasskaïa], avec la peur et la menace qui planaient au-dessus de moi, que quelqu'un, quelque part, me lisait, que quelqu'un avait besoin de mes textes, peut-être qu'ils lui étaient aussi vitaux que son oxygène. »

Parce qu'il ne peut vivre sans écrire, parce qu'il ne veut pas renoncer à trouver son lectorat, mon père publie en août 1982 son deuxième recueil poétique, *Hors de la colline*, aux éditions Syntaxis, dirigées par les époux Siniavski. Ce livre plein de rage et de fureur, où le poète est dépeint en chantre du malheur des hommes, attire sans doute l'attention des « organes compétents ». Les « interprètes » de la Cinquième Direction du KGB butent certainement sur le titre, référence au célèbre poème de Pouchkine *Rouslan et Lioudmila* (1820), conte fantastique racontant l'affrontement entre le *bogatyr* Rouslan et le sorcier Tchernomor, tiré du folklore russe. Dans un épisode fameux, Rouslan aperçoit ce qui ressemble de loin à une « colline immense et sombre », qui se révèle être une immense tête, celle du frère de Tchernomor. Rouslan finira par triompher du sorcier, mais sa victoire lui sera fatale. Le frère de Tchernomor l'avait pourtant prévenu…

Fuir pour survivre : le thème n'est pas sans rappeler le premier livre de mon père, et une partie des poèmes datent de la période où celui-ci fut écrit. En 1982, on pourrait y lire une allégorie de son propre destin, de son combat contre le KGB et le système soviétique et, pourquoi pas, d'une apologie de l'exil. « J'espère juste que personne, sur cette colline démoniaque, n'éclatera de rire », plaisante Vadim dans une lettre. Ma mère, elle, ne rit pas : « Ils [le KGB] ont tout très bien compris, et sont fous de colère », lui écrit-elle.

Difficile de lui donner tort quand le 20 octobre 1982 paraît dans l'organe de l'Union des écrivains, la *Gazette littéraire*, une lettre signée par un professeur de l'université de Kiev, Alexandre Panassiev, qui s'insurge contre les traductions de mon père de Mallarmé, Lautréamont et Rimbaud, parues dans *Gaspard de la nuit* (recueil sorti, on s'en souvient, après le départ de Vadim d'URSS) : « Qui a eu l'audace de piétiner de la sorte la poésie, le bon sens, sans parler de la bonne réputation de l'éditeur ? Le traducteur Kozovoï ! »

Pour Irina, il ne peut y avoir de doute : Bobkov est derrière cette publication. La lettre lui aurait permis de marquer son mécontentement, mais lui aurait servi d'alibi pour se prémunir d'une éventuelle réprimande de sa hiérarchie. « Comment avez-vous pu valider la demande de sortie du territoire de Kozovoï ? » « Mais je ne pouvais pas savoir qu'il était un mauvais traducteur ! Il a fallu un spécialiste de Kiev pour le comprendre ! » Ma mère accuse mon père d'avoir agi de manière égoïste. Pour elle, le livre n'aurait pas dû voir le jour maintenant, ou alors avec un tirage symbolique, de manière à échapper au radar du KGB. Comment, dans ces conditions, obtenir le feu vert de l'OVIR et venir en France ?

Après les événements de Pologne, fin 1981, la lettre de Panassiev est un autre signal clair pour mon père, qui comprend que les portes de l'URSS lui sont désormais fermées. Un changement de stratégie s'impose. Demander le statut de réfugié politique aurait certainement été un choix logique pour tout Soviétique ainsi traité par les autorités. Mais dans son cas personnel, cela aurait comporté un risque sérieux, comme l'ont bien montré les précédents de Vassili Aksionov et de Vladimir Voïnovitch, deux écrivains déchus de la nationalité soviétique après avoir quitté l'URSS, le premier pour un séjour aux États-Unis en 1980, le second l'année suivante, en RFA. Ils avaient eu le privilège de s'y trouver avec leurs familles – ce qui n'est pas le cas de mon père. S'il veut augmenter ses chances de revoir un jour sa femme et son fils cadet, Vadim ne peut demander le statut de réfugié.

Il doit garder le contact avec les autorités soviétiques, ne pas « brûler ses vaisseaux ».

Mon père réalise que dans sa situation, une seule issue est permise : faire appel à l'Élysée. Il doit rencontrer François Mitterrand ! Il va y parvenir grâce à sa détermination, mais aussi grâce à un contexte favorable à tous ceux qui apparaissent comme les victimes du régime soviétique. Il faut se souvenir que depuis la parution de *L'Archipel du Goulag* et l'apparition de Soljenitsyne (expulsé d'URSS en 1974) sur les écrans de télévision, les Français ont pris fait et cause pour les dissidents. L'internement forcé en asile psychiatrique du mathématicien Leonid Pliouchtch suscite une importante mobilisation qui aboutit à son extradition en France en 1976. L'arrestation et l'exil intérieur de Sakharov et de sa femme, Elena Bonner, en 1980, sont suivis avec la plus grande attention. Cet élan de sympathie est international. Aux États-Unis, les présidents Carter puis Reagan reçoivent les dissidents à la Maison Blanche. Pour François Mitterrand, défendre la cause de ces derniers est un moyen de marquer ses distances, idéologiquement parlant, avec les communistes, ses alliés politiques. Pendant la campagne et après son élection, il s'efforce de cultiver une image de « président des droits de l'homme », qui soutient ouvertement Sakharov.

Certes, mon père n'est pas un dissident – le vocable lui fait horreur, comme celui d'« émigré » ; s'il est perçu, sans que le mot soit alors utilisé, comme un « transfuge culturel », un homme qui tente de maintenir l'illusion d'une existence hors des règles, hors des narratifs binaires de la guerre froide, il est en réalité tout sauf un transfuge au sens où on l'entend généralement. Après son arrivée en France, il s'efforce de maintenir le contact avec le consulat soviétique. Dans le même temps, le refus du Kremlin d'accorder un visa de sortie à ma mère en fait la victime d'un système inhumain ; son cas rappelle dans une certaine mesure celui de Viktor Kortchnoï, champion d'échecs qui a fui l'URSS en 1976, laissant derrière lui sa femme et son fils que le régime se refuse à laisser partir, pour ne pas créer un précédent qui serait « exploité par d'autres transfuges et traîtres à la Patrie », selon les mots du directeur du KGB, Andropov. Après un séjour en prison de deux années pour refus de s'engager sous les drapeaux, le fils de Kortchnoï ne sera autorisé à quitter le territoire avec sa mère qu'en 1982.

Plus que le statut de transfuge, quand bien même involontaire, ce qui compte pour François Mitterrand, c'est le statut d'intellectuel de Vadim. Le président français est depuis toujours un grand lecteur aux goûts éclectiques, un bibliophile dont les bureaux de la rue de Bièvre et de sa résidence de Latche, dans les Landes, croulent sous le poids des livres, qui prend plaisir à flâner dans les librairies du quartier Saint-Germain. Il aime s'entourer d'intellectuels qui forgent la légende du « président des arts et des lettres ». Gracq, Green, Michaux, Blanchot, qui apprécient l'œuvre de mon père, sont des noms qui résonnent en lui.

Deux intellectuels, anciens résistants, ont rendu possible la rencontre du poète et du président : Robert Antelme et Jean Cassou. Ce dernier, auteur discret et prolifique, critique d'art, ami de nombreux écrivains, ancien compagnon de route du PCF avec lequel il a rompu depuis la fin des années 1940, est bien introduit dans les hautes sphères du PS. En octobre 1982, Mitterrand lui remet la Légion d'honneur. Vadim est aussi aidé par Jacques Andréani, directeur des affaires politiques au Quai d'Orsay, et passionné de poésie. Antelme, Cassou et Andréani mettent mon père en contact avec deux collaborateurs du président, Roland Dumas et Laurence Soudet.

Il reste à trouver le bon moment. Les relations franco-soviétiques connaissent alors une période d'incertitude. Après la mort de Brejnev, Mitterrand, qui a suspendu la pratique des sommets périodiques (instaurée par Pompidou et poursuivie par Giscard d'Estaing), tente cependant de reprendre contact avec le Kremlin, choix qui s'inscrit dans les promesses électorales de 1981[1]. Après avoir tâté le terrain fin 1982 en faisant appel aux services de l'ancien président du Conseil Edgar Faure, vieux renard de la politique qui s'est déjà rendu en URSS à deux reprises, Mitterrand missionne à Moscou, début 1983, son ministre des Affaires étrangères. Cheysson évoque notre cas devant les instances du MID – sans succès.

1. La 107e des « 110 propositions pour la France » était de maintenir le dialogue avec l'URSS (la première étant d'exiger le retrait des forces soviétiques d'Afghanistan).

Le Kremlin n'a aucune raison de faire des cadeaux. Il n'a pas apprécié le discours de Mitterrand au Bundestag, en janvier, où le président français avait affiché son soutien aux Américains (et au chancelier Kohl). Et en avril éclate un scandale sans précédent, avec l'expulsion de quarante-sept « diplomates » soviétiques accusés d'espionnage – l'on apprendra plus tard que leur expulsion était liée à l'action d'un agent double des services secrets russes travaillant depuis des années pour les Français, Vladimir Vetrov, au nom de code « Farewell ». « Tout cela aura certainement des retombées sur notre histoire », écrit mon père. Il pense sans doute à des retombées négatives, mais en réalité le geste fort de l'Élysée met en branle le mécanisme compliqué qui aboutira, au final, à notre rapprochement familial.

*

Le jeudi 23 juin 1983, à 12 h 30, un taxi s'arrête devant le portail de l'Élysée. En sort un homme aux cheveux bruns, d'une quarantaine d'années, mon père. Les traits tirés, il n'a pas beaucoup dormi la veille, d'autant qu'il a dépensé une petite fortune pour s'acheter cravate et chemise au BHV. Dans sa main, une serviette contenant des livres dédicacés. À ses côtés, un homme aux cheveux blancs qui paraît le double de son âge – le fidèle Jean Cassou, l'ami de Mitterrand sans lequel la rencontre n'aurait jamais eu lieu.

« Que pensez-vous de la situation en URSS ? Sakharov a-t-il un avenir ? » demande le président français une fois les présentations faites. Et mon père de se lancer dans un discours de Pythie : « Monsieur le Président, vous savez ce qui se passe en Afghanistan, la résistance de ses combattants. Vous savez aussi ce qui se passe maintenant en Pologne : les syndicats libres, le coup d'État militaire, l'action clandestine… Tout cela me rappelle ce que j'ai connu, jeune étudiant, en 1956 – le désir de démocratie, l'indépendance…

Mais dans le même temps, cette situation est très différente. Nous assistons à la fin d'une longue période qui a débuté après la Seconde Guerre mondiale. Le système communiste est à bout de souffle ! Il faut prendre conscience des bouleversements qui se préparent en Russie, où des milliers de personnes rêvent de liberté. Pourvu qu'ils ne soient jamais oubliés ! »

Le regard de Mitterrand dénote l'incrédulité : « Des milliers de gens, vraiment ? » Mon père s'interrompt, coupé dans son élan. Ce qu'il a énoncé n'était que le fruit d'une *fulgurance de poète…* Mitterrand en vient aux questions concrètes, sa séparation d'avec sa femme et son fils, ses perspectives professionnelles, sa situation matérielle. « Comptez sur moi, je m'occupe de votre cas personnellement. Vous avez ma parole », le rassure le président.

Sûr de ses arrières, Vadim demande à rencontrer le nouveau consul soviétique. « Vous voulez revoir votre femme ? Vous voulez continuer à servir le dialogue culturel entre l'URSS et la France ? Faisons les choses dans les règles, demandez un statut de résident permanent. » Statut qui, forcément, donnera toutes ses chances à mon père d'inviter femme et enfant en France. La « résidence permanente » est un euphémisme, une « émigration douce ». Mon père le sait, mais il n'a pas le choix. « Aucun compromis n'était possible avec ces salauds », écrira-t-il en 1985 à son ami Jacques Andréani.

Les démarches sont lancées, mais plusieurs mois passent sans aucune réponse côté soviétique. Irina finit par s'adresser à Andropov, en vain : le dirigeant, qui passe désormais le plus clair de son temps dans une chambre d'hôpital, a des préoccupations bien plus urgentes. Pour lui, les Américains préparent une attaque nucléaire de l'URSS, et il faut tout faire pour ne pas se laisser surprendre comme Staline en 1941 !

Côté français aussi, les choses traînent en longueur. En décembre, Vadim finit par obtenir du travail, un poste de maître de recherche étranger au CNRS – un statut de contractuel qui ne lui permet pas d'envisager avec sérénité l'avenir et accueillir dignement sa famille. Il bénéficie de l'attribution d'un appartement dans un ensemble HLM du XIIIe arrondissement ; mon père, toujours critique, le trouve trop exigu pour une famille de quatre personnes et, surtout, inapproprié pour un poète habitué à travailler seul, entouré de ses livres.

Le jour de son déménagement, Vadim reçoit les exemplaires de son nouvel ouvrage, une édition bilingue de *Hors de la colline*, trente-deux textes choisis traduits en équipe, avec ses amis Michel Deguy et Jacques Dupin qui, au cours de longues soirées, l'ont vu entrer en transe, « ingurgiter des bols de thé concentré, noir comme de l'encre » (le fameux *tchifir*, une drogue qu'il avait pris l'habitude de consommer en Mordovie). Mon père a voulu révolutionner la langue française pour réaliser l'impossible – faire passer en français la tonalité fébrile (*vzvintchennost*) de ses poèmes, une *novlangue* pour laquelle Jacques Dupin a même inventé un néologisme, « la kozovoïerie ». Une traduction qui fut également une lutte entre deux langues et qui laisse mon père déçu. Parmi les rares textes lui donnant une relative satisfaction, le poème écrit pour René Char, « Chêne abattu pour qu'il renaisse dans les yeux de l'ami lointain », qui, à l'instar de ses autres créations (l'on serait tenté de dire « illuminations »), ne se ressent pleinement qu'une fois scandé à voix haute :

Terrassé gît par la tienne ciel
poigne de patriarche
un clou sous l'omoplate et comme par milliers
juif errant leur marche
ce qui vit et ce qui est mort
aux enfants hors venus de le dire
va-tout des abolis nous ne toucherons pas
gueule à ta galère
si d'un pli mortel guette l'heure un cyclope
peu s'ouvre monde
percera épi la cervelle de plomb
incendier la tombe !

Plus que leur « fidélité », ce qui compte sans doute le plus, c'est la manière dont les traductions sont transmises, entendues. En janvier 1983, Deguy et Dupin avaient organisé une soirée où le public français avait enfin pu entendre « le grand poète russe » lire, ou plutôt réciter ses poèmes, de façon presque incantatoire, à la manière d'un chaman. Soirée dont le retentissement fut malencontreusement étouffé par une conférence simultanée du vénérable Borgès, venu à Paris recevoir la Légion d'honneur des mains de François Mitterrand.

Mon père doit patienter un an avant de récidiver, cette fois avec une exposition à la galerie de la librairie La Hune, un lieu culturel alors animé et vivant au cœur du quartier Saint-Germain, pour marquer la sortie de son *Hors de la colline.* C'est un « livre-événement », une édition de luxe illustrée par Michaux et dont les dix premiers exemplaires (sur 120) comportent une gouache originale du peintre. Si l'association d'un poète et d'un peintre n'est pas entièrement nouvelle – on pense à Char avec Braque et Miró –, pour Michaux, elle est certainement sans précédent. Sans le soutien de Michaux, sans celui de Maurice Blanchot, qui rédige la postface, Pierre Bérès, célèbre collectionneur d'art d'origine russe (de son vrai nom Berestovski), n'aurait jamais accepté une pareille aventure…

Plus de cinq cents invitations sont envoyées pour l'occasion – à des personnalités du monde des arts et des lettres, de l'édition et des médias, mais aussi de la politique. Mon père reçoit un appel de l'Élysée : « Le président veut absolument venir. Vous serez prévenus de son arrivée. » Mitterrand n'en trouvera pas le temps, mais se fera représenter par Jack Lang. Jacques Chirac lui témoigne son amitié, s'excuse de son absence. Plus tard, mon père enverra à Chirac son *Hors de la colline* et tombera des nues en recevant une lettre de quatre pages dans laquelle le maire de Paris comparera sa poésie à celle de Dmitri Vénévitinov, obscur poète et traducteur de l'âge romantique, emporté par une pneumonie à vingt-cinq ans. Chirac est, depuis son adolescence, un amoureux de la Russie et de sa poésie, son jardin secret.

L'exposition de La Hune n'est pas un simple micro-événement germanopratin comme les autres. Elle est unique en ce qu'elle permet d'éclairer les liens unissant à cette époque culture et politique. Elle confère à mon père le statut d'« agent des relations culturelles », capable de dévoiler au public français la possibilité d'une autre Russie, ni officielle ni dissidente. Elle donne à Vadim une stature nouvelle. Comme le lui dit Michaux, il n'est plus un simple auteur, mais « un auteur avec un livre ». Il faut cependant attendre le printemps, avec la publication d'une édition « ordinaire » de *Hors de la colline*, pour le voir sollicité par la presse et accorder plusieurs entretiens, dont un au *Nouvel Observateur*. Intitulé « Condamné à dissidence », l'article présente mon père comme la victime d'un régime monstrueux, indifférent au sort des familles, mû par une bureaucratie froide qui se détourne de ceux qui, pourtant, pourraient jouer un rôle dans la diffusion de la culture russe. Son passé de *zek*, son émigration forcée, sa séparation d'avec sa famille (« Quand je suis parti, mon deuxième fils avait six ans, il en a neuf maintenant, j'ai perdu son enfance ») sont autant d'éléments à même de susciter la compassion du grand public. L'article se clôt sur la rencontre avec François Mitterrand et une pique visant les décideurs français : « Il semble bien que depuis cette entrevue [avec Mitterrand en 1983], l'affaire Kozovoï (*sic*) se soit enlisée dans d'obscurs marais diplomatiques. »

Attardons-nous sur cette dernière phrase. Pendant les mois qui s'écoulent après l'exposition de La Hune, Vadim n'est plus contacté par les hautes sphères du pouvoir ; notre arrivée prochaine en France n'est pas à l'horizon et sa titularisation au CNRS non plus. Il en nourrit une rancune envers les autorités françaises, notamment Laurence Soudet qui n'aurait pas suivi son dossier avec suffisamment d'attention. J'y vois la marque de son tempérament, ainsi que celle d'un malentendu culturel, venant d'un homme qui n'a connu que les institutions soviétiques et la « verticalité » dans le processus décisionnel. Avoir intégré l'Union des écrivains n'avait-il pas fait de lui, toutes proportions gardées, un privilégié ? Et son départ, en 1981, n'avait-il pas été décidé « en haut lieu », sur un simple coup de téléphone ? Pourquoi ne pouvait-il en être de même en France ?

Pour tenter de « réveiller le marais diplomatique », mon père s'efforce, encore une fois, de mobiliser les troupes. Début 1984, il commence à préparer un appel collectif qui sera signé par de nombreux intellectuels bien connus de François Mitterrand – ses amis Michel Deguy, Jacques Dupin, Henri Michaux, Maurice Blanchot, Julien Gracq, Gilbert Amy et Jean Cassou, mais aussi Samuel Beckett, Jacques Derrida, Pierre Boulez, Michel Leiris, Michel Serres, Paul Milliez, André Miquel, Yves Bonnefoy, Jacques Le Goff, Maurice Tubiana – et qui sera transmis à l'ambassade soviétique ainsi qu'à l'Élysée en juin :

« Solidaires de l'écrivain russe Vadim Kozovoï... nous demandons au gouvernement soviétique de supprimer les obstacles qu'il oppose depuis trois ans à la réunification de la famille... Au gouvernement français et à François Mitterrand qui a reçu Vadim Kozovoï il y a six mois, nous demandons de faire le possible et le nécessaire pour que ce scandale finisse au plus vite... »

En attendant que ce projet aboutisse, l'incertitude sur son avenir continue de ronger l'exilé. Fin mars 1984, son impatience est à son comble. Au téléphone avec la collaboratrice de Danielle Mitterrand, alertée par son ami Jacques Andréani, il s'emporte : « Savez-vous que Jean Cassou est très agacé de voir que notre entrevue de l'année dernière n'a débouché sur rien de concret ? Si je n'avais pas été reçu à l'Élysée, je n'aurais jamais demandé le statut de résident permanent [aux Soviétiques], ne serais pas devenu émigré ! »

La lumière est pourtant au bout du tunnel. En avril, le projet d'une visite du président français en URSS, plusieurs fois repoussé, redevient envisageable. Mitterrand a entendu les plaintes du patronat français, mécontent de voir la balance commerciale franco-soviétique devenir de plus en plus déficitaire. Il a aussi entendu les Français s'inquiéter du risque de guerre nucléaire, s'indigner du traitement des dissidents en URSS. Pour Mitterrand, cette dernière question demeure son pré carré, sa prérogative absolue. Il s'agit de redonner à la France le prestige qui lui est dû, de rappeler sa mission depuis la rédaction de la Déclaration des droits de l'homme et du citoyen en août 1789. Comme l'écrit mon père à cette époque : « Même si les manifestations pour la défense de Sakharov et des Polonais attirent très peu de monde, les Français ne sont pas du tout indifférents à tout cela... Le régime soviétique ne suscite que du dégoût. »

Le Kremlin, certainement, a intérêt à ce que la visite ait lieu, pour rompre un isolement sur la scène internationale qui n'a que trop duré, et obtenir de nouveaux crédits. Accepter de nous traiter en monnaie d'échange est pour Moscou dans l'ordre des choses, une vieille tradition remise à l'honneur en ces temps de guerre froide. Depuis son entrevue avec Mitterrand en 1983, et surtout grâce à sa stratégie de « médiatisation » en 1984, mon père apparaît désormais comme « monnayable », mais cette ascension, il la doit d'abord à ses propres efforts, à sa tactique alliant menaces et conciliation : « Ils [les dirigeants soviétiques] exagèrent mon importance, écrit-il à ma mère. Ils sont au courant de la sortie de *Hors de la colline*, des articles dans la presse. ... Quelqu'un a compris [au Kremlin] que je ne plaisantais pas, que je n'avais pas peur d'eux, et que j'étais prêt à tout risquer. [J'y vois] Une certaine intelligence [de leur part]. »

De fait, dans le ballet diplomatique préalable à la visite du président français, dans les discussions internes portant sur la place que doit y tenir la question des droits de l'homme, mon père n'a pas été un simple pion. Ses échanges avec diverses personnalités proches du Quai d'Orsay et de l'entourage du président français, téléphoniques, mais pas seulement, portent leurs fruits. Un premier exemple de cette influence souterraine est sa réaction au séjour de Mitterrand en Scandinavie, en mai 1984, au cours duquel le président français annonce que le Conseil européen va entamer une démarche en faveur des époux Sakharov. Ayant lu la nouvelle dans la presse, Vadim s'empresse d'écrire à ma mère, non sans fierté : « C'était mon idée ! »

C'est une fois de plus son ami Jacques Amalric, chef du service étranger du *Monde*, bien introduit au palais de l'Élysée, qui semble avoir parfaitement saisi les enjeux de notre affaire. « Jacques a bien compris que s'il devenait impossible d'aider Sakharov, votre "libération" sera l'indispensable atout [de Mitterrand] pour la politique intérieure… Il ne pouvait quand même pas rentrer les mains vides ! … Nous voici devenus des pions dans le grand jeu entre les superpuissances, Iricha », écrit mon père à ma mère une semaine avant sa nouvelle visite à l'Élysée, le lundi 18 juin. Il y est reçu par le ministre Claude Cheysson, qui discute longuement de son cas et s'enquiert de son avis sur la position à adopter au sujet de Sakharov et d'autres prisonniers politiques. « Pas de demi-mesures ! Il faut se montrer ferme ! » aurait répliqué Vadim. Et d'insister : « François Mitterrand doit officiellement inviter Sakharov en France – si le dissident est encore en vie ! »

À ce moment-là, tout le monde pense que la visite de Mitterrand en URSS est *la* chance qu'il convient de saisir pour arracher aux Soviétiques l'autorisation de nous laisser partir en France. Une telle occasion pourrait bien ne jamais se représenter ! En effet, l'horizon d'attente de cette époque ne rime certainement pas avec libéralisation du régime de circulation des biens et des personnes, en un mot, avec la perestroïka. Il faudra attendre décembre pour que Gorbatchev, alors numéro deux du Politburo, encore inconnu du grand public, fasse son entrée remarquée sur la scène diplomatique en rencontrant la Dame de Fer, Margaret Thatcher, à qui il montrera une carte où figurent les sites britanniques qui seraient visés par les Soviétiques en cas de Troisième Guerre mondiale.

Même si mon père se dit convaincu que « tout est déjà décidé », le Kremlin fait planer l'incertitude sur ses intentions. Dans son rapport daté du 11 juin 1984, à dix jours de la visite, Cheysson cite l'ambassadeur soviétique qu'il a rencontré la veille et qui lui a simplement transmis « l'intérêt » de Moscou pour notre famille. Ce qui est sans doute une manière diplomatique de donner son accord, tout en prolongeant le suspense. Les Soviétiques s'interrogent : au cours de sa visite, Mitterrand va-t-il se taire, pour ne pas risquer de compromettre la signature de contrats juteux, ou partir en guerre pour faire libérer Sakharov et d'autres prisonniers de conscience ?

On sait ce qu'il en a été à Moscou. Le soir du 21 juin, dans la salle Catherine du grand palais du Kremlin, le président français ne fait que mentionner le nom du célèbre dissident dans son toast prononcé au cours du dîner offert en son honneur. Ce qui est déjà un précédent, comme le notent les kremlinologues qui décrivent une certaine tension sur les visages des momies du Politburo. Tchernenko se serait même gratté l'oreille, c'est dire !

Mon père connaît-il l'apaisement en apprenant la libération des siens qu'il va bientôt retrouver ? Nullement ! Le « poison de l'exil » coule toujours dans ses veines... J'en veux pour preuve le ton de sa lettre à ma mère, où il réagit avec amertume aux félicitations de Claude Cheysson : « Quel comble, être félicité pour avoir été poussé à renoncer à son pays ! »

Tout cela, on s'en doute, n'augure rien de bon pour nos retrouvailles.

Déchirantes retrouvailles

À première vue, ma petite existence d'enfant soviétique n'est en rien bouleversée par l'absence du père. À l'école primaire, personne ne semble au courant de ma situation. En septembre 1982, arborant un bel uniforme bleu marine, je fais ma grande entrée en « première classe », l'équivalent de notre CE1. Un moment important dans la vie d'un écolier soviétique, prélude à son embrigadement. Cette vie aussi normale que possible, je la dois d'abord à ma maman qui a tout fait pour m'épargner l'humiliation qu'elle a subie étant petite...

Bien à l'abri dans mon doux cocon, j'ignore les soucis de la vie quotidienne des adultes – les pénuries, les files d'attente et la corruption, la nécessité de faire semblant, de ne jamais dire ce qu'on pense vraiment. Je n'imagine pas un instant que notre téléphone est sur écoute, que la correspondance de mes parents est lue. Je ne comprends pas pourquoi un policier retient longuement ma mère devant l'ambassade de France, où nous sommes invités à la projection d'un dessin animé (*Tintin sur la Lune*), un soir de décembre 1984.

C'est pourtant l'époque où je commence à réaliser que nous ne sommes pas une famille soviétique comme les autres. Certains soirs, à voir notre table crouler sous les mets, je comprends que nous allons recevoir des invités « spéciaux ». Des étrangers, des Français. Je trépigne devant la porte ; j'hume l'air – les Français sentent toujours bon, leurs parfums exotiques détonnent dans une Moscou aux effluves d'essence nauséabonds. J'entends notre vieil ascenseur se mettre en branle dans un fracas métallique assourdissant. Dressé pour associer ce bruit à l'arrivée de nos amis, je me mets à saliver comme le chien de Pavlov… « Ils arrivent ! » L'excitation est à son comble : j'attends les cadeaux de mon père. Jouets venus d'ailleurs, jeux de construction ou décalcomanies de super-héros. Grâce à Georges Nivat, j'amorce ma collection de *Tintin* ; Stéphane Tatischeff me fait découvrir le personnage d'Adèle Blanc-Sec, dont les premières aventures ont pour toile de fond le Jardin des Plantes de Paris – non loin duquel je passerai mes années d'adolescent et de jeune adulte…

C'est aussi l'âge où je commence à me poser des questions. Des questions d'enfant, qui font sourire mais qui témoignent d'une certaine maturité. « Pourquoi on n'a pas montré papa ? » demandé-je à ma mère après que le JT soviétique a diffusé un reportage tourné à Paris. « Comment faire pour que Brejnev nous laisse partir ? » demandé-je à mon père au téléphone, en 1982. « Mais pourquoi ne sommes-nous pas autorisés à venir ? Ils (*sic*) n'ont qu'à dire *c'est possible* (*mojno*), c'est pourtant simple ! » lui ai-je écrit dans une lettre, l'année suivante.

L'avenir synonyme d'émigration, je suis incapable de le concevoir. En 1981, quand je découvre la dédicace de Julien Green sur son conte fantastique *La Nuit des fantômes* (« Pour Andreï, avec l'espoir que cette histoire l'amusera et lui fera peur. À bientôt à Paris »), je ne lis pas le français. Ma mère me traduit. « On va partir en France, c'est vrai ? » « Peut-être, un jour… » me répond-elle, gênée. L'année suivante, quand les choses se clarifient et que la possibilité d'un départ devient réelle, elle prend contact avec une voisine, ancienne professeure à la retraite, une communiste bon teint sur le bureau de laquelle trône le portrait de Lénine. Une fois par semaine, je viens la voir pour m'initier à la langue de Molière. Je ne suis pas particulièrement motivé. Pendant mon premier cours, quand au bout de quelques minutes j'aperçois mes amis jouer au football depuis la fenêtre du rez-de-chaussée, j'exige d'arrêter la leçon !

Je prends conscience du fossé qui me sépare désormais de mes petits camarades au printemps 1984, quand une élève de ma classe, ayant entendu les rumeurs sur mon départ prochain, me toise du regard avant de m'asséner un « *Frantsouz !* » (« Français ! ») plein de mépris. Quitter définitivement l'URSS, à cette époque, c'est trahir, devenir, malgré soi, un transfuge. Pour éviter les incidents, en juin, je quitte mon école pour ne plus y revenir ; en septembre 1984, quand mes petits camarades deviennent pionniers, endossant le traditionnel foulard rouge et prêtant serment devant le drapeau, je suis chez ma grand-mère de Kharkiv, pour des vacances estivales prolongées. Ma mère, elle aussi, quitte son travail chez Mouzyka en 1984. Pour elle, le Rubicon est déjà franchi.

*

Enfant, il m'est évidemment impossible de percevoir le déchirement de ma mère au cours de ces quatre longues années de séparation. Le sentiment de vide, d'inquiétude, de manque après le départ de son mari et de son fils aîné. Et puis, au fil des mois, elle parvient à trouver un équilibre, une raison d'être. Une forme de bonheur, même. Elle est entourée par de nombreux amis, appréciée par ses collègues de la maison d'édition Mouzyka. Son frère et sa mère sont près d'elle. Elle a un fils avec lequel elle vit une relation fusionnelle. Un enfant créatif, qui dessine beaucoup, fabrique déjà de petits livres, une source de joie inépuisable. Mes anniversaires sont fêtés dans la gaieté, les « amis français » y amènent leurs enfants…

Bien sûr, il y a les difficultés matérielles, les pénuries qui s'aggravent, les magasins vides. Mon père aide du mieux qu'il peut en nous faisant parvenir des vêtements et des médicaments. Pendant que ma mère est au travail, mamie Pauline fait la queue, parfois pendant des heures. Combien de soirées passées avec elle à manger ses délicieux *blini*, à jouer aux cartes, à l'écouter raconter des histoires déchirantes sur son enfance ! Ma grand-mère et mon oncle aussi font jouer leurs relations pour qu'on ne manque de rien, ou presque.

Bien sûr, il y a les échanges stressants avec l'OVIR, les refus de visa, les problèmes avec l'appartement de mon père, qu'il faudra finalement « rendre » (sans aucune compensation). Ma mère sait qu'elle est épiée, sa correspondance lue, ses conversations téléphoniques écoutées. Mais d'une certaine manière, elle parvient à vivre avec. La Russie, même communiste, c'est son pays ! Elle est à des années-lumière des problèmes immenses, matériels et psychologiques, dont la description dans les lettres souvent hystériques de mon père l'épuise et l'effraie. Pourtant, au fond d'elle-même, elle sait que ce bonheur est illusoire, qu'il ne peut pas durer. Son fils cadet doit retrouver son père, et son aîné sa mère.

En 1984, ses interrogations sur l'avenir deviennent difficiles à supporter. L'angoisse la tenaille. L'émigration, dont elle réalise maintenant l'inévitabilité, lui donne des sueurs froides, des insomnies. Elle ne se fait aucune illusion sur le régime soviétique mais craint de se retrouver isolée, dépendante et inutile, à devoir apprendre une nouvelle langue, à quarante ans passés… Abandonner ses amis, sa famille, sa mère seule et fragile, qui plus est pour aller rejoindre un mari avec lequel les relations, avant le départ, étaient déjà compliquées, et que les quatre années de solitude ont transformé, de son propre aveu, en « animal sauvage » !

L'anxiété de ma mère est décuplée quand elle se retrouve chargée par mon père d'organiser le déménagement à

Paris de sa précieuse bibliothèque. Près de vingt mille livres, amassés avec grand soin durant dix-sept ans auprès des bouquinistes de toute l'Union soviétique, une collection « sans équivalent à Moscou et même en Russie soviétique » pour mon père. Ses « amis », son trésor, sa passion, son instrument de travail qu'il s'agit dans un premier temps d'inventorier, étagère par étagère, rayon par rayon, puis de soumettre à l'approbation d'une commission des douanes.

Ce qui aurait pu s'avérer fastidieux mais réalisable dans un pays normal devient, sous les cieux soviétiques dont on connaît la passion pour la bureaucratie kafkaïenne, un Himalaya. D'autant que, sous prétexte de lutter contre la pénurie des livres sévissant dans le pays et de protéger le « patrimoine national », le ministère de la Culture durcit les critères d'appréciation des « biens culturels » susceptibles d'être exportés, avec comme objectif dissimulé de piller les candidats à l'émigration (et d'enrichir au passage le service des douanes qui prélève des sommes importantes à chaque « inspection »).

Les livres de mon père qui, dans leur grande majorité, ne présentent aucun intérêt sur le plan bibliophilique au sens où on l'entend en Occident se retrouvent, en grande partie, interdits de sortie du territoire. En octobre 1984, le *Nouvel Observateur* était allé jusqu'à parler de « Goulag des livres » ! Parmi les exemples de cette réglementation kafkaïenne figurent les œuvres complètes des classiques russes – Dostoïevski, Tolstoï et Tchekhov –, mais aussi d'auteurs étrangers, Goethe, Dickens et Platon. Les ouvrages signés de la main de Michaux et de Char sont classés « patrimoine national ».

Mon père vient d'obtenir gain de cause pour nous faire venir mais, en raison du refus des autorités à laisser partir ses « amis », les livres, il doit retourner au combat. Vadim bombarde le consulat soviétique de lettres pleines de « saine colère », écrit au Soviet suprême et même à sa vieille connaissance du KGB, Bobkov : « Si vous laissez partir mes livres, je ferai rayonner la culture russe en faisant découvrir aux Français nombre d'auteurs classiques méconnus. C'est dans votre intérêt ! » Mais le général, un vieux renard, ne mord pas à l'hameçon. Et mon père de durcir le ton dans ses lettres à ma mère : « Sans ma bibliothèque, tous mes projets sont gelés. Je ne peux pas travailler. C'est une question de vie ou de mort ! Il ne faut pas lâcher prise, ils finiront par céder ! On les traînera devant le tribunal de La Haye ! »

Ce nouveau bras de fer avec le Kremlin n'est pas du goût d'Irina, qui n'a jamais été une adepte de la confrontation. Les douanes, elle a donné ! Elle repense à cette employée particulièrement zélée qui lui a interdit d'emporter un petit recueil de poèmes de Nekrassov au motif qu'il a été publié avant 1945 (en 1944 !) et qu'il porte l'inscription de Mark : « À mon petit Vadim, qui fait son entrée en première classe. » Irina vient implorer le responsable du bureau des douanes, qui lâche un juron suivi d'un « Mais ils ont complètement pété les plombs ! », avant d'accepter de fermer les yeux, « à titre tout à fait exceptionnel ». Elle repense à la fois où, forcée d'attendre des heures l'avis de la commission d'experts, elle a été obligée de faire ses besoins dehors, en l'absence de toilettes ! « Ton insistance produira l'effet opposé de celui que tu cherches. Arrête avec tes lettres de menaces ! Il faut agir avec discrétion, avec "douceur". J'ai 47 ans, tu en as 48. Il faut profiter de la vie et ne pas faire de procès, se battre… »

Irina vend donc une partie des livres, en laisse une autre sur place, à des proches. Elle tente d'expédier à mon père le plus important en faisant appel à des amis français. Quelques rares courageux acceptent de courir le risque, comme le correspondant du *Monde* Dominique Dhombres ; mais la plupart renoncent, craignant les ennuis. Les relations se tendent avec l'ambassadeur, qui ne comprend pas qu'on traîne autant pour une bibliothèque ; Paris en regorge pourtant ! Un beau malentendu culturel, en somme. En France, l'âge des bibliothèques privées est révolu depuis longtemps…

*

Arrive enfin le soir du dimanche 17 février 1985. Une foule compacte se rassemble sur le quai de la gare de Biélorussie, devant le train Moscou-Paris. Les yeux de ma grand-mère sont embués de larmes : nous partons « de l'autre côté du miroir » ! Contre l'avis de l'ambassade, qui craint pour notre sécurité, ma mère a préféré le train à l'avion. Choix qui s'explique par des considérations matérielles – beaucoup d'affaires à emporter –, et surtout psychologiques – la traversée de trois jours, pense-t-elle, devrait adoucir son exil.

« J'espère que le passage d'Ira à Brest se passera bien », écrit Vadim à Blanchot peu après notre départ. On peut comprendre son anxiété : la douane soviétique de Brest-Litovsk n'a pas bonne presse. Nous y arrivons le matin du 18 février. Pendant que les techniciens s'affairent à changer les bogies (ensemble roues-essieux), pour les mettre en conformité avec l'écartement des rails européens, nous sommes parqués pendant plusieurs heures, avec les autres passagers, dans un hangar glacial. L'objectif est de faire subir aux voyageurs, autant de « traîtres », les derniers sacrements de l'humiliation.

« Videz-moi vos affaires sur la table », ordonne une douanière d'un ton glacial. Ne voulant pas provoquer de scandale, je me plie à l'exercice. Je n'ai rien à cacher ! Des dessins, des feutres, des livres… « Vous ne savez pas que c'est interdit ? » vocifère la matrone, en voyant deux pages dédicacées par l'illustrateur, un ami de mon oncle. « Et vos photos, d'où viennent-elles ? » éructe une autre douanière, sans doute une guébiste, devant les affaires de ma mère. « Des photos de camp ? Vous me jetez ça tout de suite ! Et pour quelle raison je ne vois pas de bijoux ? – Je n'ai qu'une petite alliance, un héritage de ma grand-mère… – Vous me prenez pour une idiote ? Vous voulez subir un examen gynécologique devant votre fils ? »

Cet échange « amical », ma mère me l'a rapporté des années plus tard ; je n'en garde évidemment aucun souvenir, d'autant que, dans leur grande humanité, les deux harpies m'ont fait patienter à bonne distance. Le fameux examen gynécologique (pratique courante des camps nazis, faut-il le rappeler) n'aurait finalement pas eu lieu. Il fait déjà nuit noire quand je suis réveillé par les échos d'une langue étrangère. « Nous sommes à Varsovie, capitale de la Pologne », m'explique ma mère. L'Union soviétique est derrière nous – mais pas le Rideau de fer ! Le lendemain, nous arrivons à Berlin-Est. S'ensuit la traversée de la RDA. À la frontière avec la RFA, on subit un dernier contrôle des passeports, une dernière inspection humiliante des bagages – sans quitter le train cette fois –, et nous voici « de l'autre côté du miroir », en RFA. Et là, ce n'est vraiment plus le même monde. La neige prend un éclat particulier, doré ; autour de nous, les gens sont plus détendus. Une passagère vient discuter, passe à ma mère un magazine français. Je tombe sur les programmes télévisés et découvre l'existence d'une nouvelle chaîne qui diffuse en crypté pour ses abonnés : c'est donc cela, le capitalisme ?

En milieu de matinée, le 20 février, notre train arrive à la gare du Nord. Sur le quai, Stéphane Tatischeff, Michel Aucouturier, Jacques Amalric et une vingtaine d'autres visages amis. Ma mère descend à leur rencontre, je reste dans le compartiment pour veiller sur nos affaires. Enfin, un homme vêtu d'un manteau sombre apparaît dans l'embrasure de la porte. *Papa !* Je me précipite pour l'enlacer. Aujourd'hui, quand j'y repense, je ne peux m'empêcher de verser une larme – un effet de l'âge, certainement…

La première chose qui me frappe à la gare, ce n'est pas le comité d'accueil, mais les revues et magazines aux pages colorées imprimés sur papier glacé. Pas de doute, nous sommes sur une autre planète ! Je monte avec ma mère dans la voiture de Stéphane Tatischeff qui nous emmène dans le XIIIe arrondissement. La rue du Banquier est en sens unique, on doit faire demi-tour… Enfin, nous voici sur place. Je découvre la chambre où je passerai les quinze prochaines années de ma vie. Sur ma nouvelle table, des crayons et des feuilles de papier – mon père connaît ma passion pour le dessin et l'encourage du mieux qu'il peut. Je dessine, j'oublie tout. Et puis, j'entends un cri. C'est ma mère, elle a fini par craquer après que mon père lui a encore fait des reproches. Une première dispute qui en augure d'autres…

Par quel miracle, pendant cette période compliquée, Vadim et Irina sont-ils parvenus à rester ensemble, ont-ils résisté à la tentation du divorce, issue hélas trop fréquente chez de nombreux couples émigrés ? La réponse, à la fois simple et complexe, il faut sans doute la chercher dans le lien presque mystique unissant mes parents, l'origine lointaine de leur histoire d'amour, leurs sentiments toujours forts l'un pour l'autre malgré les scènes de ménage. Il faut aussi les chercher dans ces mots adressés par mon père à Maurice Blanchot dans les mois qui suivent notre arrivée à Paris : « Le ciment [de notre couple], c'est André qui l'apporte, souffrant affreusement de nos désordres et prononçant parfois des phrases imprégnées d'une sagesse étonnante pour un enfant de dix, onze ans. »

Bénis soient les enfants !

*

Dimanche 4 septembre 1988. Deux jours avant la rentrée des classes, j'ai invité plusieurs copains de collège à la maison. Sur ma table sont éparpillés des feuilles, des crayons et des dés – on fait une partie de jeu de rôle ! Le lot quotidien des *nerds* des années 1980, vingt ans avant l'avènement d'Internet et des téléphones portables ; une culture qui est désormais la mienne.

La porte de ma chambre s'ouvre à la volée. C'est mon père. Comme à son habitude, il ne fait aucun effort pour respecter mon intimité. Il a l'air fier de lui. Posant devant moi un livre – son livre –, il me lance, ignorant mes petits camarades : « Regarde à l'intérieur ! » Très gêné, je jette un rapide coup d'œil sur la page de garde : « *À mon cher Andrioucha, qu'il aime notre langue – pour lire, rire, pleurer et réfléchir. De la part de papa-et-auteur.* » Ah, ce vieux Vadik et ses livres dont il veut me gaver comme une oie !

Du haut de mes cinquante ans, il m'est facile de porter un regard réprobateur sur l'ado de treize ans qui rêvait de s'évader hors du champ intellectuel de ses parents (et qui bientôt trouvera un moyen de le faire avec la guitare), obligé de supporter chaque jour les radotages d'un père-poète sclérosé… Je me dois pourtant de prendre du recul. Comment un ado plongé dans un monde d'ados aurait-il pu comprendre que le livre offert par son père, au titre obscur et difficilement traduisible (*Nominatif* – qui renvoie à un poème en prose vers la fin du recueil, dédié à Marina Tsvetaïeva, puis convoquant une foule de noms, de Pouchkine à Lao-tseu), portant en exergue une citation de Tikhon Tchouriline, poète de l'Âge d'argent russe, ami de Tsvetaïeva et Pasternak, atteint de schizophrénie et tombé dans l'oubli après sa mort, s'inscrivait dans un tournant existentiel que je n'hésiterai pas, aujourd'hui, à qualifier de renaissance ?

En septembre 1988 donc, une page se tourne, après plus de trois ans de doutes et de tourments. La sortie du tunnel, mes parents l'avaient entraperçue en février 1986, quand mon père s'était vu décerner le titre de Chevalier de l'ordre des arts et des lettres. Importante sur le plan symbolique, la distinction témoignait de la reconnaissance des autorités à l'égard de celui qui avait tant fait pour la diffusion de la poésie et de la littérature françaises en URSS, préservant le dialogue culturel entre les deux pays pendant les heures sombres de la guerre froide. Cette reconnaissance pèsera l'année suivante dans son dossier de naturalisation par décret pour « services rendus à la France » (cas de figure prévu par l'article 21-19 du code civil).

Enfin, notre situation s'améliore sur le plan matériel. Début 1986, mon père s'était vu attribuer un studio au rez-de-chaussée de notre ensemble immobilier, où il allait passer le plus clair de son temps – travailler, dormir et accueillir sa bibliothèque progressivement reconstituée. Un appartement sombre et humide, totalement inapproprié pour un tuberculeux, qui sera sa tombe... En 1987, ma mère avait été recrutée à la Sorbonne (anciennement Paris IV) comme lectrice de russe. Appréciée des étudiants et de ses collègues, elle y fera une carrière discrète jusqu'en 2001. De son côté, mon père avait fini par obtenir son poste de titulaire au CNRS en juillet 1988. Une juste récompense pour services rendus, et qui s'inscrivait dans une certaine tradition qui a vu des intellectuels russes élus à l'université – les plus connus étant Efim Etkind, qui, grâce à Georges Nivat, était arrivé en France avec un poste pour lui à Nanterre ; et Andreï Siniavski et Michel Heller, qui devaient enseigner à la Sorbonne.

Mon père avait misé sur le CNRS, car il n'avait aucune expérience d'enseignement et pas de thèse (on se souvient qu'il n'avait même pas eu le temps d'achever l'équivalent de notre licence) ; c'était un « chercheur pur » qui nourrissait le projet d'une histoire de la poétique comparée franco-russe, l'étude du langage poétique en tant qu'« utopie libératrice ». Il continuera à jouer le rôle de « passeur culturel » entre la France et la Russie, à traduire de la poésie française. Son anthologie de la poésie française sera publiée par ma mère après sa mort.

Parmi ses publications les plus marquantes, on pourra citer l'édition critique de la correspondance de Souvtchinsky, plusieurs essais poético-philosophiques inspirés par sa nouvelle passion pour Nietzsche et Heidegger, *Le Poète dans la catastrophe*, publié en russe en 1994, et l'organisation d'une exposition consacrée à Henri Michaux, à Moscou en 1997, accompagnée d'un ouvrage savant sur son vieil ami, un précédent en Russie. Il y a aussi ce que l'on appelle la « valorisation », dont il sera question plus loin.

En y repensant aujourd'hui, je suis frappé par la coïncidence entre la titularisation de mon père au CNRS et l'annonce, en URSS, d'une grande réforme, la création d'un nouveau corps législatif, le Congrès des députés du peuple, élu l'année suivante et qui verra le grand retour de Boris Eltsine. L'art de se retrouver au bon endroit, au bon moment !

Comme beaucoup d'intellectuels émigrés, mes parents continuent de suivre avec attention les nouvelles d'URSS, tout en restant sceptiques sur la nature des réformes entreprises en 1985-1987. Il faut souligner que la bataille pour sa bibliothèque – mon père s'adresse à Gorbatchev en 1985 (son appel est signé par dix-sept personnalités politiques, surtout de l'opposition, dont Jacques Chirac), au ministre de la Culture en 1986 et 1987, à Bobkov (encore lui !) en 1988, au ministre des Affaires étrangères (Chevardnadze) en 1989 – l'empêche certainement de croire dans la sincérité des dirigeants soviétiques.

Dans ce domaine aussi, 1988 m'apparaît comme une année tournant. Certes, les positions de Gorbatchev paraissent fragiles à mes parents, mais dans le même temps, ils le concèdent bien volontiers, la perestroïka n'est pas que de la poudre aux yeux. Une vraie libéralisation s'amorce. On le voit dans les médias, dans la presse, avec les très populaires *Nouvelles de Moscou* et *Ogoniok* qui se font l'écho de la nouvelle déstalinisation en publiant articles et images encore impensables un an plus tôt. Ma grand-mère obtient l'autorisation de venir en France au printemps. Les temps peuvent changer plus vite qu'on ne l'imagine !

En été 1988, c'est ma mère qui se rend en URSS, avec un groupe touristique, la seule possibilité à l'époque. Elle assiste à des rassemblements de descendants des victimes de la Grande Terreur, place Pouchkine. Elle entend les appels à réhabiliter les dissidents, à redonner sa citoyenneté à Soljenitsyne. Elle rentre en France à temps pour voir Sakharov à la télévision, main dans la main avec Michel Rocard et Lech Walesa !

Ces bouleversements passionnent l'opinion française et mon père en vient presque naturellement à endosser les habits de l'expert, de l'anti-soviétologue, rôle qu'il avait déjà tenu, on s'en souvient, face à François Mitterrand en 1983. Il est, après tout, le fils d'un homme ayant fait carrière dans la presse de propagande ! « Ce que vous me dites m'intéresse tellement », lui écrit Blanchot, en juin 1988, après avoir lu son analyse sur la fragilité des positions de Gorbatchev face aux conservateurs. Ma mère m'a raconté que Julien Gracq, qui invitait régulièrement mes parents à dîner (appelant invariablement ma mère « Madame Kozovoï »), écoutait mon père avec une attention soutenue lui parler de la renaissance démocratique en Russie.

En 1989, « l'année des révolutions », Vadim peut enfin prendre lui-même le pouls de la situation sur place, sans intermédiaires. Grâce au soutien du CNRS, il séjourne en URSS pendant trois mois, d'août à octobre, et découvre un pays mis sens dessus dessous par les réformes, le centre de gravité politique étant passé du Parti communiste au Congrès des députés du peuple, élu en mars. Il assiste à la montée de l'opposition et au renforcement du mouvement d'indépendance dans les pays baltes. Il retrouve ses vieux amis moscovites, d'anciens compagnons de camp, avec lesquels il passe des soirées inoubliables, retrouvant un passé lointain. Il noue contact avec les nouveaux éditeurs à qui il propose de publier ses traductions de poètes français.

Il retrouve aussi sa famille ukrainienne à Kharkiv, se rend sur la tombe de son père, écoute sa sœur lui faire part de son inquiétude face à la montée d'organisations politiques professant un antisémitisme décomplexé. Il s'efforce de la rassurer en lui expliquant que les rumeurs de pogromes sont infondées, que l'audience de groupes radicaux comme *Pamiat* (Mémoire) au sein du mouvement nationaliste est limitée.

Vadim revient en France comme rajeuni par ses retrouvailles avec la Russie, avec sa langue et ses lecteurs. Elles ont été déchirantes : mon père a pris conscience de la distance qui le séparait désormais de son pays natal, du fait que le sentiment de « destin partagé », éprouvé pendant son exil, n'était plus le même qu'avant : « Je suis si triste de voir mon âme se dédoubler : elle se trouve géographiquement là où elle ne devrait pas être (à Paris), et ne se reconnaît pas là où elle le devrait (à Moscou). Bien sûr, on pourrait me dire que l'âme (ou le cœur) n'a pas de patrie », écrit-il à ma mère.

Pressé de repartir, Vadim retourne à Moscou quatre mois plus tard, en février 1990, invité à prendre part au centenaire de la naissance de Pasternak. Il découvre une « fédération » soviétique en train de se déliter, voit les pénuries se multiplier, les violences interethniques exploser dans les républiques. À son retour, il se rapproche de Pierre Rigoulot, historien qui participe à la direction de l'Institut d'histoire sociale (IHS), vieux cercle de la gauche anticommuniste fondé avant la guerre par Boris Souvarine, jadis secrétaire de la Troisième Internationale, cofondateur du PCF, devenu l'un des premiers déçus du communisme, l'un des meilleurs connaisseurs français de l'univers totalitaire soviétique.

Le réseau de l'IHS lui offre une tribune pour une conférence, retranscrite en avril dans un supplément de la revue *Est&Ouest* sous le titre « Impressions d'URSS ». Vadim décrit le climat chaotique régnant en URSS, tout en se montrant plein d'optimisme sur l'avenir (« Aucun coup d'État ne pourrait plus faire revenir le pays en arrière »), et offrant un vibrant plaidoyer en faveur des aspirations du peuple russe, que les hommes politiques (Mitterrand y compris) n'ont pas suffisamment pris en compte, attachés qu'ils étaient, « pour des raisons équivoques, au seul destin de celui qui, après tout, n'est qu'un simple détenteur provisoire du pouvoir[1] ».

Est&Ouest a beau ne pas avoir le cachet des revues ayant pignon sur rue, elle bénéficie néanmoins d'une circulation informelle assez intense. J'en veux pour preuve le fait qu'Alain Peyrefitte, académicien, ancien ministre de la Justice et prophète de la Chine, ait été pris en flagrant délit de plagiat de mon père dans un article du *Figaro* – fait rapporté avec jubilation par *Le Canard enchaîné.* Moins révolté que touché par ce qui apparaît, selon l'expression consacrée, comme une forme indirecte de flatterie, mon père estime que Peyrefitte s'est surtout ridiculisé en faisant passer des données vieilles de plusieurs mois pour de l'actualité brûlante.

Le troisième séjour de Vadim en URSS, de la mi-août à début octobre 1990, donnera lieu à plusieurs entretiens, dont le premier, publié en novembre dans les pages du *Monde* sous le titre « Retour en URSS », titre en clin d'œil au célèbre « Retour de l'URSS » d'André Gide. Il y présente comme à son habitude un tableau contrasté de la situation, avec d'un côté l'extrême détresse économique, l'explosion de la criminalité, et de l'autre, l'émergence d'une nouvelle race d'hommes, compétents et honnêtes, les élections relativement libres, la liberté d'expression retrouvée, la réhabilitation d'anciens *zek*, la popularité d'Eltsine qui a beaucoup gagné à fréquenter Sakharov et

1. Des extraits de cette conférence ont été publiés dans mon ouvrage *La Chute de l'Union soviétique* (Perrin, coll. Tempus, 2023).

qui appelle à en finir définitivement avec le « système ». Vadim invite à se méfier du KGB, qui n'a pas déposé les armes, en dépit des apparences : « Le point zéro n'a pas encore été atteint. »

Ce « point zéro » est atteint à la fin août 1991, quand un groupe de conservateurs, avec à leur tête le chef du KGB, Krioutchkov, séquestre Gorbatchev et sa famille dans sa datcha de Crimée, et envoie l'armée « rétablir l'ordre » à Moscou. Le putsch, qui se termine le 21 août, après seulement trois jours de bras de fer, par la victoire du camp démocrate, est suivi par mes parents avec une grande attention – mon père depuis Paris, et ma mère depuis les Landes, où elle passe ses vacances avec moi. Au comble de l'euphorie, ayant vu les images de la chute du monument de Dzerjinski de la Loubianka qu'il connaît si bien, mon père adresse une lettre à Boris Eltsine, opposant qui émerge de ces trois jours en homme providentiel, en « de Gaulle russe », éclipsant définitivement Gorbatchev :

« Cher Boris Nikolaïevitch,

... Après des années de dictature, d'humiliations et d'horreurs, on peut enfin ressentir un sentiment de fierté pour notre Russie, la Russie qui, comme vous l'avez dit, ne veut plus être à genoux.

... Que disparaisse à jamais le monstre sanglant de la police secrète, que tombent les idoles des bouchers et des imposteurs accrochés sur les places de Moscou, et que tout soit fait pour que ce peuple martyr respire à nouveau librement et retrouve foi en lui-même pour vivre heureux dans une Russie prospère. »

Ah, l'euphorie des commencements… Combien étaient-ils, en ce 21 août 1991, ces émigrés, à croire dans la fin du « malheur russe » (et qui fut aussi le malheur des peuples assujettis par la Russie, quelle que soit son incarnation – tsariste ou soviétique) ? Peut-on leur reprocher aujourd'hui d'avoir espéré, de ne pas avoir imaginé qu'aucune révolution n'a jamais effacé le « terreau culturel », l'humus politique formé durant des siècles et qui, dans le cas russe, est si peu propice à l'émergence d'un État de droit ?

Dans les années 1990, la foi de Vadim dans la « nouvelle Russie » tend à s'effriter, sans jamais disparaître complètement. Quand, à la fin octobre 1993, Eltsine fait tirer avec des chars sur le parlement pour en déloger les députés refusant son ordre de dissolution, mon père écrit que « le président russe n'a pas d'ennemi plus dangereux que lui-même ». Fin décembre 1994, quand Eltsine lance ses troupes à l'assaut de la république sécessionniste de Tchétchénie et que débute la « sale guerre », mon père est écœuré. « Cette permanence malsaine donne la nausée : tout se répète ! » s'emporte-t-il dans un long billet d'humeur rédigé début 1995 (qui restera inédit), où il défend le droit des Tchétchènes à l'autodétermination, qualifiant la Russie de « monstrueux épouvantail ».

*

Pour mes parents, dans les années 1990, rien n'illustre mieux leurs désillusions face à la Russie que « la guerre de dix ans » ayant pour objet les archives de ma grand-mère. Confisqués par le KGB en 1960, il s'agit de documents ayant trait à sa relation avec Boris Pasternak et comprenant des lettres, des poèmes et deux manuscrits, dont ceux de *La Beauté aveugle* et de la deuxième partie du *Docteur Jivago*, dédicacée par Pasternak « à Lara de la part de Ioura ».

Cette lutte au long cours dont mon père ne verra pas le dénouement met en lumière les nombreux obstacles qui se dressent sur la route de la démocratie en Russie, les difficultés de ce pays à tourner la page du communisme. L'affaire est emblématique à plusieurs titres : elle met en lumière les dysfonctionnements d'une justice russe dans le traitement des victimes du régime communiste, et la difficile émergence d'une culture de la propriété privée, clé de voûte, on le sait, d'un régime démocratique digne de ce nom.

L'affaire montre les retombées qu'a pu avoir, dans la société civile, le conflit entre Eltsine et ses adversaires de la Douma faisant front commun, les communistes et les nationalistes. Elle éclaire la dimension des « guerres mémorielles » de la vie politique russe, le rapport ambivalent de la société, divisée sur l'héritage stalinien et guébiste, au passé totalitaire de la Russie. Elle montre, enfin, comment la privatisation des médias et la disparition de la censure officielle, loin de favoriser un « régime de vérité », le développement d'une véritable déontologie journalistique, ont au contraire permis l'émergence de pratiques rappelant étrangement les stratégies de désinformation de l'époque soviétique, cette fois-ci poursuivies au nom d'intérêts particuliers.

Suivant une pratique bien rodée, après avoir emprisonné ma grand-mère et confisqué les documents, le KGB les avait transférés aux archives d'État pour la littérature et les arts (nom actuel : RGALI), avec pour mission de les garder « à titre provisoire ». Si ma mère s'était vu restituer une partie de ses propres archives à sa libération, il en va différemment de ma grand-mère, qui doit attendre la perestroïka pour entreprendre ses démarches en vue de leur restitution. Le contexte devient favorable en 1987, quand Gorbatchev, bien décidé à tuer le fantôme de Staline, ordonne la création d'une commission d'experts chargée de la réhabilitation des victimes du régime communiste. En octobre et novembre 1988, la Cour suprême de Russie réhabilite ma grand-mère, annulant ses condamnations de 1950 et 1960, avec toutes les conséquences légales qui en découlent.

N'ayant pas obtenu de réponse de la directrice du RGALI, Natalia Volkova, ma grand-mère, de guerre lasse, décide de porter l'affaire en justice – la jeune Fédération de Russie, plongée dans le tourbillon des réformes économiques brutales (la « thérapie de choc »), se veut un État de droit qui prend la défense des victimes du communisme. Elle obtient gain de cause en juillet 1992, avec une décision en sa faveur d'un tribunal d'arrondissement de Moscou, décision confirmée en septembre.

Âgée de quatre-vingts ans, à la santé déclinante, ma grand-mère n'a pas la force, elle-même, d'exiger de

Volkova la restitution de ses archives. Elle confie cette mission à mon père, alors à Moscou, qui se rend au RGALI, accompagné d'assesseurs du tribunal – pour repartir bredouille. Soutenue par Rosarkhiv, l'instance suprême des archives russes, qui elle-même dépend de la présidence russe, Volkova lui fait savoir que la décision du tribunal de Moscou a été suspendue en attendant la résolution, par voie judiciaire, de la qualité d'héritière de ma grand-même. En lieu et place de celle-ci, Volkova veut imposer Natalia Pasternak (née Potemkina), veuve de Leonid Pasternak, fils cadet du poète, mort prématurément d'un accident cardiaque. Un homme qu'elle a connu en 1964, quatre ans après la disparition de Boris Pasternak !

Très vite, la procédure judiciaire s'emballe dans un tournant kafkaïen. En avril 1993, le collège juridique pour les affaires pénales de la Cour suprême russe annule la décision de juillet 1992, mais en octobre 1993, le *présidium* de cette même Cour suprême casse la décision de son collège juridique, affirmant que les archives doivent bel et bien être restituées ! Comprenant que ses adversaires n'attendent qu'une chose pour enfin pouvoir enterrer l'affaire – sa mort –, ma grand-mère décide de s'adresser à celui auquel elle avait voué jusqu'ici une grande admiration, Boris Eltsine. Sa lettre ouverte est publiée le 14 avril 1994 :

« L'affaire de mes archives m'incite à retirer ma confiance au régime actuel… Un tribunal d'arrondissement qui casse une décision de la Cour suprême, tu parles d'un État de droit ! … J'ai 82 ans, je ne veux pas quitter ce monde sous les insultes et les humiliations. Des millions de personnes connaissent mon histoire. Je considère désormais ma réhabilitation et ma citoyenneté russe comme une pure fiction. Je peux y renoncer… Ayant deux fois séjourné au Goulag, j'en ai plus qu'assez de votre démagogie. Je lègue donc ces archives à ma famille. À eux de décider ce qu'il faut en faire. Et je vous invite solennellement, Monsieur le Président, à vous montrer digne de votre fonction et à protéger le droit de propriété dont vous êtes le garant… »

La colère de ma grand-mère paraît entendue. Le contexte est aux démarches en vue de l'intégration de la Russie au sein du Conseil de l'Europe et, pour y arriver, Eltsine sait qu'il doit se conformer aux principes d'un État de droit. Le président russe promulgue un décret ordonnant au gouvernement de prendre des mesures pour mettre en œuvre la restitution des biens confisqués illégalement ou de compenser financièrement les victimes. Ledit gouvernement publie un décret d'application en août… sans aucun effet pour notre affaire.

Alors que la procédure s'enlise dans les prétoires, la bataille entre les deux camps fait rage par organes de presse interposés, illustrant, ici aussi, les contradictions de la jeune démocratie russe. Ayant fait ses classes à l'époque soviétique, Volkova (et le service central des archives) s'adjoint les services de journalistes qui mettent au goût du jour la vieille légende noire d'Olga Ivinskaïa, fabriquée par le KGB, femme cynique et manipulatrice ayant abusé d'un grand poète vieillissant. Une des journalistes ira jusqu'à insinuer que les lettres de ma grand-mère à Khrouchtchev et Brejnev, écrites à la fin de son séjour en camp, démontreraient qu'elle a travaillé pour ce même KGB. Un mensonge qui sera, hélas, repris tel quel par la presse anglo-saxonne.

Devant un tel étalage d'ignominie, mes parents unissent leurs forces comme jamais – chacun dans son « domaine de spécialité ». Vadim, dont on connaît la fougue, multiplie les lettres de menace – au ministère de la Culture (avec lequel il est alors en pourparlers en vue d'un éventuel rachat des archives), et à la présidente de l'Assemblée parlementaire du Conseil de l'Europe, Leni Fischer, qu'il invite à prendre des sanctions radicales : « Une telle Russie n'a plus sa place en Europe ni au Conseil de l'Europe ! » En janvier 1998, ses amis Georges Nivat et Michel Aucouturier publient une tribune dans les *Izvestia*, journal qui a encore une certaine indépendance. Suivent deux autres contre-salves dans *Le Monde* et *Libération*[1].

De son côté, ma mère se défend comme elle l'a toujours fait, en évitant le combat frontal. En 1997 ont vu le jour ses Mémoires, *Légendes de la rue Potapov*, livre sur lequel elle travaillait depuis plus de sept ans, et dont le chapitre consacré à sa rencontre avec Pasternak avait

1. Au même moment, mon père se bat sur un autre front, contre la justice néerlandaise, au sujet de la très suspecte « fondation Khardjiev ». Voir le chapitre « La France au cœur ».

été publié dans une revue en 1990. La tonalité du livre, où elle mêle profondeur, pittoresque, légèreté et ironie, à des années-lumière de la rage de mon père, en a fait un succès de librairie. Elle accorde une interview à la station de radio Écho de Moscou, un peu l'équivalent russe de France Culture, et passe à la télévision.

Le dénouement de l'affaire arrive en août 2000, quand un tribunal de Moscou proclame Natalia Pasternak seule héritière légitime du poète disparu. Les documents de ma grand-mère ne seront jamais restitués à ses héritiers. Ma mère est bien sûr déçue, mais elle se rassure en lisant les nombreuses lettres de soutien qui lui parviennent de ses lecteurs. Quoi qu'il advienne, la vraie Russie, celle de Pasternak et de Sakharov, sera toujours de son côté !

Naissance d'un historien

Jusqu'à sa mort, Vadim a conservé la curieuse habitude d'écrire des lettres, la nuit, à sa chère Irina ; lettres qu'il venait déposer dans sa boîte, au petit matin, pour ensuite s'en retourner chez lui, dans son studio, son « antre ». Ces lettres qui témoignent de sa maîtrise de l'art épistolaire sont le fil rouge de sa vie, une habitude qui lui a permis de faire face à ses démons durant les périodes les plus difficiles de son existence, de la Mordovie à la Cité des Arts.

Ces lettres lui permettaient de reprendre son souffle entre deux lectures de Nietzsche, deux traductions de Rimbaud. Foisonnant d'idées et de projets d'avenir, elles témoignaient de son regain d'énergie après une journée terne, où il passait son temps à gémir, à piétiner. N'y voir que l'effet du Temesta, anxiolytique auquel il s'était accoutumé depuis des années, serait réducteur : mon père était un poète au sens rimbaldien du terme, un être nyctalope auquel la noirceur de la nuit conférait un talent de visionnaire. Un visionnaire bicéphale capable à la fois de faire ressurgir le passé obscurci par le passage du temps et de distinguer un avenir encore non écrit.

Deux de ses dernières lettres nocturnes illustrent à merveille cette ambivalence, le révélant tel qu'en lui-même. Dans celle du 3 janvier 1999, il est un homme profondément amoureux de ma mère ; son amour est une force ancienne et persistante qui n'a cessé de croître, et il est aussi ce qui lui permet de faire face aux douleurs du quotidien, au mal-être de mon frère qui se traduit par une tentative de suicide dans son foyer :

« Je t'écris cette lettre, au fond, pour évoquer la seule chose qui compte vraiment : tout au long de ma vie d'adulte, je n'ai aimé que toi. Cet amour a débuté au camp, avec le printemps, quand ton visage ne m'était pas encore familier. C'est à ce moment-là que je suis tombé amoureux de toi, et pour toujours. Et cet amour a tant de visages (admiration, pitié, culpabilité) qu'il me paraît encore aujourd'hui inépuisable. »

Dans sa dernière lettre, datée du 20 février 1999, écrite à un mois de sa mort, il est également question d'amour, mais cette fois pour la Russie. Mon père revient sur ses sentiments ambivalents pour son pays natal :

« Au cours de ma vie déjà bien longue, j'ai, me semble-t-il, déjà versé toutes les larmes de mon corps pour la Russie ; je sais, c'est de la sensiblerie, c'est peut-être même minable, tu vas encore me critiquer… Mais là, je sens au fond de mes tripes que la Russie va mal. Non, pas la Russie – ce mot ne veut plus rien dire ; je songe aux gens, à sa pauvre "population" privée d'avenir... et condamnée à survivre. Je pensais n'avoir plus de larmes à verser, mais j'ai l'œil qui s'embue déjà. Ce pays est une malédiction, l'obsession (*navajdénié*) de mon existence. »

Six mois plus tôt, en août 1998, Vadim achevait son séjour annuel en Russie quand il avait vu le pays frappé par une nouvelle crise économique, originaire d'Asie. Épuisé et malade (en 1997, il avait eu une nouvelle crise de tuberculose), il était rentré précipitamment en France. Au cours des mois suivants, il avait ruminé un douloureux sentiment de culpabilité vis-à-vis des amis qu'il avait « abandonnés à leur triste sort ». Et surtout, sa perception d'une « malédiction » russe m'apparaît à bien des égards prémonitoire au regard de la terrible actualité que nous connaissons. J'en viens à imaginer sa disparition comme la conséquence de ce trop-plein d'amour ; je me le représente noyé dans ses propres larmes. Après tout, n'a-t-il pas commis la tragique erreur de quitter son studio et de monter chez nous, en ce matin du 22 mars 1999, alors que sa douleur dans la poitrine aurait dû lui imposer de ne pas bouger en attendant l'arrivée du SAMU ?

Me voici à nouveau debout devant son corps immobile, assailli par un torrent d'émotions, de questions insolubles. La période qui va suivre, je le sais, sera difficile. Le travail de deuil sera long. Quand je contemplerai les ruines de la bibliothèque de mon père, dont une partie devra être vendue, j'aurai l'impression de voir les livres remuer sous l'action d'une main invisible, comme dans le chef-d'œuvre de Christopher Nolan, *Interstellar.* Lorsque, cédant à la curiosité, je me saisirai du vieux volume de Rimbaud de la Pléiade, aux pages gondolées de larmes, j'aurai l'impression d'entendre la voix du grand absent : « Pourquoi tu ne lis pas ? Cesse de gâcher ta vie ! »

La disparition de mon père enclenche un processus de délivrance et de maturation. Tiré hors de ma bulle d'adolescent attardé, je commence par endosser ses habits au sens littéral du terme. Voyant ma mère travailler sur plusieurs volumes de Mémoires, les œuvres posthumes de Vadim qu'elle édite, des extraits de leur correspondance, je me mets à m'intéresser de plus en plus à mon héritage familial.

Deux ans passent. En 2001, CAPES enfin en poche, je me lance dans une thèse d'histoire, sous la direction de Marie-Pierre Rey, l'éminente spécialiste de l'URSS à la Sorbonne, aujourd'hui retraitée. La majorité de ses doctorants choisissent de travailler sur la période stalinienne, mais je préfère m'orienter vers une époque plus récente : les représentations des États-Unis en URSS dans les années 1975-1985. Un travail sur la propagande antiaméricaine et ses effets, mais aussi une manière détournée de parler de mon enfance. Le livre qui en sera tiré, je le dédierai à mon grand-père.

Après ma soutenance, en 2006, puis mon recrutement à l'université de Lille, en 2008, je poursuis mon travail d'introspection indirecte en tant que spécialiste de la guerre froide et du monde soviétique. Ma synthèse sur les services secrets russes fait la part belle au « laboratoire des poisons » ; ma biographie de Brejnev est dédiée à mon père. Mon poche sur l'histoire russe depuis la mort de Staline (*Russie, réformes et dictatures*) contient de nombreux documents d'ego-histoire. Mon dernier ouvrage, consacré aux femmes révolutionnaires, est un hommage rendu à un père qui aimait me raconter l'histoire dramatique du XIXe siècle russe, les origines terroristes du léninisme, l'assassinat d'Alexandre II.

Pendant toutes ces années, il m'arrive souvent d'imaginer un univers parallèle dans lequel mon père, qui aurait survécu à son accident cardiaque, me verrait accéder au statut de professeur des universités, publier des livres, intervenir sur les plateaux de télévision. Je me rassure en me disant que sa mort était celle d'un vrai poète, qu'elle lui aura évité de souffrir d'une cécité certaine. Comment un homme qui, contrairement à ma mère, avait été incapable de troquer sa vieille machine à écrire contre un ordinateur, aurait-il pu vivre à l'époque d'Internet, des réseaux sociaux et des liseuses ? Comment aurait-il supporté de voir la Russie sous le joug d'un nouvel autocrate nommé, le terrible spectacle de Kharkiv, sa ville natale, ployant sous les bombes russes ?

Ces rêveries nourrissent le projet d'un livre sur mes parents, dont je rédige maintenant les dernières lignes. Arrivé au bout de ce travail, je ressens une immense tristesse à l'idée de devoir quitter mes héros, mais aussi un profond sentiment de soulagement. Sentiment d'avoir achevé une grande aventure introspective, d'avoir honoré mon devoir de mémoire.

Je songe aussi à mes enfants. Qu'ils chérissent les parcelles d'âme de leurs grands-parents qui palpitent en eux. Qu'ils se montrent reconnaissants à la France, terre d'accueil de leurs aïeux ; qu'ils soutiennent l'Ukraine dans sa lutte courageuse pour l'indépendance, mais qu'ils ne désespèrent pas non plus de la « maudite Russie » : les Poutine passent, les Pouchkine restent !

RÉFÉRENCES

L'épigraphe de Pasternak est inspirée par une phrase se trouvant à la fin des Mémoires de ma grand-mère, où elle s'adresse à Pasternak : « Tu m'as toujours dit que la vie est plus tendre, qu'elle est meilleure à notre égard que nous ne le prévoyons. C'est une grande vérité » (Olga Ivinskaïa, *Otage de l'éternité. Mes années avec Pasternak*, Fayard, 1978, p. 434). Celle de mon père est tirée de la traduction de son poème « De craie et d'ardoise » (*Hors de la colline*, Hermann, 1984). Celle de Michaux est tirée d'*Un barbare en Asie* (1933).

Mort d'un poète

La citation de Doubine est tirée d'un recueil édité par ma mère : *Vadim Kozovoï. Ton monde inébranlé. Poèmes, lettres, souvenirs*, Moscou, 2001, p. 10 (ici et plus loin, je traduis les titres des publications russes). Pour des historiens ayant fait de leurs parents et de leurs grands-parents un objet d'étude, voir Camille Lefebvre,

À l'ombre de l'histoire des autres, Ehess, 2022, dont la note p. 11 fait un rapide tour historiographique. À noter que la majorité de ces auteurs sont fils ou petits-fils de déportés, même si l'on rencontre ici ou là des ouvrages biographiques d'enfants dont les parents ont joué un rôle dans les relations internationales. Voir l'exemple du fils du célèbre pilote F. Gary Powers, Francis Powers Jr., coauteur de *Spy Pilot* (2019).

ORIGINES

Kharkiv ou l'assimilation

Pour les Kozovoï connus, citons la journaliste ukrainienne Larissa Kozovaïa et, en Russie, Guennadi Kozovoï, entrepreneur russe originaire de la région d'Irkoutsk – visé par des sanctions ukrainiennes. Je soupçonne aussi le saxophoniste américain Dave Koz d'avoir omis la terminaison de son nom. Pour l'histoire de ma famille ukrainienne, j'exploite d'abord le récit de ma tante Lora, consacré à mon grand-père et son père, consigné dans un carnet. Ma mère a écrit sur Mark Kozovoï dans un volume de ses Mémoires (en russe) : voir « Notre Marx », *L'Enfant de l'hiver et autres récits*, Moscou, 2019. J'ai exploité le dossier personnel de mon grand-père, conservé à l'Université nationale d'économie urbaine de Kharkiv (KhNUMG, anciennement Institut des ingénieurs du bâtiment communautaire de Kharkiv). Sur les Juifs de Russie avant 1917 et leur assimilation, voir

Benjamin Nathans, *Beyond the Pale: The Jewish Encounter with Late Imperial Russia*, University of California Press, 2002, et Eugene M. Avrutin, *Jews and the Imperial State. Identification Politics in Tsarist Russia*, Cornell University Press, 2010. Sur le *shtetl* de Liakhovtsy, voir le site d'une descendante, Miriam Kirschner : https://sites.google.com/view/lechowitz/home. Pour la recherche généalogique, Internet permet de consulter beaucoup de documents en ligne, mais aucune recherche spécifique en archives n'est possible pendant la guerre en Ukraine : https://forum.j-roots.info/viewforum.php?f=105. Sur les conséquences de la guerre civile sur les Juifs de Russie et la culture yiddish sous les bolcheviks, j'exploite Oleg Budnitskii, *Russian Jews between the Reds and the Whites, 1917-1920*, University of Pennsylvania Press, 2012, Kenneth Moss, *Jewish Renaissance in the Russian Revolution*, Harvard Universiy Press, 2009, et Elissa Bemporad, *Legacy of Blood: Jews, Pogroms and Ritual Murder in the Land of the Soviets*, Oxford University Press, 2019. Voir aussi la synthèse d'Elissa Bemporad, *Revolution, Civil War, and New Ways of Life, 1917-1930* (*Jews in the Soviet Union, A History*, volume 1), New York University Press, 2025. Sur la famine en Ukraine et Kharkiv, voir Anne Applebaum, *Famine rouge. La guerre de Staline en Ukraine*, Grasset, 2019. Sur les trusts, voir Sonia Melnikova-Raich, « The story of two unknowns: how an American architect and a Soviet negotiator jump-started the industrialisation in Russia », *The Journal of the Society for Industrial Archeology*, 2010, 36/2.

Moscou ou la malédiction

Je m'appuie ici sur les trois volumes des Mémoires de ma mère. Le premier, *Légendes de la rue Potapov*, paru en Russie en 1997, est le seul à avoir été publié en français (Fayard, 2002, traduit par Gérard Abensour, réédité en 2020 aux Syrtes avec une préface inédite de Georges Nivat). Le deuxième volume de Mémoires, *Nominatif* (qui reprend le titre d'un recueil de poèmes de mon père publié en 1988), a vu le jour en 2017, et le troisième, *L'Enfant de l'hiver et autres récits*, en 2019, toujours en russe. Ces Mémoires sont structurés en courts récits (*rasskazy*), portant tantôt sur des personnes qu'elle a connues, tantôt sur des épisodes marquants de sa vie. Sur Maria Demtchenko et ses origines, voir le texte de ma mère « L'autre drame. Une famille russe dans le tourbillon de l'histoire », dans Olga Ivinskaïa, *La Fenêtre ouverte de la terre*, Moscou, 2012, p. 127 *sqq*. Il s'agit d'un recueil édité par ma mère, comportant des poèmes et des textes, ainsi que des Mémoires inédits de ma grand-mère (des retranscriptions d'enregistrements). Pour la liste des Demtchenko réprimés, voir https://lists.memo.ru/d10/f446.htm. Sur la légende noire de ma grand-mère qui aurait été une « femme dissolue », et la vraie raison du suicide d'Emélianov, voir Paolo Mancosu, *Moscow Has Ears Everywhere: New Investigations on Pasternak and Ivinskaya*, Hoover Institution Press, 2019, p. 117 et 119. La lettre de 1961 qui rapporte les propos d'un soi-disant ancien collègue d'Emélianov, Vassili Choulga, mentionnée par Mancosu dans son livre, et qu'il m'a aimablement communiquée, qui affirme qu'Emélianov travaillait au Comité central et qu'il se serait tranché les veines dans les toilettes de cet illustre établissement, est très curieuse ; pour ma mère, c'est le fruit d'une confusion. Sur la vie culturelle à Moscou sous Staline, voir Katerina Clark, *Moscow the Fourth Rome. Stalinism, Cosmopolitanism and the Evolution of Soviet Culture, 1931-1941*, Harvard University Press, 2011. Sur la volonté d'assimilation des Soviétiques et la « cécité volontaire », voir Jochen Hellbeck, *Revolution on my Mind*, Harvard University Press, 2006. Ici et plus loin, j'exploite la biographie de Pasternak de Dmitri Bykov (Fayard, 2011).

TRAUMATISMES

Guerre et conséquences

Sur l'arrestation de mon arrière-grand-mère, je m'inspire des Mémoires de ma mère. Contexte : sur la délation et la terreur en URSS, voir Wendy Goldman, *Inventing the Enemy. Denunciation and Terror in Stalin's Russia*, Cambridge University Press, 2011. Sur la vague de condamnations par les cours militaires et civiles en 1941, voir l'article d'Oleg Budnitskii, « The great terror of 1941: toward a history of wartime stalinist criminal justice », *Kritika*, 2019 (20/3). Sur la vie dans les camps du Goulag pendant la guerre, voir Wilson T. Bell, *Stalin's Gulag at War. Forced Labour, Mass Death, and*

Soviet Victory During the Second World War, University of Toronto Press, 2018. Sur l'enfance de mon père, l'action de mon grand-père pendant la guerre, l'évacuation au Kazakhstan et le drame d'Alekseïevka, je m'appuie principalement sur le témoignage de ma tante. Pour les exploits de Mark Ilitch et les Kozovoï décorés, voir le site podvignaroda.ru. Sur l'évacuation des Soviétiques pendant la guerre et le mythe antisémite des Juifs fuyant en masse, voir Rebecca Manley, *To the Tashkent Station. Evacuation and Survival in the Soviet Union at War*, Cornell University Press, 2009. Sur les civils soviétiques pendant le conflit, voir Wendy Goldman et Donald Filtzer, *Fortress Dark and Stern. The Soviet Home Front During World War II*, Oxford University Press, 2021.

Une paria de onze ans

Sur le début de la relation de Boris Pasternak et de ma grand-mère, il faut d'abord lire les Mémoires de cette dernière, cités plus haut. Aux Mémoires de ma mère déjà mentionnés, il faut ajouter son *Pasternak et Ivinskaïa*, publié en Russie en 2006, et réédité par la suite (inédit en français). En anglais, le livre d'Anna Pasternak (arrière-petite-fille de Leonid Pasternak, le père de l'écrivain), *Lara: The Untold Love Story That Inspired Doctor Zhivago*, William Collins, 2016, ne contient aucune documentation inédite et se base sur les Mémoires de ma grand-mère, dont la chronologie est souvent erronée. La traduction du *Démon* est de P. Pélan d'Angers et date d'une édition de 1866. Celle de *Ballade* est de Jean Durin (Michel Aucouturier, *Boris Pasternak. Œuvres*, Gallimard, La Pléiade, 1990, p. 121) ; l'extrait du *Docteur Jivago* est tiré du Livre second, neuvième partie, XIV. Sur la revue *Novy Mir*, voir Denis Kozlov, *The Readers of Novyi Mir. Coming to Terms with the Stalinist Past*, Harvard University Press, 2013. Sur l'amnistie de 1953, voir Miriam Dobson, *Khrushchev's Cold Summer: Gulag Returnees, Crime, and the Fate of Reform after Stalin*, Cornell University Press, 2009. Sur les enfants des personnes réprimées sous Staline qui grandissent sans leurs parents, voir Cathy A. Frierson, *Silence Was Salvation. Child Survivors of Stalin's Terror and World War II in the Soviet Union*, Yale University Press, 2015. Sur les films trophées, voir Kristina Tanis, « La réception des films trophées en URSS dans les années 1940 et 1950 », *Revue des études slaves*, 2021. Pour l'influence de Tarzan et les *stiliagui*, voir Larissa Zakharova, *S'habiller à la soviétique. La mode et le dégel en URSS*, CNRS éditions, 2011, p. 206-207.

ARRESTATIONS

Un canon dans sa poche

Pour « l'affaire Krasnopevtsev », je m'appuie d'abord sur l'article fondamental de Sergueï Rojdestvenski, « Matériaux pour l'étude des groupes politiques informels en URSS après 1945 », *Pamiat*, 5, 1982. Les citations de mon père sont tirées de deux de ses interviews, une à Moscou, en septembre 1992, dont la retranscription figure sur le site https://arch2.iofe.center/person/4394 ; et une deuxième, qui détaille son arrestation, inédite, non datée, dans le recueil *Ton monde non branlant, op. cit.*, p. 25-31. Des précisions figurent dans sa lettre de janvier 1994 à l'avocat de Krasnopevtsev, Viktor Kossatchevski, qui lui a fait parvenir un texte de souvenirs que mon père a jugé très imparfait. J'exploite aussi les interviews des autres membres du groupe, publiées dans « L'affaire des jeunes historiens, 1957-1958 », *Voprosy istorii*, 4, 1994 (l'absence de mon père et de développement sur son rôle en dit long sur la dégradation de leur relations). Le récit de sa visite au Mausolée figure dans « Discernement », *Po&sie*, 49, 1989, p. 195. Sur la mise au pas de l'enseignement de l'histoire en URSS, voir Michael David-Fox, *Revolution of the Mind. Higher Learning Among the Bolsheviks*, Cornell University press, 1997, et Roger Markwick, *Rewriting History in Soviet Russia*, Palgrave, 2001. Sur les bolcheviks comme nouveaux Jacobins, voir Jay Bergman, *The French Revolutionary Tradition in Russian and Soviet Politics, Political Thought, and Culture*, Oxford UP, 2019. Sur le contexte général de 1956, voir Anne Applebaum, *Rideau de fer. L'Europe de l'Est écrasée, 1944-1956*, Folio Histoire, 2016. Sur le « dégel » dans les universités soviétiques et ses limites, voir Benjamin Tromly, *Making the Soviet Intelligentsia. Universities and Intellectual Life under Stalin and Khrushchev*, Cambridge University Press, 2014, et Kathleen Smith, *Moscow 1956. The Silenced Spring*,

Harvard University Press, 2017. En russe, voir Iouri Aksioutine, *Le « Dégel » de Khrouchtchev et l'opinion en URSS en 1953-1964*, Moscou, 2010, et Olga Guerassimova, *Dégel et regel chez les étudiants de l'université de Moscou*, Moscou, 2015. Sur Sartre, voir Cécile Vaissié, *Sartre et l'URSS*, PUR, 2023. Sur le Festival, voir Pia Koivunen, *Performing Peace and Friendship. The World Uouth Festivals and Soviet Cultural Diplomacy*, De Gruyter, 2023. J'ai aussi exploité des rapports déclassifiés de la CIA sur cet événement. Sur Avvakoum, voir Pierre Pascal (trad.), *La Vie de l'archiprêtre Avvakum par lui-même et sa dernière épître au tsar Alexis*, Syrtes, 2020 (réédition de l'édition de la NRF de 1939).

La petite criminelle

La bibliographie sur l'origine et le destin du roman *Le Docteur Jivago* est vaste, et ce chapitre ne fait que survoler une affaire aux nombreuses ramifications. Je m'appuie sur les Mémoires de ma mère, le livre de Peter Finn et Petra Couvee, *L'Affaire Jivago*, Michel Lafon, 2015, et surtout, plusieurs publications de Paolo Mancosu : d'abord *Le Voyage secret du Docteur Jivago. Le roman du roman*, Maison des Sciences de l'homme, 2022 (traduction de *Zhivago's Secret Journey*, Hoover university Press, 2016) ; *Moscow Has Ears Everywhere: New Investigations on Pasternak and Ivinskaya*, *op. cit.* (la lettre de Ruge se trouve p. 64). Plusieurs recueils de documents sont parus, le plus récent étant celui édité par Paolo Mancosu, *In the KGB's Crosshair. New Soviet Documents on the Pasternak and Ivinskaya Cases*, Rome, WriteUp, 2024 (j'y renvoie pour la rencontre de Khrouchtchev avec Reynaud et les réunions du Présidium). Je signale aussi Elise Haja, « The invisible hand of Doctor Zhivago : reception of a soft power tool », *Perspectives. Studies in Translation Theory and Practice*, 17 octobre 2024 (en ligne). Sur les relations compliquées entre Chalamov et ma grand-mère, je m'appuie sur Emélianova 2020 (p. 343-370) ; puis sur le récit de ma grand-mère dans « Ma rencontre avec Chalamov », dans *La Fenêtre ouverte de la terre*, *op. cit.*, p. 121-126. Sur Chalamov, voir Luba Jurgenson, *Le Semeur d'yeux : sentiers de Varlam Chalamov*, Verdier, 2022. Sur la relation de ma mère avec Georges Nivat, je m'appuie d'abord sur ses Mémoires, en russe : *Le Russophile. L'histoire de la vie de Georges Nivat, racontée par lui-même*, Moscou 2020 ; puis sur son mail du 17 janvier 2024 ; et enfin sur Mancosu 2019, p. 68. La traduction de *Séparation* est de Michel Aucouturier (La Pléiade, *op. cit.*, p. 1300). Contexte : sur le réalisme socialiste, consulter la toujours utile synthèse de Michel Aucouturier chez PUF (Que sais-je ?, 1998) ; sur l'importance de la littérature dans la civilisation soviétique et la « diplomatie culturelle » soviétique, voir Cécile Vaissié, *Les Ingénieurs des âmes en chef. Littérature et politique en* URSS, Belin, 2008 ; Michael David-Fox, *Showcasing the Great Experiment. Cultural Diplomacy and Western Visitors to the Soviet Union, 1921-1941*, Oxford University Press, 2012 ; et Andrew Sobanet, *Generation Stalin : French Writers, the*

Fatherland and the Cult of Personality, Indiana University Press, 2018. Sur la « génération *Docteur Jivago* », voir Vladislav Zubok, *Zhivago's Children. The Last Russian Intelligentsia*, Harvard University Press, 2009.

RENCONTRES

L'école de la Zone

Sur le Goulag poststalinien, voir Jeffrey S. Hardy, *The Gulag after Stalin. Redefining Punishment in Khrushchev's Soviet Union, 1953-1964*, Cornell University Press, 2016, et l'article de Judith Pallot et alii, « Patriotic discourses in Russia's penal peripheries: remembering the Mordovan Gulag », *Europe-Asia Studies*, janvier 2010. Pour une histoire du Goulag au féminin (y compris sur les lesbiennes), voir le chapitre « Femmes et enfants » dans Anna Applebaum, *Goulag : une histoire*, Grasset, 2005 ; Paul R. Gregory, *Women of the Gulag. Portraits of Five Remarkable Lives*, Hoover University Press, 2013 ; et Simeon Vilensky, éd., *Till my Tale is Told. Women's Memoirs of the Gulag*, Indiana University Press, 1999. Sur l'homosexualité dans les camps soviétiques, voir Dan Healey, *Russian Homophobia from Stalin to Sochi*, Bloomsbury, 2018. Sur les persécutions religieuses en URSS, voir Hiroaki Kuromiya, *Conscience on Trial. The Fate of Fourteen Pacifists in Stalin's Ukraine, 1952-1953*, University of Toronto Press, 2012. Pour les témoignages, voir d'abord la nouvelle de ma mère « Les filles de lumière » dans Emélianova 2020 (p. 241-272) ; puis les Mémoires d'Irina Verblovskaïa, *Mon siècle magnifique et effrayant*, Saint-Pétersbourg, 2011, et de Nikita Krivocheïne, *Des miradors à la liberté*, Life-Éditions, 2021, et *L'Exploit d'un interprète*, ISIA, 2025. J'exploite aussi les Mémoires de Vladimir Ossipov (1938-2020), étudiant de la MGU envoyé en 1961 en Mordovie comme « slavophile réactionnaire », publiés en 2003, et l'interview d'un ancien *zek* ukrainien, Viktor Borisov, sur https://arch2.iofe.center/person/5817. Pour le récit de John McKone, voir https://nsarchive2.gwu.edu/coldwar/interviews/episode-12/mckone2.html.

Les fiancés du Goulag

Outre les publications mentionnées plus haut, cette partie s'appuie sur les Mémoires de ma mère. C'est aussi le premier chapitre où j'exploite la correspondance de mes parents, dont une partie a été conservée, et qui s'étale de 1962 à 1963 ; je complète ce fonds avec les lettres de mon arrière-grand-mère (Maria Nikolaïevna), qui fourmillent de détails, et qui datent de 1961. Sur la mobilisation pour la libération d'Ivinskaïa et de sa fille, voir le chapitre (basé sur un article de 2018) « We need to help Russians save face: the Ivinskaya case in the West » dans Paolo Mancosu, *Moscow Has Ears Everywhere: New Investigations on Pasternak and Ivinskaya*, *op. cit.* ; et l'autobiographie de Carlo Feltrinelli, *Senior Service*, Bourgois, 2001. Sur Podolski et sa mère, voir https://berkovich-zametki.com/2010/Starina/Nomer3/

Kamen1.php. Pour la correspondance en milieu carcéral soviétique, voir l'étude de Jean-Louis Rouhart, *Lettres du Goulag: correspondance de détenus dans les lieux d'incarcération et d'internement du Goulag*, Territoire de la mémoire, 2020. Pour des études de cas, voir Alexeï et Valentina Lossev, *La Joie pour l'éternité. Correspondance du Goulag (1931-1933)*, Syrtes, 2014 ; *My father's Letters. Correspondence from the Soviet Gulag*, Granta books, 2021 ; Orlando Figes, *Les Amants du Goulag. Une histoire d'amour et de survie dans les camps de Staline*, Presses de la Cité, 2012. Pour un exemple moins connu, voir Kasia Delgado, « 'I longed for the moment you would write' : the Gulag penpals whose love lasted 60 years », *The Guardian*, 7 septembre 2019, https://www.theguardian.com/lifeandstyle/2019/sep/07/longed-for-moment-you-would-write-love-in-siberian-gulag. Sur le paradoxe des interactions hétérosexuelles dans les camps, voir Wilson T. Bell, « Sex, pregnancy, and power in the late Stalinist Gulag », *Journal of the History of Sexuality,* 2015. Sur la poésie comme sublimation, voir Philippe Leukeuche, « Création, sublimation, idéalisation », *Cahiers de psychologie clinique*, 2011/1, 36. Une anthologie de la poésie zek a été publiée en russe en 2006 sous la direction de S. Vilenski. Pour une étude de cas de traduction en prison, voir aussi Efim Etkind, *La Traductrice*, Éditions Interférences, 2012. Sur le recueil de Simon Kra, et *Les Fleurs du mal* de mon père, voir l'article de ma mère, « De l'utilité de la poésie (histoire de deux recueils de poésie) », *Po&sie*,

2023. Sur la bibliophilie en Russie, voir l'article ancien, mais toujours intéressant, de Maurice Friedberg, « Russia's bibliophiles and their foes: a review article », *Slavic Review*, 35/4, 1976, et, plus récent, Viktor Afanassiev, « Les collectionneurs russes aux confins des XVIIIe et XIXe siècles », communication à une conférence de 2008 de l'École des chartes, disponible en ligne. Sur la discussion avec le proche de Bandera et l'attitude de mon père envers Soljenitsyne, voir son entretien dans « Une anarchie en ébullition », *Le Débat*, 1991/1, p. 18-19. Sur le phénomène de *beskvartirié*, voir Christine Varga-Harris, *Stories of House and Home. Soviet Apartment Life during the Khrushchev Years*, Cornell University Press, 2015.

TRAVERSÉES

La France au cœur

Pour le récit de la rencontre de mes parents à Moscou, jusqu'à leur mariage et la libération d'Ivinskaïa, je m'appuie sur les Mémoires de ma mère. Sur le film de Lean, voir Ian Christie, *Doctor Zhivago*, BFI Palgrave, 2015. Pour les questions de « l'héritage de Pasternak », je m'appuie sur la correspondance de ma grand-mère avec les représentants du service juridique de l'Union des écrivains. Sur Khardjiev, voir l'article de mon père « Nikolaï Khardjiev, l'ami des formalistes russes, *Le Monde*, 18 juin 1998. Sur la traduction en tant qu'enjeu de guerre froide, voir Emily Lygo, « Translation and the Cold War », *The Routledge Handbook of Translation and Politics*, Routledge, 2018, p. 442-454 ; sur la traduction en URSS, voir Natalia Kamovnikova, *Made under Pressure. Literary Translation in the Soviet Union, 1960-1991*, University of Massachusetts Press, 2019. Sur la poésie soviétique « pour les masses » pendant le « dégel », voir Katharine Hodgson, Joanne Shelton et Alexandra Smith, dir., *Twentieth-Century Russian Poetry. Reinventing the Canon*, Cambridge University Press, 2018. Pour Valéry, voir la biographie de Benoît Peeters, Champs Flammarion, 2016. Le compte rendu du *Monde* est paru le 8 mars 1974 (« Une anthologie de la poésie française »). Sur Berdiaev, voir Olivier Clément, *Berdiaev, un philosophe russe en France*, Desclée de Brouwer, 1991. Sur les relations franco-soviétiques, voir Georges-Henri Soutou, *La Guerre froide de la France, 1941-1990*, Tallandier, 2018. Sur les relations culturelles, voir François Chaubet et Laurent Martin, *Histoire des relations culturelles dans le monde contemporain*, Armand Colin, 2011, et Thomas Gomart, « La diplomatie culturelle française à l'égard de l'URSS : objectifs, moyens et obstacles (1956-1966) » dans Jean-François Sirinelli et Georges-Henri Soutou, *Culture et guerre froide*, PUPS, 2008. Sur Char, voir Laurent Greilsamer, *L'Éclair au front. La vie de René Char*, Perrin, coll. Tempus, 2012 (2004) ; et Laure Michel, « Politique du poème chez René Char » in *Poésie et politique au XXe siècle*, Hermann, 2011. Sur Michaux, je suis Jean-Pierre Martin, *Henri*

Michaux, Gallimard, 2003 (la citation de la lettre à mon père figure page 657). La quasi-totalité des lettres de Julien Gracq et de Julien Green a été perdue après notre départ d'URSS. Pour les traces de Green, je dispose du premier volume de ses œuvres publiées dans La Pléiade, dont la dédicace mentionne l'année 1974, qui donne une indication du début de leur correspondance. Pour autant, je ne trouve aucune trace de mon père dans le journal de Green pour cette année (*La Bouteille à la mer, 1972-1976*, Plon, 1976), ni dans les volumes suivants (mais s'agit-il de versions complètes ?). Coïncidence intéressante, 1974 est l'année où Green redécouvre *Crime et Châtiment* de Dostoïevski (27 février : « Si étrange que cela paraisse, Jane Austen m'a donné envie de me replonger dans les Russes »), livre qu'il n'a pas relu depuis cinquante ans, et qu'il achève le 18 mars.

Une guerre de huit ans

Sur le concours de la BBC de 1966, écouter l'enregistrement qui annonce le concours : http://svidetel.su/audio/3101. Pour la propagande du voyage en France en 1961, voir le film d'époque : https://www.youtube.com/watch?v=wtOA0teOlSQ. La citation de mon père sur la dissidence est tirée du grand article de Nicole Zand, « Vadim Kozovoï : un poète contre le dépérissement de la langue », *Le Monde*, 24-25 juin 1984, p. 17. Sur le tourisme soviétique à l'époque de Brejnev, voir Anne Gorsuch, *All This is your World. Soviet Tourism at Home and Abroad after Stalin*, Oxford University

Press, 2013. Sur la dissidence, voir Benjamin Nathans, *To the Success of our Hopeless Cause*, Princeton University Press, 2024. Sur Giscard d'Estaing et la dissidence soviétique, voir Sophie Cœuré, « Sommes-nous lâches ? La question des droits de l'homme et des libertés dans les relations franco-soviétiques pendant la présidence de Valéry Giscard d'Estaing, 1974-1981 », *Revue des études slaves*, 2024 (XCV, 1-2, p. 129-143). Sur le rôle de Tatischeff dans le soutien aux « pères », je me réfère à sa traduction de Dimitri Doudko, *L'Espérance qui est en nous. Entretiens de Moscou*, Seuil, 1976. Sur l'assassinat de Bogatyrev, voir Ekaterina Cherga, « Un polar moscovite », 9 avril 2024, sur https://moskvich-mag.ru/lyudi/moskovskij-detektiv-neraskrytoe-ubijstvo-perevodchika-konstantina-bogatyreva/. Sur l'émigration, voir Pauline Peretz, *Le Combat pour les Juifs soviétiques*, CNRS éditions, 2006. Sur Efim Etkind, voir d'abord ses Mémoires, *Dissident malgré lui*, Albin Michel, 1978. Sur le processus d'Helsinki, voir Michael Cotey Morgan, *The Final Act: the Helsinki Accords and the Transformation of the Cold War*, Princeton University Press, 2018, et Nicolas Badalassi, *En finir avec la guerre froide. La France, l'Europe et le processus d'Helsinki, 1965-1975*, PUR, 2014. Une partie de la correspondance de mon père avec Char et Blanchot a été publiée dans Irina Emélianova et Martin Rueff, éds., « Cher ami, cher poète. Lettres de René Char à Vadim Kozovoï », *Po&sie*, 2007 (1/119), p. 7-39 ; Denis Aucouturier, éd., Maurice Blanchot, *Lettres à Vadim Kozovoï*, Manucius, 2009 ;

« Vadim Kozovoï à Maurice Blanchot », *Po&sie*, 2005 (2/112-113). La traduction d'« Où venu ? » est tirée de *Hors de la colline*, Hermann, 1984, p. 15. Sur Louis Martinez, voir la nécrologie de Michel Aucouturier, « Louis Martinez (1933-2016) », *Revue des études slaves*, 2016, et sur Michel Aucouturier, « Michel Aucouturier par lui-même », *Revue des études slaves*, 2018. Sur Malraux et la Russie, voir Eugène Kouchkine, « Le dernier voyage de Malraux à Moscou », *Présence d'André Malraux*, 10, 2013. Sur les Foires du livre de Moscou, voir deux articles du *Monde* : Jacqueline Piatier, « Reflets et mirages à la Foire du livre de Moscou », 16 septembre 1977, et Nicole Zand, « La deuxième Foire internationale du livre de Moscou : la soif des visiteurs, la "prudence" des organisateurs », 15 septembre 1979. Pour la lettre de mon père à Brejnev, voir « Trois lettres à Brejnev », *Le Monde*, 9 décembre 1977. Sur la place des Jeux de Moscou de 1980 dans les relations internationales, voir Sylvain Dufraisse, *Une histoire sportive de la guerre froide*, Nouveau Monde, 2023. Le message de l'AFP est publié dans *Le Monde* du 21 août 1979. Sur la psychiatrie en URSS, voir Grégory Dufaud, *Une histoire de la psychiatrie soviétique*, Ehess, 2021. La discussion avec Bobkov est mentionnée par mon père dans une lettre d'octobre 1982, dans le recueil édité par ma mère en 2005, *Entrer en désobéissance*, Moscou, 2005, p. 191-192. Sur Bobkhov, voir la biographie russe de Nikita Petrov, *Le Temps d'Andropov*, Moscou, 2023, p. 294 sqq.

Le poète et le président

Pour le séjour parisien de Fet, je me suis inspiré de la biographie de Mikhaïl Makeïev, parue à Moscou en 2020. La traduction du poème de Fet est de moi. Pour une rétrospective plus générale des voyageurs russes, voir Michel Niqueux, éd., *L'Occident vu de Russie : Anthologie de la pensée russe de Karamzine à Poutine*, Ies, 2017. Sur le déracinement et la nostalgie, voir notamment Alexis Nouss, *La Condition de l'exilé. Penser les migrations contemporaines*, éditions de la Maison des sciences de l'homme, 2015. Une partie de la correspondance des années 1981-1985 a été publiée en russe dans deux ouvrages édités par ma mère – *Axe secret*, 2003, et *Entrer en désobéissance*, 2005. Note aux chercheurs : elle ne représente que la partie émergée de l'iceberg ! Sur l'émigration russe en France, voir Leonid Livak, *Histoire culturelle de l'émigration russe en France*, Eur'Orbem, 2022, et Catherine Gousseff, *L'Exil russe*, CNRS, 2023. Sur Blanchot, voir Christophe Bident, *Maurice Blanchot, le partenaire invisible*, Champ Vallon, 1998. Sur les transfuges et l'affaire Kortchnoï, voir la conclusion d'Erik Scott, *Defectors*, Oxford University Press, 2023. Sur François Mitterrand, voir l'ouvrage de Georges-Henri Soutou cité plus haut, et François Hourmant, *François Mitterrand, le pouvoir et la plume*, PUF, 2010. Sur le premier voyage de Mitterrand à Moscou, voir Hubert Védrine, *Les Mondes de François Mitterrand*, Fayard, 1995. Sur la Russie de

Jacques Chirac, voir le premier volume de ses Mémoires, *Chaque pas doit être un but* (Pocket, 2011). Sur Andreï Sakharov, voir la biographie de Jay Bergman, *Meeting the Demand of Reason*, Cornell University Press, 2009. Sur l'édition bilingue de *Hors de la colline*, voir les deux articles de Julia Holter, « Collaborative self-translation as a catastrophe: the case of Vadim Kozovoï in French » dans Olga Castro et alii dir., *Self-Translation and Power: Negotiating Identities in European Multilingual Contexts*, Palgrave, 2017, p. 217-40 (plusieurs erreurs sont à relever, comme le fait que mon père aurait obtenu un appartement dans le Quartier latin ou qu'il serait décédé de « problèmes pulmonaires ») ; et « The translation draft as debt negociation space: underlying forces of the collaborative translation of Vadim Kozovoï's *Hors de la colline* », Sakari Katajamäki et Veijo Pulkinnen, dir., *Genetic Criticism in Motion. New Perspectives on Manuscript Studies*, Helsinki, 2023, p. 118-132. Plusieurs documents diplomatiques cités sont tirés des archives des Affaires étrangères de La Courneuve ; je les ai déjà exploités pour mon travail d'habilitation à diriger les recherches, soutenue en décembre 2014, et disponible en ligne.

Déchirantes retrouvailles

Sur notre voyage en train de Moscou à Paris, je m'appuie sur les extraits du journal de ma mère dans *Les Années avec Pasternak et sans lui*, p. 467-8, Moscou, 2007. Sur l'affaire de la bibliothèque, j'exploite « La passion de Vadim » dans le troisième volume de ses Mémoires, *L'Enfant de l'hiver* (2019). L'article « Le Goulag des livres » a été publié dans *Le Nouvel Observateur* du 19 octobre 1984, p. 25. Sur la vie quotidienne après notre arrivée en France et le poste du CNRS, la correspondance inédite de mon père avec Maurice Blanchot offre une mine d'informations. « Le président russe… » : citation tirée de « La Russie à la veille du référendum », 24 avril 1993, *Le Monde.* Pour le contexte général sur la Russie des années 1990, voir mon livre *Russie, réformes et dictatures* (Perrin, coll. Tempus, 2018). Sur le procès des archives d'Olga Ivinskaïa, voir, en russe, les Mémoires de son ami Boris Mansourov, *La Lara de mon roman*, Moscou, 2015. Sur la question des restitutions, la spécialiste est Patricia Kennedy Grimsted, qui a surtout travaillé sur les documents « trophées » ramenés par l'Armée rouge. Pour une mise en perspective, sur les spoliations nazies, voir Michael R. Marrus, *Some Measure of Justice. The Holocaust Era Restitution Campaign of the 1990s*, The University of Wisconsin Press, 2009. En français, voir Alexandre Sumpf et Vincent Laniol, dir., *Saisies, spoliations, restitutions. Archives et bibliothèques au XXe siècle*, PUR, 2012 ; et Sonia Combe, « Paris-Moscou, aller-retour : historique d'une spoliation et d'une restitution », dans Grégory Cingal et Sonia Combe, dir., *Retour de Moscou. Les archives de la Ligue des droits de l'homme 1890-1940*, La Découverte, 2004. Sur la question de la propriété privée en Russie, voir Richard Pipes, *Property and Freedom*, Vintage Books, 1999. Sur la privatisation des médias soviétiques et ses effets, voir

Daphne Skillen, *Freedom of Speech in Russia. Politics and Media from Gorbachev to Putin*, Routledge, 2017, et Natalia Roudakova, *Losing Pravda: Ethics and the Press in Post-Truth Russia*, Cambridge University Press, 2017. Sur les « guerres mémorielles » des années 1990, voir Kathleen E. Smith, *Mythmaking in the New Russia. Politics & Memory during the Yeltsin era*, Cornell University Press, 2002. Sur la « révolution des archives, voir Victoria Prozorova-Thomas, « Accès aux archives soviétiques : difficultés du passé, contradictions du présent », dans *Archives et histoire dans les sociétés postcommunistes*, La Découverte, 2009. Je reste volontairement très laconique sur le procès de mon père intenté aux autorités néerlandaises et ayant pour objet la « fondation Khardjiev », qui mériterait à elle seule un chapitre entier. Pour une publication récente, voir l'article de Mikhaïl Kamenski, « Des jumeaux dans les nuages : Vadim Kozovoï et Nikolaï Khardjiev », dans *La Critique d'art russe au sein des écoles européennes*, Moscou, 2022, p. 258-294. À noter que ma mère a publié plusieurs textes et poèmes dans le numéro 53 de la revue bilingue *Lettres russes.* Voir le site de la revue sur http://sokolo.lrs.free.fr/.

NAISSANCE D'UN HISTORIEN

« Les Poutine passent, les Pouchkine restent » : affirmation qui pourrait faire sursauter ceux qui soutiennent qu'écrivains et poètes auraient été des vecteurs de l'idée impériale russe, de Pierre le Grand à nos jours. Ainsi, pour Ewa Thompson, « les charmants héros de Tolstoï et de Dostoïevski, de Pouchkine et de Lermontov, de Tourguénev et de Tchékhov, de Soljenitsyne et de Rybakov, font partie et constituent les supports du projet colonial russe » (*Imperial Knowledge: Russian Literature and Colonialism*, 2000, p. 28). Si je ne nie pas que Pouchkine ait pu soutenir ici ou là Nicolas Ier, son bienfaiteur et mécène, je défendrai plutôt la thèse d'une ambivalence des écrivains classiques vis-à-vis de l'expérience impériale russe, et en définitive d'une lecture plurielle de leurs œuvres (idée développée chez Alexander Etkind, dans son *Internal Colonization: Russia's Imperial Experience*, 2011).

MA FAMILLE

Vadim Markovitch Kozovoï, « Vadik » : mon père. Né en 1937 à Kharkiv (URSS), décédé en 1999 à Paris.

Irina Ivanovna Emélianova, « Ira », « Irka », « Irotchka », « Iricha » : ma mère. Née en 1938 à Moscou.

Boris Vadimovitch Kozovoï, « Boria » : mon frère. Né en 1965 à Moscou.

Olga Vsevolodovna Ivinskaïa, « Olia », « Liousia », « Olioucha », « Lelioucha », « Mousiok » : ma grand-mère maternelle. Née en 1912 à Tambov, Empire de Russie. Décédée en 1995 à Moscou. Son père s'appelait Vsevolod Ivinski.

Dmitri Aleksandrovitch Vinogradov, « Mitia », mon oncle, le demi-frère de ma mère. Né en 1941 et décédé en 2004 à Moscou.

Lenora Markovna Kozovaïa-Protsenko, « Lora » : ma tante, la sœur aînée de mon père. Née à Kharkiv en 1932, décédée en 2020 à Toronto.

Mark (né Mordecai) Ilitch (Nisonovitch) Kozovoï, « Michel », *dedouchka* : mon grand-père paternel, né en

1906 à Liakhovtsy (aujourd'hui Bilohiria, en Ukraine). Décédé en 1981 à Kharkiv.

Kilia (née Keïla) Zinovievna (Zelmanovna) Amtchislavskaïa, « Kira », *babouchka* : ma grand-mère paternelle. Née en 1913 à Konstantinograd, région de Kharkiv, Empire de Russie (aujourd'hui Krasnohrad, en Ukraine). Décédée en 1994 à Kharkiv.

Maria Nikolaïevna Demtchenko-Kostko-Bastrykina, « Maroussia » : mon arrière-grand-mère maternelle, la mère d'Olga Ivinskaïa, née en 1889 à Novozybkov (région de Briansk). Décédée en 1978 à Moscou.

REMERCIEMENTS

À Madeleine Thompson qui m'a contacté pour écrire ce livre. Et à Agnès Nivière pour sa patience dans le traitement de mes nombreux repentirs.

À Martine Citron et Maria-Luisa Bonaque, mes exceptionnels « yeux de lynx » et bien plus encore !

À Luba Jurgenson, dont le soutien m'a permis d'obtenir une année de délégation au CNRS, au cours de laquelle j'ai rédigé ce livre.

À Paolo Mancosu, spécialiste de « l'Affaire Jivago ».

À Maria Klassen, directrice du centre Osteuropa de Bremen.

À Jerôme Villeminoz, responsable du département des manuscrits de la BNF.

Aux journalistes Clément Daniez de *L'Express* et Julien Martin de *L'Observateur*.

À nos amis Antoinette, Georges et Gérard.

À Philippe de Suremain et Richard Narich, anciens diplomates de l'ambassade de France à Moscou.

À Vitia Protsenko et à son épouse Liouba, qui m'ont mis en contact avec Tetiana Yeliseieva, directrice des archives de l'Université O.M. Beketov de Kharkiv.

À Nicolas Bigotte, mon fidèle imprimeur.

À Alexei Grinbaum, pour son aide dans la conservation des archives de ma famille.

À ma femme et à mes enfants qui savent ce que je leur dois.

À ma mère, qui a balisé ma route, répondu à mes interrogations, fait de nombreuses suggestions, et accepté l'idée de faire de mon père le moteur de cette histoire. Je lui demande aussi pardon pour avoir simplifié de nombreux épisodes de la partie la plus dramatique de la vie de mes parents, leur séjour en camp.

TABLE

CRÉDITS DU CAHIER PHOTO

Les images de ce livre sont tirées des archives de ma mère, Irina Emélianova, à l'exception de la photo où elle figure aux côtés d'Inessa et de Georges Nivat, publiée avec l'aimable autorisation de ce dernier.

Cet ouvrage a été imprimé en septembre 2025
par CPI Brodard & Taupin à La Flèche
pour le compte des éditions Grasset
61, rue des Saints-Pères, 75006 Paris
info@grasset.fr

Composition et mise en pages
Nord Compo à Villeneuve-d'Ascq

PAPIER À BASE DE
FIBRES CERTIFIÉES

Grasset s'engage pour l'environnement en réduisant l'empreinte carbone de ses livres. Celle de cet exemplaire est de :
600 g éq. CO_2
Rendez-vous sur www.grasset-durable.fr

N° d'édition : 23701 – N° d'impression : 3062328
Dépôt légal : octobre 2025
Imprimé en France